풍운사일
박선우 新무협 판타지 소설
FANTASTIC ORIENTAL HEROES

풍운사일 5

박선우 新무협 판타지 소설

초판 1쇄 찍은 날 § 2014년 10월 20일
초판 1쇄 펴낸 날 § 2014년 10월 27일

지은이 § 박선우
펴낸이 § 서경석

편집부장 § 권태완
편집책임 § 박용서

펴낸곳 § 도서출판 청어람
등록번호 § 제387-1999-000006호
등록일자 § 1999. 5. 31
어람번호 § 제2-2540호

주소 § 경기도 부천시 원미구 부일로 483번길 40 서경B/D 3F (우) 420-822
전화 § 032-656-4452 팩스 § 032-656-4453
http://www.chungeoram.com
E-mail § chungeorambook@daum.net

ISBN 979-11-316-9254-7 04810
ISBN 979-11-316-9137-3 (세트)

풍운사일

박선우 新무협 판타지 소설

FANTASTIC ORIENTAL HEROES

5

풍운사일

CONTENTS

1장

지옥귀왕

운호의 결연한 음성에 막야가 중심을 잡지 못한 몸으로 다가왔다.

그는 한 걸음 걸을 때마다 휘청거렸는데 찢어진 옆구리에서는 창자가 삐져나오고 있었다.

그의 입에서 나온 음성은 약했고 힘들었으나 단호하고 강했다.

"이봐, 마검. 그냥 죽여라. 여기 있는 자 중에서 살려줬다고 고마워할 놈이 있을 것 같은가. 천만에, 이대로 우리를 돌려보낸다면 나를 포함해서 살아남은 파혼당 무인들은 피눈물을 흘리며 너를 원망할 것이다."

"당신은 몰라도 저들에게는 가족이 있을 텐데 개죽음을 당할 필요가 있을까?"

"개죽음이 아니다. 원래 무인은 이렇게 살다 죽는 것 아니겠나. 한평생 가족들과 평화롭게 살고 싶었다면 이 길을 처음부터 걷지 않았을 것이다. 그러니 괜한 짓 하지 마라. 우리 역시 너를 죽이기 위해 최선을 다할 테니."

"사파의 무리를 이용하는 걸 보고 사특한 무리라고 생각했더니 그게 아니었던 모양이군. 좋아, 끝장을 내지. 그런데 말이야. 마지막으로 한 가지 물어 봐도 괜찮겠나?"

"뭐냐?"

"왜 그런 짓을 했는지 이유를 알고 싶다. 가르쳐 줄 수 있겠는가?"

"철혈문?"

"그래, 말해 봐. 궁금하다."

"크크큭. 이봐, 마검. 그걸 어떻게 말해줄 수 있겠나. 나중이 되면 저절로 알게 될 테니 궁금하더라도 참아라."

"조금만 미리 알려주면 안 되겠나?"

"정 그렇다면 아주 조금만 가르쳐 주지. 그동안 무림이 재미없었어. 무인들이 살기에 너무 조용했단 말이지. 곧 무인들이 살맛 나는 세상이 다가올 거다. 피가 끓는 무림이… 철혈문을 건드린 이유는 그것 때문이다."

"뭔 소린지 못 알아듣겠군."

"헉헉… 유도 심문 하지 마라. 네가 아무리 사정해도 더 이상은 안 돼."

운호가 지그시 바라보며 은근한 목소리로 고개를 갸웃거리자 서 있는 것이 힘들었던지 숨을 가쁘게 몰아 쉰 막여가 말을 끊었다.

하지만 운호는 쉽게 물러서지 않았다.

"정말 안 되겠어?"

"졸린다. 자꾸 떠들지 마라. 빨리 쉬고 싶으니까 그만 떠들고 끝내자."

"힘들어 보이는군……. 더 기다려도 말해주지 않을 것 같구나. 그렇다면 이제 보내주지."

"맞아, 서 있기도 힘들다. 멋지게 보내줘라. 웃으면서 갈 수 있게."

막여는 자신의 검을 우방으로 내려뜨려 땅에 걸친 자세로 있다가 눈을 지그시 감았다.

한평생 무인으로서 살아온 인생이었다.

가까운 시기에 펼쳐질 멋진 무림을 눈앞에 두고 삶을 마감하려 하니 아쉬운 부분도 있으나 후회되지는 않았다.

지금까지 살아오면서 그 어떤 무인보다 멋지게 살았다고 자부하는 삶이었다.

그러면 된 거 아닌가.

사내로 태어나 하고 싶은 것 다 해봤고 가슴을 터놓은 친구도 사귀었다.

후회할 일도 없었고 미련도 그리 많지 않았다.

다만 새로운 강호를 보지 못하고 떠나는 것이 아쉬울 뿐.

막여는 감았던 눈을 뜨고 검을 천천히 끌어올렸다.

막았던 창자가 다시 삐져나왔으나 이번에는 그것을 막지 않았다.

멋지게 가기 위해서는 불쌍하거나 초라한 모습을 보여서는 안 되기 때문이다.

어깨 높이까지 검을 치켜든 막여의 입에서 고함이 터진 것은 무리한 몸놀림으로 상처 부위가 다시 터지며 분수처럼 피가 흘러나올 때였다.

"파혼당, 미안하다. 좀 더 멋있는 곳에서 좀 더 그럴듯하게 죽어야 되는데 당주가 못나서 모래바람을 맞게 만들었구나. 그래도 어쩌겠나. 이게 우리 운명인걸. 그동안 고마웠다!"

말을 끝내는 것과 동시에 막여의 신형이 운호를 향해 날아갔다.

그리고 그 뒤를 남아 있던 오십 명의 파혼당 무인이 따랐다.

무언의 함성.

이를 악물고 검을 치켜든 채 달리는 그들의 입술은 굳게 닫혀 있었으나 그 가슴과 눈은 거대한 함성을 지르는 것처럼 보였다.

운호 일행은 태강에서 벗어나 급속 남하해서 철혈문의 영역으로 물러났다.

운상과 운여가 부상을 입었기 때문인데, 그들은 단시간 내에 혈룡과 무정객을 잡느라 각기 세 군데에 꽤 깊은 상처를 입고 말았다.

여화로는 마음이 놓이지 않아 철혈문 풍뢰단이 위치한 화평보다도 훨씬 남쪽인 천원까지 이동한 후에야 상처를 치료하기 시작했다.

천검회에서 추적을 한다면 부상을 당한 상태에서는 당할 위험성이 컸기 때문이었다.

정말 지겨울 정도로 거듭되는 부상과 치료였기에 그들은 의방의 아랫목에 누우면서 깊은 한숨을 내리쉬고 말았다.

이 정도 상처라면 최소 삼사 일은 지나야 일어설 수 있을 것이다.

그러기 위해서는 밥 먹는 시간을 뺀 나머지 시간은 또다시 운공요상법을 통해 상처를 치료해야 했다.

지겨운 일이 아닐 수 없었다.

운공요상의 요체는 내공을 이용해서 상처 입은 부위의 탁기를 태우는 행위였다.

잠시도 다른 생각을 할 수 없었고 온 정신을 집중해야 되기 때문에 고역도 보통 고역이 아니었다.

그러나 한편으로는 좋은 면도 있었다.

그들은 요상이 끝나면 방에 누워 하인처럼 운호를 부려먹을 수 있는 특권을 누릴 수 있었다.

거부하며 버티면 바로 한설아를 시켰기 때문에 운호는 울며 겨자 먹는 마음으로 갖은 심부름을 할 수밖에 없었다.

일이 터진 것은 그들이 천원에 온 지 삼일 만이었다.

운상과 운여가 간신히 자리에서 일어나 막 움직이기 시작할 때였다.

철혈문을 향한 파상적인 공세.

운호가 미행했을 때보다 훨씬 강한 전력의 만마당이 철혈문의 오대지단을 동시에 공격했던 것이다.

공격의 선봉에 나선 것은 강남삼대마두로 꼽히는 유령마조, 음풍수사, 지옥귀왕이었다.

그들 중 지옥귀왕은 무림십왕 중의 하나였으며 무림백대고수에 속해 있는 절대고수였다.

철혈문의 북부 병력은 만마당에 의해 습격당하면서 많은 피해가 발생했으나 철혈문은 이미 전시 상태로 전환시킨 상태였기 때문에 처음처럼 일방적으로 당하지 않았다.

팽팽한 접전.

비록 기습을 당했으나 철혈문은 막강한 고수들을 전진 배치시켜 만마당과 일진일퇴의 접전을 벌이고 있었다.

"나 먼저 가야겠다."

"어딜?"

"너희들은 여기서 마저 치료한 후 따라와. 난 화평으로 가서 지옥귀왕을 잡을 테니."

"말도 안 되는 소리 하지 마. 너 미친 거냐?"

"소리 지르지 말고 내 말 들어 봐. 지옥귀왕이 무림십왕에 속한 고수지만 난 자신 있다. 그리고 놈이 소문보다 훨씬 강해서 어려울 것 같으면 철혈문 뒤로 피할 수 있단 말이지. 어때, 충분히 해볼 만할 것 같지 않아?"

"너 장문인 말씀 못 들었어?"

"들었다."

"그런데 왜 그래. 위험한 짓 하지 말아달라고 신신당부한 걸 그새 잊어!"

"내 가슴속에 든 명부에는 분명 그자들이 포함되어 있다. 나 혼자라면 어렵겠지만 철혈문의 고수들이 도와준다면 잡을 수 있을 거라 생각한다. 탕마행은 위험하다고 멈출 수 있는 것이 아니야."

"미치겠네."

"이틀이면 되겠지?"

"대충. 그 정도면 치료가 될 것 같다."

"그럼 이틀 후 한 소저 데리고 화평으로 와. 그 전에 한두 놈 잡아놓고 있을게."

"마음대로 해라. 어차피 말 안 들을 거잖아!"

운호가 빙긋 웃으며 말을 하자 운여가 버럭 신경질을 냈다.

그는 먼저 떠나는 운호가 걱정되는지 자꾸 손을 비벼대고 있었는데 그것은 옆에 있는 운상도 마찬가지였다.

점창에서 하산한 이래 가장 강한 자들을 운호 단독으로 잡으러 간다고 하니 불현듯 긴장감이 몰려왔다.

마음 같아서는 같이 가고 싶었으나 몸이 말을 듣지 않아 더욱 걱정이 되었다.

물론 운호의 무력을 모르는 것은 아니지만 지옥귀왕은 누구나 겁낼 수밖에 없는 절대고수 중 하나였으니 자꾸 말리고 싶다는 생각이 들었다.

운호는 한설아에게 떠난다는 말을 하지 않고 길을 나섰다.

분명 떠난다는 말을 들으면 두 팔의 소매를 걷고 따라나설게 뻔했기 때문이었다.

나중에 다시 만났을 때 심한 잔소리를 들어야 하겠지만 지금은 그녀를 데리고 갈 수 없었다.

강남삼대마두로 꼽히는 자들을 상대하기 위해서는 전력을 기울여야 하는데 만약 그녀가 따라온다면 싸움도 하지 못하고 도망이나 다녀야 할 게 뻔했다.

천원에서 화평까지의 거리는 직선으로 백이십 리.

신법을 전력으로 펼치면 불과 한 시진이면 충분히 도착할 수 있는 거리였다.

운호가 풍뢰단이 있는 전각으로 다가가자 꽤 많은 무인들이 형형한 안광을 빛내며 경계를 서고 있는 것이 보였다.

그들 중에는 부상을 입은 자들도 여럿 보였는데 중상이 아니라면 모두 임무에 투입된 모양이었다.

경계 무인들 중 그를 알아보는 사람이 있어 운호는 손쉽게 접견실에서 풍뢰단주 방패도 장황을 만날 수 있었다.

그 역시 왼쪽 어깨에 상처를 입어 붕대를 감았는데 그 범위가 제법 컸다.
"마검께서 어인 일이시오?"
"싸움이 있다 들었습니다. 맞습니까?"
"그렇소."
"지옥귀왕이 직접 왔다고 하더군요."
"이 상처는 그자에게 당한 거였소. 귀왕은 워낙 특이한 외모를 가지고 있어 한눈에 알아볼 수 있소. 그런데 마검께서는 그자를 왜 물으시오?"
"제가 여기에 온 것은 그자를 잡기 위해서입니다. 철혈문에 폐가 되지 않는다면 지옥귀왕은 제가 잡았으면 합니다. 괜찮으시겠습니까?"
"나와 내 동생, 그리고 본 문에서 나온 매풍검까지 합세했는데도 이리 큰 상처를 입었소. 그자는 진짜 엄청난 괴물이었소. 마검의 명성은 익히 알고 있으나 그자를 혼자 상대하는 건 재고해야 할 것이오."
"만약 내가 그자를 잡지 못하고 패한다면 그때 도와주셨으면 합니다. 저는 점창을 대표해서 세상에 해악을 끼치는 마두들을 때려잡기 위해 하산한 몸입니다. 탕마의 기치를 걸었으니 두렵다고 물러설 수 없습니다. 철혈문에서 양보만 해준다면 협으로 악을 제거할 생각입니다."
"그리 말씀하시니 어쩔 수 없구려. 하지만 우리와 같이하셔야 하오. 철혈문은 허수아비만 있는 문파가 아니오. 만약 그대가 위험해지면 전력을 다해 도우리다."

“고맙습니다. 그런데 그자는 어디에 있습니까?”

“정확한 위치는 알 수 없소. 어제부터 세 시진마다 공격을 해왔으니 이제 한 시진이 지나면 다시 공격해 올 것이오. 잡는다면 그때 잡아야 하오.”

“다른 지단도 공격 받고 있다던데 이곳 상황과 비슷합니까?”

“그렇소. 도대체 놈들의 꿍꿍이가 뭔지 알 수 없으나 소수의 정예로 급습한 후 후퇴했기 때문에 상당한 피해를 입을 수밖에 없었소.”

“철혈문 본단의 지원은 없습니까?”

“주력들이 지단으로 온다는 전서가 도착했소. 아침나절에 도착했으니 지금쯤 전력으로 오고 있는 중일 거요.”

장황은 본단 주력이라고만 표현하고 상세한 내용은 말해주지 않았다. 문의 병력 이동은 비밀이었으니 장황은 어색하게 대답을 얼버무렸다.

곤혹스러워하는 상대를 배려하는 것은 침묵을 지키는 것이었다.

알아서 좋을 게 없다는데 굳이 물어볼 필요가 없기에 운호는 입을 닫은 채 더 이상 아무 말도 하지 않았다.

자신의 목적은 강남삼대마두였을 뿐 철혈문 무인들의 이동에 관심을 가진 것은 아니었다.

한 시진은 금방 지나갔다.

막여는 반시진이 지난 후부터 병력을 이끌고 정문으로 나가 적이 오길 기다렸으나 서른의 흑포 괴인은 시간을 꽉 채운 후에야 나타났다.

그들의 선두에는 오 척이 겨우 넘는 단신의 노인이 자리 잡고 있었는데 그가 바로 사파의 고수들에게 열렬한 지지를 받는 지옥귀왕이었다.

절대의 경지에 오른 세 명의 마두 중 하나로서 사파인들은 그를 십제의 반열에까지 주저 없이 올렸다.

그만큼 엄청난 무력을 지닌 고수가 바로 지옥귀왕이었다.

따끔거릴 만큼 피부를 자극하는 기세.

내력을 갈무리해 놓은 상태인데도 운호는 지옥귀왕의 몸에서 흘러나오는 기세를 감지하며 눈살을 찌푸리고 말았다.

그의 몸에서 꿈틀거리는 거대한 기운을 느꼈기 때문이었다.

진정 무시무시한 미증유의 거력.

지금까지 만난 어떤 무인보다 강력한 존재다.

운호는 귀왕을 바라보다 뒤쪽에 서 있는 흑포 괴인들을 확인하고 작은 신음을 흘렸다.

놈들은 한눈에 봐도 만마당이 아니었다.

청성을 공격했던 놈들과 궤를 같이하는 자들.

기운이 다르고 기세가 달랐으며 무력에서 현격한 차이가 난다.

흑포 괴인들은 당시 청성을 공격했던 자들과 유사한 기운을 품고 있었는데 풍겨 나오는 기세가 결코 그들보다 적지 않았다.

그렇다면 철혈문의 피해가 이해가 되었다.

소수에게 지속적인 피해를 당했다고 했기에 선뜻 이해하지 못했는데 막상 놈들을 확인하자 지금까지 당한 철혈문의 피해가 오히려 작게 느껴졌다.

강남 삼마두을 전면에 내세우고 야금야금 철혈문을 공격해서 피해를 주는 작전이다.

운호가 귀왕을 확인한 후 작은 목소리로 장황을 부른 것은 그런 이유 때문이었다.

"당주, 내가 귀왕을 붙잡으면 뒤쪽의 흑포인들을 잡으시오. 가능하겠지요?"

"마검께서 귀왕을 잡아준다면 충분하오. 저들이 비록 강하다고는 하나 철혈문은 만만한 곳이 아니오."

풍뢰당주 장황의 대답에 운호가 천천히 걸어 귀왕의 앞으로 나섰다.

귀왕은 자신에게 다가오는 운호를 이상한 눈으로 바라보고 있었다.

젊다.

그런데 그 기세가 마치 산악과 같기에 저절로 눈살이 찌푸려졌다.

"너는 누구냐?"

"당신을 잡기 위해 온 사신."

"젊은 놈이 벌써 미친 게냐?"

"탕마의 기치를 들었을 뿐인데 어찌 그것을 미쳤다 할 수 있겠소."

"내가 그리 우습게 보였단 말이지?"

"점창의 탕마는 사람을 가리지 않소. 그 속에 숨 쉬는 마검은 더욱 그러하오."

"네가 마검이냐?"

"그렇소."

"작은 명성으로 감히 귀왕을 노리다니 너무 일찍 죽을 자리를 찾아왔구나."

"그대가 십왕의 일인이라 들었소. 무림백대고수에도 속하며 사파인들의 우상이라는 말도 들었지. 하지만 그것뿐. 당신은 오늘 여기서 죽어."

"크크크. 과한 자신감이로다. 어디 해보거라."

귀왕이 오른손에 든 미첨도를 앞으로 슬쩍 밀었다.

그러자 해일 같은 기세가 일어나며 공기가 회오리쳤다.

막강한 기세. 절대고수의 위력은 가히 폭풍과 같다.

운호는 검을 뽑으며 귀왕을 응시했다.

상대는 천하를 들었다 놨다 한다는 백대고수 중에서 서열 칠십팔 위에 꼽혀 있는 절대고수였다.

무림십왕의 하나.

이번 싸움은 단황야와 벌였던 싸움과 크게 다르지 않을 것이다.

상대를 가로막은 채 수많은 검리들이 펼쳐지는 지루한 소모전.

적정의 원리와 중첩의 원리. 쾌와 둔의 조화, 경중의 변화 등 모든 검리가 포함된 대결은 피가 마를 정도의 긴장감을 갖게 만든다.

그것이 단 일격에 목숨을 빼앗을 수 있는 절대고수와의 대결이라면 더욱 그럴 수밖에 없다.

한 치라도 방심하게 된다면 목숨을 잃기 때문이다.

절대고수 간의 싸움은 그래서 장기전이 될 수밖에 없다.

황수 전투에서 전왕과 청무자가 벌인 가공할 전투도 거의 세 시진이 넘도록 펼쳐졌었고, 그 외에도 절대의 경지를 넘나드는 고수들의 싸움 대부분이 기본적으로 한 시진이 훌쩍 넘어간다.

장황에게 의미 섞인 말을 던진 이유도 그것 때문이었다.

귀왕이 움직이지 못하면 철혈문의 저력은 흑포인을 잡는 데 어려움이 없을 것이다.

전왕이 청무자의 손에 의해 목숨을 잃은 것은 끝장을 보겠다는 그의 의지 때문이었다.

지닌 세력의 소멸과 삶에 대한 포기가 그를 죽음으로 내몰았을 뿐, 만약 그가 자신의 목숨을 아껴 도주라는 선택을 했다면 그를 잡는 것은 불가능에 가까웠을 것이다.

눈앞에 있는 귀왕도 마찬가지였고 자신 역시 그렇다.

황수 전투에 이어 가공할 위력을 세상에 선보인 귀왕과의 전투.

그 치열함이 어느 정도가 될지 가늠하기 어렵다.

싸움에서 중병기가 유리한가란 질문에 그렇다는 대답을 하는 사람은 머리가 단순하거나 무예에 대해서 전혀 모르는 자라고 볼 수 있다.

물론 병기가 무겁다는 것은 충돌 시의 이점을 분명히 가지고 있으니 충분한 장점으로 작용하지만 반대로 속도 면에서 현격한 불리함을 지녀 좋은 점만 있다고 볼 수는 없기 때문이다.

모든 병기가 그렇다.

장점이 있으면 반드시 단점이 존재하기에 어떤 병기가 가장 훌륭하다고 단정해서 말하지 못한다.

하지만 귀왕의 미첨도를 보면 그런 상식을 완전히 뒤집어 버리는 걸 눈으로 확인할 수 있다.

중병의 단점을 완벽하게 가려 버린 그의 무력은 입이 다물어지지 않는 충격을 줄 만큼 대단했다.

웡… 웡.

오 척 단구의 체격에서 어찌 저런 괴력이 나올 수 있단 말인가.

한번 부딪칠 때마다 삼사 초가 펼쳐졌고 충돌로 인해 굉렬한 충돌음이 생겼지만 미첨도는 운호를 압박하며 끊임없이 전진해 오고 있었다.

중병과 장병의 장점을 극대화했고 단점을 완벽하게 죽여 버린 그의 미첨도는 번개가 무색할 정도로 빨랐다.

그렇다고 운호가 일방적으로 밀린 것은 아니었다.

처음 상대하는 미첨도의 위력에 잠시 몸을 사렸을 뿐 운호는 귀왕의 공격을 흘려내며 외곽으로 여유 있게 돌았다.

구경하는 사람의 눈에는 일격필살로 보일지 모르나 충분히 감당이 가능한 공격이었다.

귀왕도 마찬가지였지만 운호도 진신절학을 뿜어내지 않고 있었다.

운호가 지금 펼치고 있는 것은 유운검법이었다.

극성에 달하면 구름이 흐르는 것처럼 한없이 유연하고 수많은 변화로 적의 눈을 현혹시켜 언제 당하는지조차 모르게 고혼으로 만들어 버린다는 절학이다.

개개의 초식으로는 사일검의 위력에 미치지 못했으나 연환으로 따진다면 유운검의 위력은 오히려 사일검을 능가할 만큼 강력했다.

한 치의 빈틈도 보이지 않고 전진해 오는 귀왕의 공격을 향해 운호는 유운검법으로 대항하며 수많은 충돌을 거듭했다.

쿵쿵… 쾅… 쾅.

한번 부딪칠 때마다 손이 저리는 충격이 왔으나 운호는 안색조차 변하지 않고 귀왕의 눈에서 시선을 떼지 않았다.

고수는 적의 칼을 보지 않고 눈을 본다.

눈에 모든 정보가 담아 있기 때문이다.

하수들은 이해하지 못하겠지만 중수 정도만 되도 충분히 이해하는 기초 무리 중의 하나가 바로 관안이다.

상대의 눈에서 나오는 눈빛과 시선, 그리고 흔들림만 보고도 어딜 어떻게 공격할지 정확하게 예측하지 못한다면 고수로 들어선다는 것은 지난한 일이 될 것이다.

운호의 검이 유운에서 사일로 변한 것은 귀왕의 칼이 그동안 펼치던 것과 다르게 단초의 승부로 바뀌었기 때문이었다.

유운의 연환을 깨기 위해 다가오는 귀왕의 공격은 소름이 끼치도록 무서웠다.

거의 완벽에 가까운 연환이었으나 귀왕은 정확히 유운검법의 초식 사이를 파고들었기 때문에 운호는 어느 순간 뒤로 훌쩍 물러서며 섬전(閃電)으로 맞섰다.

콰앙…!

지금까지 울렸던 어떤 충돌음보다 커다란 굉음이 터지며 양측이 동시에 뒤로 물러섰다.

그들의 눈은 더없이 가라앉아 있었는데 지금의 싸움이 가져다 준 희열이 그 속에 은은하게 담겨 있었다.

절대고수의 경지에 오른 자들의 전투.

가지고 있는 모든 힘을 터뜨릴 수 있는 상대를 만난다는 것은 다시없는 행운이고 기쁨이었으니 그들은 서로를 향해 병기를 겨누면서도 미움을 내보이지 않았다.

"훌륭하구나."

"당신도 그렇소."

"어린 나이에 그 정도의 무력이라니. 참으로 대단하다."

"점창에는 나 같은 사람들이 손으로 셀 수 없을 만큼 많소."

"사실이냐?"

"그렇소."

"크크… 거짓이면 또 어떨꼬. 어차피 내 눈으로 직접 너의 무력을 확인했으니 그것으로 충분하다."

"안 믿어도 상관없소. 당신들이 벌이는 판에 점창을 끌어들이는 순간 점창의 검이 어느 정도인지 자연히 알 수 있을 테니까."

"지금까지는 재미였고. 일 각만 더 하자. 그 정도면 싸움이 끝나는 데 충분할 것 같구나."

귀왕이 눈을 돌려 흑포 괴인들과 장황이 이끄는 풍뢰당과의 싸움을 확인한 후 말을 꺼냈다.

그는 반수나 쓰러진 흑포 괴인들의 안위에 대해서는 전혀 신경을 쓰지 않는 모습이었다.

이것 또한 뭔가 이상하다.

함께 움직인 자들의 안위에 대해서 전혀 관여하지 않는다는 것은 귀왕이 저들과 아무런 관계가 없다는 것을 의미한다.

그렇다면 귀왕 역시 천검회에 의해 어쩔 수 없이 나선 것에 불과하다는 뜻이 된다.

귀왕 정도 되는 절대고수가 남의 손에 의해 움직인다는 것은 참으로 어렵고도 힘든 일이다.

그랬기에 운호는 흑룡검을 좌로 비켜내며 물었다.

"당신이 받은 금제는 뭐요? 정말 궁금하오."

"알 것 없다."
"그럼 우리 내기 하나 합시다."
"내기?"
"백 초 승부를 펼쳐 나를 이곳에서 열 발자국 뒤로 물러서게 만들지 못하면 당신이 지는 것이오. 어떻소?"
"가소로운 놈."
귀왕의 눈이 가늘게 오므려지며 비릿한 미소가 떠올랐다.
말도 안 되는 제안이었기 때문이었다.
그리고 들어줄 이유도 없었다.
그럼에도 귀왕은 눈가에 웃음을 지우지 않은 채 운호를 바라봤다.
할 이야기를 하란 의미였다.
무슨 생각을 가지고 있는지 모르겠지만 그 하나만 가지고도 그는 운호의 제안을 들어줄 것으로 보였다.
"내가 이기면 한 가지만 말해주시오."
"뭘 말이냐?"
"이 암계의 범위. 내 생각에는 천검회만 관련된 게 아닐 것 같소."
"크크크. 넌 참 재밌는 놈이로구나. 좋다. 그 대답은 네가 이기면 해주마."
귀왕의 입에서 괴소가 흘러나왔다.
지옥귀왕이란 명호답게 그는 젊은 시절 천하를 종횡하며 수많은 사람을 죽인 살인마였다.

자신의 앞을 막는 자는 닥치는 대로 죽였고 마음에 들지 않아도 살인을 서슴지 않았다.

그런 그가 강호에서 종적을 감춘 것은 벌써 십 년도 더 된 일이었는데 소문에 따르면 자신의 죄를 뒤늦게 깨우치고 은거를 결심했다고 전한다.

그런 귀왕이 세상에 나온 이유는 과연 뭘까.

정말 궁금한 일이 아닐 수 없었다.

백 초를 한계로 둔다는 것은 그들의 싸움이 이전과는 완벽하게 달라진다는 것을 뜻한다.

적정의 원리가 무너지기 때문이다.

적의 내력과 초식에 맞춰 움직이는 것이 아니라 오로지 적을 이기기 위해 전력을 기울이는 싸움으로 변한다는 건 가진 모든 것을 한꺼번에 쏟아낸다는 걸 의미한다.

그 결과는 지금 눈으로 보여지는 것처럼 엄청날 수밖에 없었다.

마치 용들의 싸움과 같았다.

일격 일격에서 뿜어져 나오는 괴력은 사람의 힘으로 받아낼 수 없을 정도로 강력한 것이었다.

귀왕의 독문무공인 혈사도법(血巳刀法)은 총 구식으로 구성되어 있는데 백 초식을 한정하고 승부에 돌입하자 그는 마지막 후삼식을 연이어 펼치고 있었다.

고수의 자존심은 목숨에 비해 결코 가볍지 않은 법이다.

운호의 검도 마찬가지로 분광에 이어 회풍까지 풀어내며 천지 사방으로 검기를 뿜어내었다.

귀왕의 마지막 후삼식을 막을 수 있는 것은 분광과 회풍뿐이었다.

시간이 지날수록 그들의 격돌은 점점 느려져 갔다.

느려졌지만 공기의 파장이 훨씬 크게 확장되어 나갔다.

그만큼 진신력을 끝까지 끌어내고 있다는 뜻이다.

고수가 자신이 지닌 내력을 십 성으로 끌어올리게 되면 움직임은 느려지고, 대신 온몸이 터질 듯이 부풀어 오르게 된다.

지금의 귀왕이나 운호처럼.

작은 선을 그려놓고 십 보를 벗어나면 지는 것으로 하겠다는 운호의 제안은 어찌 보면 허황한 것인지도 모른다.

고수들의 대결은 물러서지 않겠다는 마음으로 버틴다 해서 버텨지는 게 아니기 때문이었다.

이미 장황이 이끄는 풍뢰당은 흑포 괴인들을 모두 도륙하고 귀왕과 운호의 싸움을 지켜보는 중이었다.

얼마나 험악한 싸움이었는지 풍뢰당 백오십의 무인 중 살아남은 것은 백여 명뿐이었다.

직접 싸움을 벌이는 사람들도 쉽지 않은 기회였지만 이런 절대고수들의 대결을 지켜본다는 것은 기연이라 말할 수 있을 정도로 희귀한 경험이었다.

그들도 무인이었으니 현재 두 사람의 결투가 얼마나 지독하게 대단한 것인지 알 수 있다.

찢어질 듯 부릅떠진 눈. 그리고 벌어진 입.

평생 어느 순간 이런 전투를 볼 수 있단 말인가.

인간이되 인간이 아닌 자들의 결투는 산천초목을 흔들 만큼 거대한 위력을 지녔다.

2장

천평

백 초가 다가오자 두 사람의 격전은 더욱 험해졌다.

지든 이기든 둘 중 하나는 치명상을 입어야 할 만큼 최후의 순간이 다가오고 있었다.

그것은 운호가 깔아놓은 음모의 검은 자락이었다.

만약 귀왕이 목숨을 걸지 않고 후퇴라는 방법을 쓰게 되면 막을 방법이 없기 때문에 그에게 자존심이라는 덫을 놓았던 것이다.

그리고 그 덫은 멋지게 맞아 들어 귀왕으로 하여금 전력을 기울이게 만들었다.

구십 초가 넘어가면서 두 사람의 몸이 땀으로 범벅이 되었다.

워낙 전력을 다해 부딪쳤기 때문에 두 사람의 숨소리는 거칠게 변한 지 오래였다.

그리고 마지막 삼 초를 남겨놓고 드디어 미증유의 격돌이 시작되었다.

시작할 때 그어놓은 선에서 정확히 여덟 발자국 되는 곳까지 밀렸기 때문에 두 발자국만 더 뒤로 물러서면 이 내기는 운호가 지게 된다.

하지만 내기는 미끼에 불과했기 때문에 운호는 검을 잡은 손에 힘을 가해 마지막 승부에 대비했다.

귀왕은 혈사도법의 최후 초식 귀곡(鬼哭)을 꺼내 들었는데 마지막을 위해 남겨놓은 것 같았다.

미첨도에서 맺힌 핏빛 검기 속에서 한을 품고 죽어간 원혼의 울음소리가 새어 나왔다.

구슬프고 섬뜩한 비명.

운호는 흑룡검을 휘둘러 회풍 중 탄(彈)자결을 불어넣었다.

위력 면에서 회풍 중 가장 강한 초식으로 지금처럼 단초 승부에 최적화된 비기다.

문제는 한 번 펼치면 시전한 운호조차 회수가 불가능하다는 것이었다.

그만큼 강력했고 치명적이다.

운호는 이를 악물었다.

강호에 나와 한 번도 시전하지 않았던 비기를 펼친 것은 이 한 수로 귀왕을 잡기 위함이었다.

귀왕의 공격에 맞추어 운호는 검에 맺혀 있던 검기를 강하게 튕겨냈다.

쐐액…!

귀신의 울음소리를 흘리며 날아드는 귀왕의 숨겨진 도기를 향해 회풍이 첩첩을 이루며 날아갔다.

온 세상이 운호가 펼친 원형의 검기로 가득 뒤덮였다.

원의 물결.

귀왕이 뭔가 이상함을 느끼고 공격하던 힘에 숨겨놨던 마지막 내력까지 쥐어짜서 대응했으나 이미 늦었다.

그는 무엇 때문인지 칼에 살기를 담고 있지 않았었는데 그것이 그의 생명을 단축하는 원인이 되고 말았다.

절대고수들의 싸움에서 살의를 거뒀다는 의미는 단순한 비무 이상이 될 수 없는 것이었다.

수많은 충돌에 이어 무수한 불꽃이 허공을 향해 터져 나갔다.

병기 간의 충돌로 인해 생긴 것이 아니라 내력으로 인한 것이었기에 불꽃은 쉽게 꺼지지 않고 공간 속을 헤매다가 한참이 지난 후에야 소멸되었다.

승부는 백 초를 채우지 않았다.

마지막 일 초를 남기고 밀어낸 운호의 회풍이 귀왕을 땅바닥에 처박았기 때문이었다.

쓰러진 귀왕의 허리는 반이나 잘렸고 입에서는 꾸역꾸역 피가 새어 나왔다.

그럼에도 그의 눈은 운호에게서 떨어지지 않았다.

"도사라는 놈이 암계를 쓰다니… 쿨럭."

희미해져 가는 눈을 한 채 귀왕이 어렵게 입을 놀리다가 선지피를 쏟아냈다.

그 처참한 모습을 보며 어깨와 가슴에 상처를 입은 운호가 천천히 다가왔다.

"미안하오. 당신이 도망가면 잡을 방법이 없을 것 같아서 그랬소."

"나는 너를 죽이고 싶지 않았다."

"알고 있소."

"왜 그랬는지 아느냐?"

"그건 모르겠구려."

"도사를 죽이면 지옥에 갈 것 같아서… 으히히히."

피를 흘리며 웃는 귀왕의 입에서 고통에 겨운 신음 대신 괴상한 웃음이 흘러나왔다.

그는 자신의 농담이 무척 만족스러운 모양이었다.

상황에 어울리지 않는 여유.

그는 지금의 이 상황을 그리 억울하게 생각하는 것 같지 않았다.

자신의 마지막 초식인 귀곡처럼 서늘한 웃음을 터뜨린 귀왕이 잠시 호흡을 고른 후 다시 입을 열었다.

"꼬마 도사 놈아, 무공만 뛰어난 게 아니라 머리도 뛰어나구나. 나 같은 늑대를 유혹해서 승부를 보게 만들었으니 너는 여우라고 불러도 손색이 없다. 하지만 한 가지는 알아야 할 것이다. 내가… 널 죽이고자 했다면 너 역시 온전하게 서 있지 못했다는 걸.”

“그랬을 것 같소.”

“참으로 엿 같은 한평생이었다. 이제 눈을 감는다고 생각하니 모든 괴로움이 다 꿈처럼 느껴지는구나. 이리 편해지는 걸 모르고 미망에서 깨어나지 못한 채 미친 듯 살아오다니 진정 어리석었다.”

“귀왕, 미안하오. 하지만 약속은 지켜줬으면 좋겠소. 암계가 어디까지요?”

“조만간 천하는 강자들이 패권을 차지하기 위해 피를 흘리는 각축장으로 변하게 될 것이다. 천검회가 벌인 일은 그중 하나일 뿐. 아마 호남과 강서에도 지금쯤 일이 벌어지고 있을 게다.”

“사천에서 벌어지는 일도 같은 맥락이오?”

“내가 알기로 사천은 아니다. 하지만 균이 따진다면 영향을 받긴 했겠지. 팽팽한 힘의 균형을 누군가 깬다면 천하는 금방 혼돈 속으로 빠져들게 된다. 당문은 어리석게도 제일 먼저 그 희생양이 된 것뿐이다.”

“주재자는 누구요?”

“그것까지는 나도 모른다. 하지만 이 일의 주재자는 천검회가 아니라 다른 자들이다. 그들은 그 조직을 천(天)이라고 불렀다.”

"하늘을 의미하는 것이오?"

"광오하게도 그렇게 부르더라. 나는 그자들의 세력이 엄청나다는 것 정도만 알고 있을 뿐이다."

"당신은 그것을 어찌 아셨소?"

"헉헉… 마두들을 제외하고 사파의 고수 중 백대고수에 속한 자들은 나를 비롯해서 셋에 불과하다. 다른 자들은 몰라도 그들과는 교분을 가지고 지내 왔었다. 나를 뺀 나머지가 간 곳이 호남과 강서다. 그들이 맡은 임무는 내가 한 짓과 같은 것이었다."

"그들이 간 곳은 어디요?"

"천문과… 수라맹… 커억!"

이번에 토해낸 것은 뭉쳐 있던 핏덩이였다.

그리고 잠시 후.

진한 피가 가슴으로 흘러내릴 때 귀왕의 잘라진 옆구리를 막고 있던 손이 스르륵 떨어졌다.

팔에 힘이 가해지지 않는다는 건 신체의 기력이 모두 빠져나갔다는 뜻이다.

귀왕은 더 이상 말을 하지 못하고 거친 숨을 헐떡거렸다.

흐려진 눈. 간신히 떠진 눈은 여전히 운호를 바라보고 있었다.

그랬기에 운호는 더 이상 묻지 않고 그의 앞으로 다가섰다.

귀왕의 얼굴에서 희미한 미소가 떠오른 것은 운호의 검이 그의 목을 향해 겨누어졌을 때였다.

장황은 돌아서는 운호를 바라보며 꼼짝하지 못했다.

무림십왕의 하나인 지옥귀왕을 소멸시킨 마검의 위력은 그의 행동을 제어하는 데 충분하고도 남았다.

그것은 장황뿐만 아니라 철혈문 본단에서 나온 매풍검도 마찬가지였다.

그는 귀주 전역을 휩쓸고 다니던 검객이었으나 운호의 막강한 신위를 직접 눈으로 견식한 후부터 말을 잊고 말았다.

천천히 다가간 운호가 입을 연 것은 그들 뒤에 있던 부단주 장학이 기세에 압도되어 한 걸음 물러섰을 때였다.

"들으셨소?"

"들었습니다."

"철혈문은 천검회의 표적이 되었소. 철저히 준비하셔야 될 것 같습니다."

"그렇지 않아도 본 문이 비상 상태에 돌입한 상태입니다. 천검회가 강하다는 건 인정하나 우리도 그리 녹록하게 당하고만 있지는 않을 것이오."

"암계가 있고 귀계가 있습니다. 재삼 숙고해서 행동해야 하오."

"그러리다. 귀왕을 처단해 주셔서 정말 감사드립니다. 들어가십시다. 저녁에 반주를 준비하겠소."

"아닙니다. 나는 지금 천평으로 갈 생각입니다."

"유령마조를 잡으실 생각이오!"

"나의 목표는 탕마행입니다. 유령마조와 음풍수사를 잡는 건 당연한 일이지요."

"마검께서 그리해 주신다면 본 문에 커다란 도움이 될 것이오. 철혈문의 일원으로서 마검의 도움에 진심으로 감사드리는 바이오."

"사문의 명을 받고 탕마를 위해 출행한 사람입니다. 저는 제 할 일만 했을 뿐이니 그리 생각하지 않으셔도 됩니다."

"허어……."

장황의 입에서 마른 한숨이 새어 나왔다.

천하를 들었다 놨다 한다는 절대고수이자 무림십왕 중의 하나인 지옥귀왕을 죽여놓고도 아무런 생색을 내지 않는다.

만약 이 자리에 마검이 없었다면 바닥에 뒹굴고 있는 시체들은 흑포 괴인들이 아니라 자신들이 될 수도 있었을 것이다.

그랬기에 장황은 정중히 허리를 숙였다.

마검의 무력은 상상을 초월할 만큼 대단했지만 그의 심성은 그에 못지않게 넓고 깊다.

그랬기에 그는 감탄을 숨기지 않은 채 운호를 바라봤다.

"언젠가 기회가 된다면 나는 마검과 함께 밤이 새도록 술을 마시고 싶구려. 그대와 마시는 술은 내 인생에서 가장 맛있는 술이 될 것이오."

"고마운 말씀이오. 아마 내일쯤 내 동료들이 당주님을 찾아올 겁니다. 그들은 내가 여기에 있는 걸로 알고 있으니 나를 찾으면 천평으로 갔다고 전해주십시오."

"걱정하지 마시오. 내 그렇게 하리다."

운호는 화평을 떠나 천평으로 향했다.

장황에게 한 말처럼 당장 그의 머릿속에 있는 것은 오직 사문에서 명받은 탕마뿐이었다.

물론 수많은 변수들이 작용하고 있다는 것을 안다.

천검회가 마두들을 이용하면서 그 속내가 궁금했으나 함부로 뛰어들어 그들의 뒤를 캐다가는 태강처럼 수많은 목숨과 싸워야 하는 경우가 계속 발생하게 될 것이었다.

쉽사리 결행할 일이 아니었다.

그리고 그러한 판단은 귀왕의 말을 들으며 더욱 굳어져 갔다.

천이라는 정체 모를 조직이 천하를 혼돈에 빠져들게 한다는 정보를 들었지만 생각해 보니 막상 그가 할 수 있는 일은 많지 않았다.

아무리 뛰어난 무력을 지녔다 해도 개인의 힘으로 그들 모두를 상대한다는 것은 불가능에 가까운 일이다.

하지만 탕마는 다르다.

세상을 어지럽히는 자들이 있는 한 그들을 척결하면서 협의 기치를 드높일 수 있으니 반드시 실행해야 할 일이었다.

더불어 암중 세력이 그들을 이용하고 있기 때문에 어떤 경로로든 부딪칠 수밖에 없을 것이다.

모든 일은 순리에 따라야 한다.

천평으로 가서 유령노조를 잡으려는 이유는 바로 그런 것 때문이었다.

유령노조와 음풍수사를 잡은 후 호남과 강서로 이동할 생각이었다.

운호는 탕마행을 하면서 천하의 흐름을 볼 필요성이 있었다.

천이라는 조직의 목적이 무엇인지.

천하가 그들의 손에 어떻게 움직이는지 면밀하게 관찰해야 한다.

꿈틀거리는 천하.

새삼 죽으면서 아쉬워했던 막여의 말이 생각났다.

무인으로 태어나 멋진 싸움판에서 살다가 죽고 싶었다던 그의 말이 마음을 무겁게 만들었다.

그의 말대로 천하가 암계 속에서 은밀하게 움직이고 있었다.

누가 누구를 믿을 수 있을까.

팽창할 대로 팽창된 무림문파들의 힘은 언제 터질지 모르는 활화산과 다름이 없었다.

누군가 억지로 제어해도 힘들 시기에 오히려 뇌관을 건드리는 세력까지 나타났으니 이제 무림은 난세로 치달을 것이 분명했다.

천평은 철혈문의 뇌호당이 자리를 잡은 곳이었다.

화평과는 직선거리로 백 리가 떨어져 있고 철혈문의 전초부대가 자리 잡았던 삼도의 후방으로 오십 리에 위치한 남부의 요충지 중 하나였다.

이곳이 유령노조가 이끄는 부대들에게 기습을 당하기 시작한 것은 화평의 풍뢰당이 공격당한 시기와 비슷했다.

치고 빠지는 전략.

워낙 최정예의 무인들로 교묘하게 기습 작전을 펼쳤기 때문에 뇌호당은 많은 피해를 보고 있었다.

분명 화평과 똑같은 상황일 것이다.

운호가 천평에 도착한 것은 어둠이 내리기 시작한 저녁 무렵이었다.

하지만 이번에는 화평에서 한 것처럼 철혈문을 찾지 않고 뇌호당이 머무는 전각에서 멀찍이 떨어진 야산에 자리를 잡았다.

경험이 불러온 행동이었다.

기습을 하고 빠지는 자들이라면 굳이 뇌호당과 같이 있을 이유가 없었고 유령노조가 강남삼대마두에 포함될 만큼 강하다 해도 충분히 상대할 수 있다는 자신감이 있었기 때문이었다.

철혈문과의 관계도 껄끄러웠다.

자신이 싸움에 가담한 이유는 탕마의 대상이 철혈문을 공격했기 때문이었다.

천하가 혼돈에 빠져드는 지금, 섣불리 타 문파의 일에 관여

한다는 것은 결코 바람직한 일이 아니었다.

운호는 건량을 꺼내 질겅질겅 씹으며 하늘을 바라봤다.

저녁노을이 불타듯 하늘을 수놓고 있었다.

그리고 그 노을 속에서 수줍게 웃고 있는 당운영의 모습이 보였다.

그녀는 잘살고 있겠지?

오십여 명의 흑객이 뇌호당이 머무는 전각에 나타난 것은 어둠이 짙게 내려앉았을 때였다.

담장을 뛰어넘어 급습하는 그들의 신형은 마치 그림자만 움직이는 것처럼 보일 정도로 은밀했다.

그들이 들어가고 나서 잠깐의 시간이 흐른 후 전각 쪽에서 비명이 흘러나오기 시작했다.

일방적인 싸움이 아니란 건 비명 소리만 들어도 알 수 있었다.

뇌호당 측에서도 기습을 대비하고 있었던지 전각 쪽에서는 치열한 싸움이 벌어지는 중이었다.

운호는 천천히 일어나 전각을 향해 움직였다.

전각까지의 거리는 오십 장. 불과 숨 몇 번 들이켤 시간이면 접근하기에 충분한 거리였다.

그러나 운호는 싸움판에 가담하지 않고 조용히 기다렸다.

이곳을 공격하는 자는 유령마조다.

그는 끝장을 보는 공격이 아니라 기습 후 일정한 피해를 주면 미련 없이 사라졌다.

지금 움직이면 그를 잡는 건 어렵지 않을 것이나 그리되면 이디에 있을지 모를 음풍노사를 잡기 위해 또 어려운 발걸음을 해야 한다.

운호는 동시에 둘을 모두 잡고 싶었다.

후퇴하는 유령마조를 따라가면 음풍노사도 같이 잡을 수 있을 것이라는 게 그의 생각이었다.

그랬기에 그는 은밀하게 몸을 감춘 채 유령노조가 후퇴하기를 기다렸다.

흠칫!

유령마조가 빠져나오길 기다리던 운호는 이십여 장 밖에서 그를 노려보는 기운을 확인하고 슬그머니 침을 삼켰다.

적대의 기운이 아니라 자신의 존재를 알려주는 기세였기에 운호는 어깨를 끌어올려 가볍게 고개를 좌에서 우로 돌렸다.

엄청난 압박감이다.

만약 그 압박감이 살기였다면 금방이라도 검을 뽑아야 될 만큼 대단한 기운이었다.

당장 날아가 정체를 확인하고 싶었으나 운호는 움직이지 않았다.

살기를 보이지 않는다는 건 최소한 적이 아니란 뜻이기 때문이었다.

약 반각이 더 흐르자 장원으로 침입했던 흑객들이 비조처럼 빠져나오기 시작했다.

선두에 선 자는 흑객들과 비슷한 복장이었으나 요대의 색깔이 달랐고 머리에 옥건을 쓰고 있어 구분하기가 쉬웠다.

흑객들을 이끄는 유령마조가 분명했다.

공격에 가담했던 흑객들은 그 숫자가 줄어 서른이 조금 넘었는데 뇌호당도 타격을 입었는지 추격할 엄두를 못 내는 것 같았다.

아직 본단에서 고수들을 지원받지 못한 뇌호당은 방어에만 치중하고 있었다. 공격을 받고도 추적하지 못할 정도라면 전력 손실이 생각보다 많다는 뜻이다.

신법을 펼쳐 움직이는 흑객들을 은밀히 쫓으며 운호는 신비인의 기척을 계속해서 살폈다.

예상대로 그는 자신처럼 흑객들을 따르고 있었다.

입맛이 썼다.

하는 행동으로 봤을 때 그의 목표도 유령마조를 포함한 흑객들인 것 같았기 때문이었다.

자신의 밥그릇에 누군가 젓가락을 내민 기분이다.

유령마조가 신형을 세운 곳은 천평 시가지에서 동북쪽으로 오십 리 정도 떨어진 낡은 장원이었다.

그들은 마치 집에 돌아온 것처럼 스스럼없이 장원으로 들어갔는데 그곳에는 먼저 있던 사람들이 나와서 그들을 맞아주고 있었다.

음풍노사가 이끄는 부대가 틀림없었다.

예상이 맞아떨어지자 운호의 얼굴에서 슬그머니 미소가 떠올랐다.

사람은 쓸데없는 일을 하지 않게 되었을 때 기분이 좋아지게 마련이다.

생각 같아서는 당장 들어가고 싶었으나 운호는 좌방으로 이십 장 정도 떨어진 관제묘의 측면을 노려봤다.

먼저 해결을 해야 될 일이 있다.

비록 신비인의 정체가 적이 아니라 해도 명확하게 선을 그어놓는 것이 필요했다.

천천히 걸어 그가 숨은 곳을 향해 다가갔다.

신비인은 운호가 접근해 올 거라 생각하지 못했던지 기파를 쏘아서 걸어오는 걸 방해했다.

하지만 운호는 그 기세를 무시하고 오 장 앞까지 다가서서 여유 있게 입을 열었다.

“얼굴이나 봅시다. 나오시오.”

“쯧쯧… 마검이 이리 급한 성격을 가졌는지 몰랐소.”

“난 성격이 지랄 맞아서 정체불명의 사람과 같이 행동하면 두드러기가 나오. 그러니 순순히 나오는 게 좋을 것이오!”

“할 수 없구려. 정 그렇다면 나가리다.”

말이 끝남과 동시에 하나의 인형이 어둠 속에서 일어나 운호 쪽으로 걸어 나왔다.

회색의 전도복. 그리고 옷깃에 수놓아진 칠성.

무당이다.

운호는 나타난 사람의 정체를 확인하고 눈살을 찌푸렸다.

무당 사람을 여기서 만날 줄은 꿈에도 생각하지 못했기 때문인데 막상 정체를 알고 나자 마음의 찜찜함이 더욱 커졌다.

자신은 점창의 상징인 흑색 전도복을 벗고 일반 무복을 입고 있었는데 눈앞에 있는 자는 버젓이 무당의 전통 무복을 입고 있어 그러한 마음을 더욱 크게 만들었다.

숨기지 않겠다는 자신감.

무당이라는 이름이 지닌 무게가 아무리 크다 해도 뛰어난 무력을 지니지 않았다면 이런 일을 하면서 전도복을 입지 못한다.

더군다나 나타난 자의 나이는 아무리 많게 잡아도 서른이 채 되지 않았다.

"무당 분이셨구려. 나를 알고 계시던데 그대의 명호가 어찌 되오?"

운호는 차분하게 가라앉은 눈으로 상대를 지그시 바라보며 물었다.

무당이 신주십강에 들 만큼 강력한 문파라 해도 서른이 안 된 나이에 운호를 압박할 정도의 무력을 가진 이는 오직 둘뿐이었다.

太嶽(태악), 大嶽(대악).

무당이 차세대의 주역으로 키우고 있는 무인들로 이미 절대의 경지에 도달했다고 알려져 있었다.

눈앞에 나타난 자의 특징으로 봤을 때 정체가 짐작이 갔다.

얼굴은 남자라고 보기 어려울 만큼 갸름했고 전신에 근육이라고는 찾아보기 힘들 정도로 마른 몸매였다.

문제는 그의 외모였다.

얼마나 잘생겼는지 여인이라고 착각할 만큼 아름다운 외모를 지닌 사내였다.

이런 사내는 오직 한 사람뿐이다.

"대악검 무령이오. 만나서 반갑소."

"그럴 것이라 생각했소. 무당이 자랑하는 대악검의 위명은 귀가 따갑게 들었소. 그런 분을 이런 곳에서 만나다니 정말 뜻밖이오."

"마검의 위명에 비하겠소. 부끄러운 과찬이시오."

"자, 이 정도 인사했으니 된 것 같고. 시간이 없으니 우리 정리부터 합시다. 그대가 여기 온 이유는 뭐요?"

"유령마조와 음풍수사를 잡기 위함이오."

자신을 빤히 쳐다보며 대답하는 무령의 뻔뻔함에 운호의 얼굴이 붉어졌다.

마치 주머니 속의 제 물건을 꺼내는 것처럼 이야기하고 있었다.

"그들은 내가 잡기 위해 오랫동안 추적해 온 자들이오. 그리고 이제 다 잡아놓은 판에 젓가락질을 하시겠다?"

"나는 마검이 어제까지 황평에 있었던 걸로 아는데 내가 잘못 알고 있었던 모양이구려. 어제 황평에서 지옥귀왕을 잡은 자는 다른 사람인가 보지요? 오랫동안 추적했다고 하는데 도대체 얼마나 추적한 거요. 나는 저자들을 잡기 위해 칠 일이나 따라다녔소만.”

“험험, 내가 어제 황평에 있었던 것은 맞소. 하지만 내가 저들을 오랫동안 추적했다는 말은 사실이오. 어제는 황평에 있었으나 나는 동료들과 열흘 전부터 저들을 추적하고 있었소.”

무엇 때문인지 몰라도 지기 싫었다.

며칠을 추적했는지가 중요한 게 아니란 걸 알면서도 운호는 말도 안 되는 주장을 하며 무령에게 침을 튀겼다.

그러나 무령도 절대 지지 않을 기세였다.

“태강에서 천검회와 싸운 사람들은 그럼 누구요. 그대는 왜 자꾸 거짓을 말하는 거요?”

“허 참, 이 사람이…….”

태강에서의 일까지 꺼내자 운호가 슬머시 말꼬리를 흐렸다.

태강의 일을 안다는 것은 그가 운호 일행의 움직임을 정확하게 알고 있다는 것을 의미했기 때문이었다.

그랬기에 운호는 헛기침을 한 후 어깨를 폈다.

이왕 이렇게 된 거 궁금한 거나 풀어야겠다는 심산이었다.

“그대는 우리의 행적을 어찌 그리 자세히 아시오. 우릴 따라다닌 거요?”

“난 무척 바쁜 사람이오.”

“그럼 어떻게 알았소?”

“무림은 하루만 지나도 소문이 천 리를 가는 곳이오. 그런

어마어마한 일을 벌여놓았는데 세상 사람들이 모를 거라 생각하셨소?"

운호의 질문에 오히려 무령이 황당하다는 표정을 지었다.

자신은 극비리에 움직였다고 생각했는데 무령은 전혀 그렇지 않다는 걸 이야기하며 이상한 사람 취급을 하고 있었다.

그랬기에 운호의 태도가 변했다.

이 정도의 정보를 가지고 있다면 다른 건 도대체 얼마나 알고 있는지 매우 궁금해졌다.

"유령마조와 같이 있는 자들이 누군지 혹시 아시오?"

"모르오."

"그럼 당신은 왜 유령마조를 찾은 것이오?"

"당신이 사문의 명을 받고 탕마행을 나선 것처럼 나도 제마행을 나온 것이오. 점창만이 협을 시행하는 것이 아니란 걸 알아줬으면 좋겠소."

"음……."

운호의 입에서 짧은 신음이 흘러나왔다.

아직까지 무당 쪽에서는 이 일의 중대성을 정확하게 간파하지 못한 모양이었다.

하긴 충분히 그럴 만했다.

자신조차 우연한 계기로 알게 되었으니 무당이 모른다는 것은 어찌 보면 당연한 것이었다.

하지만 무령은 보통 사람이 아니었다.

"우리는 천검회가 마두들을 이용해서 철혈문을 공격한 이유에 대해서 다방면으로 조사하는 중이오. 유령마조를 지금까지 그냥 내버려 둔 이유도 그 때문이었소."

"다행이구려."

"마검께서는 더 아는 바가 있소?"

"있소."

"천검회가 마두들을 이용해서 철혈문을 공격한 이유를 알고 있단 말이오?"

"대충은 알고 있소."

"말해주시오."

"맨입으로는 말해줄 수 없소."

"무슨 말씀이오?"

"유령마조와 음풍수사를 내가 잡겠소. 양보를 한다면 말해주리다."

"그건!"

"싫다면 나는 말하지 않겠소."

"참으로 욕심이 많구려. 저 둘을 모두 양보할 수는 없소. 하나를 양보하리다. 어떻소?"

"누구?"

"음풍수사."

"조금 아쉽긴 하지만 그렇게 합시다."

"자, 그럼 말해보시오."

"천검회는 비밀 조직의 명에 의해 움직이는 것이오. 우리가 추적했던 흑객들은 그 조직에 속한 자들이요."

"말도 안 되는 소리를… 천검회는 신주십강에 포함될 만큼 강한 문파요. 그런 자들이 누구의 명을 받는단 말이오?"

"귀왕이 죽으면서 나에게 말해준 내용이오. 그는 그 신비 조직의 이름이 천(天)이라 했소."

"마검께서는 나를 놀리는 것이오?"

"내가 왜 그대를 놀린단 말이오."

"말이 되지 않는 소리를 하니 그런 거 아니오. 나는 당신과의 약속을 지키지 않겠소. 거짓으로 얻어낸 약속은 지킬 필요가 없으니."

"당신은 왜 내가 거짓을 했다고 생각하는 거요?"

"세상에는 상식이라는 것이 있기 때문이오. 그대의 말은 전혀 믿을 수 없을 만큼 터무니없소."

"내 말이 사실이란 걸 증명한다면?"

"어떻게 증명한단 말이오?"

"귀왕을 뺀 사파의 삼대고수 중 나머지 둘이 천문과 수라맹으로 갔소. 그들도 여기 귀주처럼 호남과 강서에서 일을 벌인다 하오. 내 말이 맞고 틀리고는 그걸 보면 알게 될 것이오."

"허어……."

이번에는 반대로 무령의 입에서 헛기침이 새어 나왔다.

고수는 기세만 보고도 상대의 심리 상태를 파악할 수 있다고 했지만 무령은 운호의 눈만 보고도 거짓이 아니란 걸 충분히 알 수 있었다.

천하의 마검이 이리 진지하게 거짓말할 이유가 뭐란 말인가.

더군다나 그의 몸에서 흘러나오는 정대함은 가슴까지 뛰게 만들 만큼 도도한 것이었다.

그럼에도 쉽게 수긍하기 어렵다.

천검회에 이어 천문과 수라맹까지 누군가의 손에 의해 조정되는 게 사실이라면 큰일도 보통 큰일이 아니었다.

머릿속에서 수많은 생각들이 그 짧은 순간에 떠올랐다 사라지기를 반복했다.

천하의 정세와 무당의 앞날, 그리고 점창과 눈앞에 있는 마검까지 별별 생각이 다 스치고 지나갔다.

하지만 그가 금방 정신을 차리고 입을 연 것은 아주 간단한 것이었다.

"일단 저놈들부터 잡읍시다. 약속대로 유령마조는 내 꺼요. 내 밥에 침을 흘리면 가만있지 않을 테니 알아서 하시오."

3장

쌍악검

무령이 전도복 뒤에 매어 놓은 태청검을 꺼내 들며 엄포를 놓자 운호의 입꼬리가 슬쩍 올라갔다.

언제 봤다고 협박을…

생각 같아서는 한마디 해주고 싶었으나 계집처럼 생긴 놈과 말싸움하기 싫어서 입을 꾹 닫았다.

가볍게 무령을 노려보던 운호가 신경질적으로 먼저 신형을 날려 전각으로 넘어 들어갔다. 그러자 그에 뒤질세라 무령의 날렵한 몸이 깃털처럼 가볍게 움직여 담장을 훌쩍 건넜다.

운호와 대면하면서부터 무령은 조금이라도 손해 볼 생각이 없는 것처럼 행동하고 있었다.

빠르면서 가볍다.

그리고 현기가 느껴질 정도로 신묘한 보법.

무당이 자랑하는 연청십팔비(燕青十八飛)가 분명했다.

전각으로 들어서자 경계를 서던 자들이 고함을 치며 몰려들었다.

운호와 무령은 담장을 넘었지만 몸을 숨기지 않았기 때문에 경계병들의 이목에 그대로 노출되었다.

흑객들은 일류 수준의 검객들이었기 때문에 완벽한 포위망을 구축하는 데 걸린 시간은 눈 몇 번 깜짝할 사이에 불과했다.

포위망이 완성되고 계속해서 병력이 늘어난 후에야 뇌호당에서 봤던 유령마조와 붉은 입술을 가진 음풍수사가 전위로 나섰다.

그들은 무령의 전도복을 확인하고 인상을 긁으며 이를 갈았다.

특히 유령마조는 무령을 아래위로 훑어본 후 안색이 하얗게 질려갔다.

"무당이구나. 대악검이냐?"

"나를 아는 걸 보니 아직 눈은 멀지 않은 모양이야. 내 정체를 알았으니 온 이유도 알겠지?"

"알지, 너무나 잘 안다. 하지만 네 뜻대로 되지는 않을 것이다."

"과연 그럴까?"

유령마조는 옆에 서 있던 음풍수사와 눈짓으로 의사를 교환한 후 뒤로 훌쩍 물러났다.

그들이 있던 자리를 흑객들이 채웠는데 그 숫자는 백에 달했다.

흑객들은 유령마조와는 다르게 무령이 어떤 존재인지 모르는 모양이었다.

운호는 자신에게 할당된 음풍수사가 슬금슬금 눈치를 보며 뒤쪽으로 빠져나가자 인상을 긁었다.

놈은 자신이 위험에 처했다는 것을 본능적으로 아는 모양이었다.

"어쩌시겠소?"

"뭘 말이오?"

"이자들에게 묶이면 저놈들을 놓치게 될 거요. 아무래도 나쁜 짓을 많이 한 놈이라 그런지 눈치가 빠른 것 같소."

"음……."

"당신이 여기서 저들을 막아주면 내가 가서 두 놈을 잡겠소. 그래주시겠소?"

"그렇게는 못 하오. 대신 마검이 여길 맡아주시오. 저놈들을 잡는 건 내가 하리다."

"꼭 그래야겠소?"

"제마행을 나왔는데 이름이 난 마두는 하나도 잡지 못했소. 그대는 혈번을 비롯해서 귀왕까지 잡았으니 이번에는 나에게 양보해 주시오."

무령의 눈빛에 의지가 담겨 나왔다.

안 된다고 거부해도 반드시 그렇게 할 태세다.

사내의 눈빛이 여인처럼 앙칼져서 반박하기 어렵게 만들었기에 운호는 입맛을 다시며 고개를 흔들고 말았다.

"좋소. 내가 양보하지. 저놈들이 도망가는군. 빨리 가보시오."

"고맙소."

흑객들이 덮친 것과 무령이 몸을 날린 것은 거의 동시에 벌어진 일이었다.

이미 유령마조와 음풍수사는 결정을 내린 후 귀신같이 전각을 빠져나가는 중이었다.

운호는 후방을 향해 신형을 물리며 공격해 온 흑객들의 첨두를 격파했다.

흑객의 인원은 백에 가깝다.

여기서 끝장을 보겠다면 지지 않을 자신이 있었으나 운호는 천천히 물러나며 흑객들의 포위망을 뚫었다.

그의 목적은 유령마조와 음풍수사였지 흑객들이 아니었다.

물론 암계를 가지고 움직이는 자들이었기 때문에 몇을 붙잡아 그 배후를 캐고 싶었으나 그러기 위해서는 먼저 흑객들을 모두 격파해야 한다는 것이 선결되어야 한다.

더군다나 이들은 유령마조와 음풍수사에 배정되어 단순하

게 기습이나 하던 자들이었다.

다시 말해 고급 정보를 알고 있지 못할 가능성이 컸다.

백에 달하는 목숨.

공연한 생목숨을 빼앗고 싶지 않았다.

확실한 적으로 만난 것도 아니고 자신이 추적해서 부딪친 자들일 뿐이다.

이들이 철혈문을 공격했다고 해서 자신이 적으로 삼을 이유가 없었다.

암계에 대한 궁금증은 있었으나 모두 죽인다는 것은 분명 꺼려지는 일이었다.

그랬기에 운호는 흑객들의 일각을 부수며 포위를 하지 못하도록 만들기만 했다.

그대로 후퇴할 수도 있었으나 무령의 안위가 걱정이 되어 시간을 끌었다.

무령은 자신이 흑객들을 상대해 줄 거란 약속을 믿고 있었기 때문에 아무런 말 없이 후퇴했다가는 그를 위험에 빠지게 만들 수도 있었다.

운호는 흑객들의 공격을 막으며 무령을 찾았다.

지붕 위에서 한동안 벌어지던 세 사람의 싸움은 유령노조가 지붕에서 떨어져 내려와 좌측 담장을 타 넘고 도주하면서부터 추격전으로 변했다.

무령은 도주하는 유령노조를 추적했는데 반대쪽으로 도주하는 음풍수사는 쳐다보지도 않았다.

애초부터 그가 잡겠다던 자는 유령노조였기 때문이었을까?

상황의 변화를 눈여겨보던 운호의 검이 무시무시한 파괴력으로 전면과 측면에서 날아온 흑객들을 튕겨낸 후 곧장 음풍수사가 달아난 쪽을 향해 신법을 펼쳤다.

어차피 흑객들을 다 죽이고자 한 것이 아니었기 때문에 운호는 조금의 미련도 남기지 않고 전각의 지붕을 박찬 후 우측 담장을 뛰어넘었다.

급하다.

고수에게 한 호흡은 생사를 결정짓는 중요하고도 긴박한 시간이다.

음풍수사가 우측 담장을 넘은 것은 열 번의 호흡이 지난 후였다.

여기서 조금이라도 시간이 더 지체된다면 놈의 행적을 추적하기 어려워진다.

흑객들이 따라붙는 걸 어렵지 않게 따돌린 운호는 청각을 집중시키며 유운신법을 펼쳤다.

그리 오랜 시간이 지나지 않았음에도 음풍수사는 시야에서 사라져 정신을 집중시키도록 만들었다.

나무를 타고 올라간 운호가 눈을 감고 기파를 쏘아 보냈다.

반발이 없다면 놓친 것이라고 볼 수 있었다.

하지만 운호가 쏘아낸 기파에 반응하는 미세한 기운이 좌방 십이 장 너머에서 슬금슬금 흘러나왔다.

확인할 필요도 없이 음풍수사다.

반응 된 기운은 음습했고 사이했기에 쉽게 알아볼 수 있었다.

그때, 반대쪽에서 막강한 기파가 몰려와 운호의 기파와 충돌했다.

전혀 예상 밖의 상황으로 인해 운호가 주춤할 때 새롭게 나타난 자는 먹이를 찾은 독수리처럼 음풍수사를 향해 날아들었다.

막을 새도 없을 만큼의 속도.

더군다나 음풍수사를 덮친 기운은 현묘했고 강력해서 벼락이 치는 것처럼 느껴질 정도였다.

기가 막혀 그저 지켜보는 수밖에 없었다.

갑자기 무령이 나타나서 자신의 행사를 방해하더니 이젠 엉뚱한 자가 나타나 다 잡은 먹이를 가로채려 하고 있었다.

그런데도 불쾌감은 생기지 않았다.

나타난 자의 무력이 운호의 호기심을 유발할 만큼 엄청났기 때문이었다.

회색 전도복에 그려진 칠성. 무령과 같은 무당의 무인이다.

늠름한 기상에서 뿜어져 나오는 패도적인 검파는 무령이 펼친 정교함과 달리 산악처럼 장중했고 육 척이 넘는 키와 근육으로 뭉쳐진 몸은 사나이의 기백을 고스란히 나타내고 있었다.

태악검 무상임이 분명하다.

언제나 붙어 다닌다고 들었는데 무령이 혼자 나타난 것을 의심조차 하지 못했으니 자신은 강호의 늑대가 되려면 아직 멀어도 한참이나 멀었다.

음풍수사는 무상의 검에 의해 바람에 흩날리는 나뭇잎처럼 휘청거리다가 불과 일 각도 견디지 못하고 쓰러졌다.

그를 압박한 검은 마치 자석처럼 떨어지지 않은 채 따라다니다가 어느 순간 불쑥 사혈을 제압해 버렸는데 얼마나 신묘한지 검이 수십 개로 보일 지경이었다.

무당의 태극혜검이 분명했다.

무당을 세운 장삼봉 조사가 말년에 면벽 수련을 통해 창시한 것으로 알려진 절세의 검법.

그 오의가 너무 심오해서 깨달음이 선행되지 않으면 익히지 못한다는 검법이었고 적전의 제자들만 접할 수 있는 무당의 비학이었다.

검을 집어넣는 무상을 향해 다가서는 운호의 표정은 그리 밝지 않았다.

무당의 제자들은 광명정대하고 불의를 보면 참지 못하는 것으로 알고 있었는데 두 번이나 새치기를 당하자 슬그머니 화가 치밀어 올랐다.

"태악검이시오?"

"그렇소."

"내가 저자를 추적하고 있다는 것을 알고 있었을 텐데 왜 그랬소?"

"천하의 악적을 잡는 일인데 누가 잡으면 어떻소. 그대는 너무 예민하게 반응하는구려."

"내가 너무 예민하다고?"

운호의 목소리가 올라갔다.

무령과 똑같은 상황이었지만 이번에는 참지 않고 음성이 커졌다.

왠지 여인처럼 왜소했던 무령과는 말싸움을 하기 싫었으나 눈앞의 무상은 달랐다.

굵은 음성, 그리고 근육으로 뭉쳐진 몸매.

사내다운 행동과 거침없는 말투가 눈에 거슬린다.

이유는 단 하나.

무상이 자신과 같은 종류의 인간이라는 데서 오는 호승심이 분명했다.

무당이 자랑하는 차세대 제일검은 바로 태악검이었다.

태악과 대악을 합쳐 부르며 쌍악이라 부르고 있었으나 무당 사람뿐만 아니라 천하인들도 태악을 다음 세대의 장문인으로 꼽는 데 주저하지 않았다.

그의 사나이다운 기상이 대악을 넘어서고 있었기 때문이었다.

무상은 운호가 슬쩍 음성을 높이자 빙그레 웃음을 흘렸다.

"천하의 마검이 그깟 일로 화를 내다니 믿을 수 없구려."

"강호에서 벌어지는 행사에서 목숨이 걸리지 않은 일이 어디 있을까. 당신은 세 치 혀로 이번 일을 그까짓 일로 만들고 있군. 이해하지 못할 일이오."

"이해하지 못한다면?"

뚝뚝 끊어지는 말투로 운호가 대답하자 무상의 얼굴에서 웃음이 지워졌다.

그 역시 운호를 보면서 내면에서 호승심이 꿈틀거리고 있었기 때문이었다.

하지만 운호의 얼굴은 그보다 훨씬 더 했다.

"무인이 마음으로 이해하지 못했을 때 하는 행동은 언제나 한 가지뿐이지."

"검을 뽑겠다는 뜻이오?"

"원한다면."

"마치 내가 원한 것으로 몰아가는군."

"잘못해 놓고 사과를 하지 않으니 당연히 원하는 것으로 보일 수밖에. 그것이 과연 내 착각일까?"

"참고 있으니 점점 무례해지는구나. 무당의 태악은 누군가에게 쉽사리 머리를 숙이지 않는다. 검을 뽑고 싶으냐! 원한다면 상대해 주마."

감정이 격해지면서 무상의 말투가 바뀌었다.

사내로서 자존심에 상처를 입는다는 것은 절대 견딜 수 있는 일이 아니었다.

그랬기에 그는 운호의 눈을 똑바로 응시한 채 자신의 검을 슬쩍 끌어올리며 도발했다.

그의 몸에서 뭉클거리며 쏟아져 나오는 현천지기가 퍼져 나가자 공간이 금방이라도 터져 나갈 것처럼 팽팽하게 팽창되었다.

과연 태악검이다.

그러나 운호는 그런 태악검의 도발을 기다린 사람처럼 보였다.

"내가 무례했단 말이지?"

"사람들은 네가 한 행동을 보고 무례하다고 말한다. 그건 나 역시 마찬가지고."

"남의 물건을 가로챈 자는 뭐라고 하더냐?"

"나는 남의 물건을 가로챈 적이 없다."

"이자가 정말… 열 받게 만드는군."

무상의 대답에 운호가 이빨을 드러냈다.

이제는 호승심을 넘어섰다.

자존심이 달려 있으니 물러서고 싶어도 물러설 수 없게 되었다.

하지만 무상 역시 물러날 생각이 없었던지 하얀 웃음을 얼굴에 떠올린 채 말을 끊어 뱉었다.

그의 말은 느렸지만 독했다.

"웃기는 놈이군. 어이, 마검. 황수인가 어디서 조금 명성을 얻었다고 간이 배 밖으로 나온 모양인데 죽기 싫으면 이쯤에서 꺼져. 점창의 체면을 봐서 한 번은 봐줄 테니까."

운호가 더 이상 참지 못하고 폭발한 것은 무상의 마지막 말 때문이다.

자신을 욕보이는 것도 겨우 참고 있었는데 무상이 사문까지 들먹거리자 운호는 즉각 검을 빼들었다.

그의 눈은 이미 불꽃처럼 시뻘겋게 타오르고 있었다.

"가소로운 놈. 감히 점창을 들먹이다니… 와라, 내가 왜 마검인지 알려주마!"

운호는 흑룡검을 빼어든 채 무상의 검이 뽑히기를 기다렸다.

가슴이 빽빽해졌다.

강적과의 대결은 가벼운 흥분과 긴장감을 준다.

기다리는 운호를 향해 잠시의 망설임도 없이 무상의 검이 뽑혀 나왔다.

뽑히는 것과 동시에 발현된 그의 기세로 인해 공간이 응축되며 파동이 생겨났다.

역시 대단한 자다.

하지만 운호는 입꼬리를 끌어올린 후 지체 없이 무상의 미간을 겨냥했다.

"무당이 자랑한다는 태악검의 실력을 보겠다. 최선을 다해야 할 것이다. 죽고 싶지 않으면."

"걱정하지 말고 덤벼."

한 치의 양보도 없다.

누구 하나 물러설 기색이 없으니 이제 싸움만 남았다.

상황이 변한 것은 두 사람이 첨예한 대립을 넘어 격돌을 시작하려 할 때였다.

무령이 장내로 뛰어들었고 그 뒤를 이십여 명의 무인이 따랐다.

무상은 무령의 상태를 확인하자 곧장 날아올라 천지양단으로 무령을 공격하는 도객의 칼을 대신 맞아들였다.

콰앙…!

무상의 일격에 도객이 뒤로 튕겨 나가자 장내로 들어온 자들이 속속들이 자리를 차지하며 포위망을 구축했다.

튕겨 나간 적포 도객은 어느새 흩어진 중심을 바로한 채 무상을 노려보고 있었는데 강력한 반격을 당하고도 멀쩡한 모습이었다.

슬금슬금 피어나는 전율.

무령은 왼팔과 다리에 일격을 맞은 채 연신 피를 흘리고 있었다.

무당의 미래라는 대악검 무령이 이 정도의 상처를 입었다는 것은 적들의 무력이 어느 정도인지 충분히 알 수 있게 만드는 것이었다.

운호는 눈을 오므린 채 나타난 자들을 훑어보았다.

대충 봐도 이십에 달하는 적 중 만만한 자가 하나도 없었다.

무상이 무령의 상처를 돌보는 동안 전면에 나선 것은 운호였다.

감정으로 인해 검을 빼들었으나 지금 이런 상황에서까지 감정을 내세운다는 건 말이 되지 않는다.

"당신은 누구요?"

"자네가 마검이군. 쌍악을 잡으려 했는데 마검까지 있구나. 내가 오늘 운이 좋은 모양이다."

운호가 바라본 것도 질문에 대답한 것 역시 황금 전포를 입은 노인이었다.

그는 적포 도객들의 선두에 서 있었는데 무당이 자랑한다는 쌍악과 황수의 풍운아 마검을 눈앞에 두고도 긴장한 모습을 보이지 않고 있었다.

운호는 노인이 엉뚱한 대답을 하자 입술을 깨물었다.

왼손에 들린 검은 빛깔 묵룡도가 그의 정체를 알려줬기 때문이었다.

무림백대고수의 일인인 패천일도 성사일.

눈앞의 노인은 천검회가 자랑하는 극강의 전투부대 투룡전의 수장임이 분명했다.

상대가 성사일임을 알게 되자 운호는 가볍게 한숨을 쉬었다.

성사일의 뒤에 서 있는 자들의 정체도 짐작이 갔기 때문이었다.

투룡전의 비밀 병기 광룡십팔도.

성사일이 이십 년 동안 전력을 다해 키웠다는 제자들이다.

운호는 그때서야 무령이 당한 이유를 알게 되었다.

패천일도만 가지고도 힘든 마당에 광룡십팔도까지 가세했으니 죽지 않은 것만 해도 다행이라고 봐야 했다.

운호는 여유 있게 자신과 쌍악을 바라보는 성사일의 시선에서 현 상황의 발생 원인을 찾기 위해 맹렬하게 머리를 회전시켰다.

성사일의 목표가 자신이 아니라는 것은 쌍악의 행동 역시 자신처럼 노출되었다는 것을 의미했다.

천검회의 암계는 도대체 어디까지란 말인가.

그들의 정보력은 중원 최고의 수준이라더니 과연 명불허전이다.

"패천일도는 상성에서 나오지 않는다고 들었는데 내가 잘못 알고 있었던 모양이오."

"말하기 좋은 자들이 떠들어서 생긴 오해일 뿐이다. 버젓이 살아 있는데 가지 못할 곳이 어디 있단 말이냐. 상성에서 오래 머물다 보니 생긴 헛소리에 불과하다."

"그렇다면 다행이구려."

"너에게는 그렇지 않을 것이다."

"그거야 두고 보면 알 일이고."

"마검의 배짱이 대단하다고 하더니 제법이구나."

"천검회가 뒤에서 하는 일이 많은 모양이오. 패천일도를 변명하게 만들면서까지 나오게 했으니 말이오."

"무엇을 하는가가 다를 뿐, 모든 문파가 뭔가를 한다. 너희 점창도 탕마행을 하지 않더냐."

"우리 점창은 협을 시행할 뿐 지독한 냄새가 나는 짓은 하지 않소."

"왜 우리가 하는 일이 냄새나는 일이라고 단정 짓느냐?"

"마두들을 끌어들여 음모를 꾸미고 있느니 그렇게 볼 수밖에."

"쓸모없는 자들을 저승으로 보낸 일이었다. 과정이 달랐을 뿐 너희 점창처럼 놈들을 세상에서 지웠으니 결과는 같은데 뭐가 잘못되었다는 거냐?"

"궤변을 늘어놓는군. 당신이 말한 대로라면 그렇게 한 목적도 말해줄 수 있겠지. 그럴 수 있겠소?"

"가소로운 격장지계로다."

"말하지도 못하는 일을 하는 자들은 대체적으로 얼굴이 두꺼운 편이지. 이제 보니 당신의 얼굴도 꽤 두꺼운 편인 것 같소."

"푸하하… 정말 재미있는 놈이군. 하지만 거기까지. 더 알아봤자 무슨 소용이 있을까. 어차피 죽을 텐데."

"날 우습게 본 모양이군."

"네가 태강에서 한 짓은 들었다. 하지만 오늘 여기서 너는 죽는다."

"절대 그런 일은 없을 것이오. 내 목숨은 내가 결정하니까."

운호가 오연하게 턱을 치켜든 채 노려보자 성사일이 풀썩 웃었다.

가소로운 짓이다.

비록 태강에서 운호가 천검회의 정예들을 도륙했다고는 하나 자신이 없어도 광룡십팔도만 있다면 운호와 쌍악을 모두 상대할 수 있을 거라 생각했다.

그만큼 광룡십팔도의 무력은 대단했다.

그들 개인의 무력은 혈패나 혈룡보다 절대 떨어지지 않을 정도였으니 투룡전의 비밀 병기로 손색이 없는 무인들이었다.

더군다나 광룡십팔도가 익힌 용혈무궁진은 가히 무적이라 불러도 손색이 없을 만큼 엄청난 진법의 정화였다.

아무리 쌍악과 마검이 절대의 경지에 들어설 정도의 무인이라도 해도 진에 갇히게 되면 쉽게 벗어나지 못한다.

그랬기에 성사일은 손가락 두 개를 들어 올려 운호와 쌍악을 가리켰다.

놈들의 무력과 경륜이 얼마나 될지 모르나 여기서 반드시 죽인다.

여기서 저들을 놓치게 된다면 또다시 의형인 화검제는 혀를 찰 것이다.

요즘 들어 중요한 일들이 너무 많아 눈코 뜰 새 없이 바쁜 나날들을 보내는 중이었다.

운이 좋아 마검까지 만났으니 이번 기회에 한꺼번에 저승으로 보내지 못하면 귀찮은 일을 스스로 만드는 것과 다름없게 된다.

운호는 흘긋 시선을 돌려 빠르게 무령의 상태를 확인한 후 다시 성사일과 눈을 마주쳤다.

무령은 두 군데에 상처를 입었으나 큰 부상은 아니었던지 무상과 함께 자신을 바라보고 있었다.

빠른 판단만이 목숨을 살릴 수 있다.

패천일도를 자신이 맡는다면 쌍악이 광룡십팔도를 감당해야 되는데 그들의 무력으로 가능할 것인지 판단이 애매했다.

그것은 자신도 마찬가지였다.

패천일도 성사일의 무림 서열은 팔십 위였지만 절대고수 간의 순위는 커다란 의미가 없었으니 이번 싸움에서 이긴다는 확신은 만용에 불과하다.

더 중요한 것은 적들이 과연 이들뿐이냐는 것이었다.

근방에는 유령노조와 함께했던 백여 명의 흑객들도 있었다.

언제 어디서 더 강하고 더 많은 적들이 나타날지 알 수 없으니 이번 싸움은 득보다 실이 훨씬 많았다.

그랬기에 운호는 쌍악을 바라보았다.

운상과 운여였다면 시선을 마주칠 필요도 없었겠지만 쌍악은 자신들을 물끄러미 바라보는 운호의 눈을 한참 바라본 후에야 작게 고개를 끄덕였다.

운호가 움직인 것은 그들의 고갯짓을 확인한 후였다.

그들의 고갯짓에서 자신의 뜻이 전달되었다는 걸 알아챘기 때문이었다.

운호는 발검과 함께 순식간에 연속으로 십이 검을 성사일의 전신에 퍼부었다.

작정을 한 무시무시한 공격이었다.

전력을 다한 운호의 검은 황룡이 되어 성사일을 향해 폭사

되었는데 너무 막강한 위력으로 인해 주변의 나무들이 휘청거릴 지경이었다.

성사일은 운호가 검을 빼자마자 부운도강 신법으로 뒤로 순식간에 물러나며 자신의 묵룡도를 꺼내 들고 마찬가지로 십이도를 찔러냈다.

그의 칼에서는 신비한 기운을 품은 검은 도기가 죽죽 뻗어나와 운호의 검기와 충돌했는데 마치 공간에서 화살이 날아가는 것처럼 여겨질 정도였다.

콰앙… 쾅… 콰쾅!

검기와 도기가 만나면서 엄청난 폭발음이 생겼다.

그와 동시에 운호의 몸이 늘어나듯 뒤로 밀리며 거대한 나무를 타고 숲 속을 향해 날아갔다.

운호가 펼친 것은 공격 초식이 아니라 사일검법의 유일한 방어 초식인 비화(飛花)였다.

도주를 하기 위해 대단한 위력을 나타내는 것처럼 보이는 허초를 펼쳤다는 뜻이다.

"어리석은 짓!"

운호가 순식간에 나무를 타 넘어 시야에서 사라지자 뒤쪽으로 물러섰던 패천일도의 신형이 번쩍거리며 공간 사이를 이동했다.

그의 신법은 특이하게 중간중간 모습을 사라지게 만들고 있었는데 그럼에도 속도는 타의추종을 불허할 만큼 빨랐다.

운호는 유운신법을 펼쳐 전력을 다해 산의 동북방을 가로지르며 움직였다.

그가 뒤쪽으로 몸을 튕길 때 쌍악도 자신과 반대쪽으로 사라지는 걸 확인했기 때문에 마음은 그나마 홀가분했다.

뒤에서 따라오는 거대한 기운이 압박감을 주고 있었으나 운호는 아랑곳하지 않고 전면만 바라본 채 달렸다.

패천일도 성사일.

벌써 이십 년이 넘는 기간 동안 절대고수로 자리 잡은 채 무림의 별이 된 무인이었다.

그럼에도 두렵지는 않았다.

자신의 몸에서 금룡이 꿈틀거린 이후로 누구에게도 진다는 생각을 가져 보지 않았다.

일정한 속도로 두 사람은 끊임없이 달렸다.

산과 산을 넘었고 강과 개천을 건너며 그들은 한 시진이 넘도록 거의 백오십 리를 이동했다.

그러던 그들이 신형을 멈춘 것은 사방이 환하게 트인 이름 모를 구릉지였다.

구릉지를 중앙에 두고 갈대숲이 자리했는데 구릉지에서 봤을 때는 마치 사방에 바닷물이 넘실거리는 것으로 착각할 만큼 아름다운 곳이었다.

앞에서 달리던 운호는 믿을 수 없는 각도로 공중에서 회전하며 신형을 멈추었고 뒤를 따르던 패천일도 역시 어렵지 않게 몸을 가라앉혔다.

"따라오느라 수고했소."

"일부러 그랬다는 말로 들리는구나."

"당신 같은 사람과 싸우면서 다른 자들의 방해를 받고 싶지 않았소."

"그럴 수도 있겠다."

"이제 방해할 사람이 없는 것 같소. 여기는 참으로 아름답구려. 이곳에서 점창의 마검이 패천일도의 칼을 받아볼까 하오."

"네 말대로 참 아름다운 곳이다. 이런 아름다운 곳에서 죽게 되었으니 원망은 덜하겠구나."

성사일이 자신의 묵룡도를 꺼낸 후 사방에 깔린 갈대숲을 향해 시선을 주었다가 천천히 운호를 바라보았다.

그는 여전히 여유로웠고 여전히 묵직했다.

그러나 그런 여유로움은 그만 가지고 있는 건 아니었다.

흑룡검을 빼든 운호는 싱그러운 웃음을 흘린 후 천천히 입을 열었다.

"아는지 모르겠지만 지옥귀왕을 죽인 게 바로 나요."

"뭐라, 정말이냐!"

"놀란 모양이구려. 하지만 사실이기도 하고 사실이 아니기도 하오."

"무슨 헛소리를 하는 것이냐?"

"그는 무슨 이유 때문인지 몰라도 최선을 다하지 않았소. 나는 그것이 무척이나 아쉬웠으나 지금 생각해 보니 그는 자신의 죄 값을 스스로 치른 것이 아닌가라는 생각이 들더구려. 무인으로서 전력을 다하지 못하고 죽어간 그가 너무 불쌍해서 나는 한동안 불편함을 떨치느라 힘이 들었소. 그대는… 절대 그러지 마시오. 나는 더 이상 그런 불편함을 갖고 싶지 않으니."

"가소로운 놈이로다!"

무슨 말을 하는 건지 궁금했기에 조용히 듣고 있던 성사일의 얼굴이 급하게 일그러졌다.

분노로 인해 생겨난 화기가 활화산처럼 터져 나오며 사방으로 퍼져 나가자 공기가 급격히 응축되었다.

금방이라도 폭발할 것 같은 그의 기세는 가공 그 자체였다.

운호의 말은 최선을 다해 싸우라는 뜻이었다.

성사일은 수많은 격전을 통해 셀 수 없는 자들의 목숨을 거두면서 강호의 전설이 되었고 사신으로 불렸다.

그런 자신을 향해 도발해 온 자.

황수의 풍운아로 불리는 점창의 마검.

상성에 파묻혀 나오지 않았지만 마검에 대한 소문은 여러 경로를 통해 들었다.

그럼에도 그저 빙긋 웃고 말았다.

무림의 신성은 말 그대로 떠오르는 별이라는 뜻에 불과하다.

아무리 뛰어난 무력을 지녔다 해도 강호라는 무서운 세계는 신성들이 활개치고 놀 만큼 만만한 판이 아니다.

젊고 새롭다는 것이 전부일 뿐 신성이라 불리는 자치고 기존의 강자를 꺾은 자는 손에 꼽을 정도에 불과했다.

실질적으로 현 무림의 전설로 꼽히는 백대고수 중 나이가 사십에 모자라는 자는 아무도 없다.

강호의 경륜과 경험. 전투의 관록은 지닌 무력이 비슷하다 해도 압도적인 결과로 나타나는 법이기 때문이다.

그랬기에 그는 마검의 소문이 천지를 들썩였어도 가소롭게 생각했던 것이다.

그리고 그 생각은 지금도 변하지 않았다.

오늘 마검은 천하를 질주한 한 자루 검은 칼.

바로 이 묵룡도에 의해 세상에서 지워질 것이다.

4장

오룡봉성

바람에 의해 파도처럼 넘실거리는 갈대숲의 바다, 그리고 바다에 둘러싸인 외로운 섬처럼 불쑥 솟아오른 둔덕.

두 사람이 서로의 병기를 꺼내 들고 마주 서자 평야를 휩쓸며 지나던 바람이 구릉지를 비켜서 휘돌아 나갔다.

달빛은 유유하고 도도하게 흘러 갈대숲을 하얀 빛에 젖게 만들었고 구릉지는 두 사람이 내뿜은 기세로 인해 서서히 진공 상태로 변해갔다.

패천일도 성사일과 황수의 풍운아 점창의 마검.

세상을 깜짝 놀라게 만든 문단벌의 결투가 교교한 달빛 아래서 시작되고 있었다.

절대고수들의 대결.

경천동지(驚天動地), 하늘이 놀라고 지축이 울린다.

그들의 대결은 드넓은 구릉지를 쑥밭으로 만들며 그렇게 끊임없이 지속되었다.

검기와 도기가 서로 물고 물리며 똬리를 틀었고 초식과 초식이 부딪치며 무한한 변화를 만들어냈다.

살아서 움직인다.

그들의 검과 칼은 마치 생명을 가지고 있는 것처럼 절대고수들의 손에서 생생히 살아 움직였다.

밀리지도 밀지도 못하는 싸움.

그럼에도 어떤 싸움보다 살벌했고 어떤 싸움보다 강력했다.

운호는 한 시진이 지나면서부터 분광을 꺼내 들었다.

지금까지는 유운과 사일의 중삼식만 운용하며 버텼으나 성사일의 검기가 점점 짙은 묵빛으로 변해갔기 때문에 분광을 꺼낼 수밖에 없었다.

그도, 패천일도 성사일도 점차 최후의 순간이 다가오고 있음을 느끼고 있었다.

귀왕과의 싸움과는 근본적으로 다른 결투였다.

귀왕은 살기를 담지 않았기 때문에 힘에 부치면서도 여유를 잃지 않았으나 성사일의 묵룡도는 한 초식 한 초식 부딪칠 때마다 온몸이 저릴 정도의 충격이 왔다.

조금의 여유도 없고 한 치의 호흡도 섣불리 흩뜨리지 못할 만큼 패천일도의 칼은 무서웠다.

무인으로 살아오며 키워온 담력은 강철과 같았고 지옥 같은 훈련에서 살아온 세월들은 그에게 굳은 의지와 강한 심장을 갖도록 만들었다.

누구도 두렵지 않다. 그리고 반드시 이긴다.

또다시 반시진이 지났다.

피를 흘리지는 않았지만 그보다 더 지독한 혈투였다.

패천일도의 묵룡도가 변하기 시작한 것은 운호의 숨소리가 거칠어졌을 때였다.

하늘에서 벼락처럼 떨어지는 일곱 개의 검은 도기를 향해 운호는 삼 검을 뻗어냈다.

삼 검이 육 검으로 변했고 마지막에는 십이 검으로 변했다.

검들이 분산되며 뻗어 나가는 광경은 가히 충격적이었고 도기와 충돌하는 검기의 강력함은 압도적이었다.

콰앙…!

충돌로 인한 여파가 구릉지에 퍼져 나갈 때 두 사람의 신형도 휘청하며 뒤로 세 발자국씩 후퇴했다.

운호가 회풍을 꺼내든 것은 바로 그때부터였다.

패천일도의 검어질 대로 검어진 묵룡도기를 향해 운호의 검기가 회전하기 시작했다.

회전의 중첩.

원과 원이 끊임없이 맴돌며 생성하고 소멸하며 묵룡도기를 향해 파고들었다.

화탄이 터지는 것과 같은 무시무시한 충돌음이 터져 나왔고 경기가 사방을 휩쓸었다.

인간의 능력을 넘어선 무인들의 대결.

경기에 휩쓸린 토사들이 허공을 뿌옇게 물들였고 검기의 물결이 공간을 찬란하게 수놓았다.

그러나 두 사람의 신형은 점점 느려지고 있었다.

어느 때부터인가 광폭하게 움직이며 눈에 보이지도 않았던 신형이 보이기 시작하더니 점점 신형이 뚜렷해졌다.

그런 후 점점 속도가 둔해지며 도검의 움직임이 시야에 잡혔다.

지쳤기 때문이 아님은 금방 알 수 있었다.

그들의 검과 도에서 뿜어져 나오는 검기와 도기는 처음보다 훨씬 선명해져 이제 투명하게 보일 지경이었다.

점점 둔해지던 그들의 신형이 결국 멈춘 것은 그로부터 일각이 더 지난 후였다.

두 사람의 얼굴은 득도한 고승처럼 더없이 평온해져 있었다.

"참으로 대단하구나. 귀왕을 잡은 게 이제야 이해가 간다."

"고맙소."

"이제 끝을 보자."

"기다렸소. 일도께서는 비기를 보여주시오."

"그걸 걱정했느냐. 염려하지 말거라. 너는 묵룡망을 상대하기에 부족함이 없으니 전력을 다해 보여 주겠다. 조심하도록."

"나 역시 아직 펼치지 않았던 최후 초식 회풍의 멸(滅)을 보여주리다."

운호의 말을 들은 패천일도의 입에서 기꺼운 웃음이 떠올랐다.

처음과는 다르게 한 올의 경시도 담겨 있지 않은 웃음이었다.

무인으로서 상대를 인정한다는 건 성사일 같은 절대고수에겐 결코 쉬운 일이 아니었다.

그럼에도 그는 운호를 향해 기꺼움을 숨기지 않았다.

"내 생전 너와 같은 자와 칼을 섞은 적이 없다. 참으로 아쉽다. 너와 같은 자를 내 손으로 죽이게 되다니……."

패천일도의 칼이 천천히 들려서 진격세를 넘어 천단세로 변했다.

하늘을 가리키고 있던 칼이 저절로 진동하기 시작한 것은 운호가 가볍게 얼굴을 찌푸리며 흑룡검을 좌방에서 끌어올려 가슴으로 가져왔을 때였다.

위잉…!

묵룡도가 사람의 혼을 자극하는 굉음을 쏟아내기 시작했다.

칼의 울음소리.

귀부에서 들려오는 것처럼 섬뜩하고 소름끼치는 소음이 먼저 운호의 귀를 자극한 후 하늘에서 도망이 떨어져 내려왔다.

검은 빛의 그물이었으나 보이지 않는 암기였기에 운호의 눈에 보이는 것은 그저 텅 빈 하늘뿐이었다.

아무것도 보이지 않는다.

하지만 하늘에서 내려오는 것은 죽음의 기운이었다.

운호는 눈을 감았다가 떴다.

그런 후 호흡을 멈추고 하늘을 향해 흑룡검을 찔렀다.

너무 단순한 행동이었다.

그러나 그 단순한 발검에 운호가 쥔 흑룡검의 검첨에서 원이 생성되며 하늘로 솟구쳐 올라갔다.

하늘로 올라간 원이 흑빛의 도기에 부딪친 것은 눈 깜짝할 사이에 발생한 일이었다.

섬광이 먼저 들렸고 곧이어 폭발이 터졌다.

그르릉… 쾅! 쾅!

운호의 검에서 솟구친 원은 패천일도의 묵룡망에 부딪치자 순식간에 확산되며 도기의 그물을 찢어버렸다.

전력으로 공중으로 떠올라 마지막 비기를 펼쳤던 성사일의 신형이 튕겨지며 둔덕 아래로 떨어져 내렸다.

치명적인 부상을 당한 채 비탈면으로 튕겨 나간 그의 신형은 한동안 죽은 듯 꼼짝하지 않았는데 온몸이 만신창이로 변해 있었다.

운호의 마지막 공격으로 치명상을 입은 것이 분명해 보였다.

하지만 그것은 운호 역시 마찬가지였다.

가슴을 길게 베였고 팔다리에도 각각 두 군데씩 상처를 입은 운호는 둔덕에 쓰러져 꼼짝하지 못했다.

헉… 헉…

가쁜 숨을 몰아쉬는 그의 입에서 시커먼 피가 계속해서 흘러나오고 있었다.

눈의 초점은 잡히지 않았고 팔과 다리는 경련 속에서 제자리를 잡지 못했다.

양패구상이다.

그 누구도 일어서지 못할 정도로 중상을 입었으니 이제 그들의 목숨은 풍전등화나 다름없게 되었다.

누구든 적에게 노출되는 순간 살아남지 못하는 상황에 몰렸으니 이제 죽고 사는 것은 그들의 손을 떠났다.

의식은 살아 있으나 몸이 움직이지 않았다.

그랬기에 운호는 자꾸 감기는 눈으로 달을 바라봤다.

달은 여전히 교교하게 빛나며 아름다운 모습을 하고 있었다.

피식…

자신도 모르게 웃음이 새어 나왔다.

생명이 위험할 정도로 큰 상처를 입었지만 한 올의 두려움이나 후회조차 떠오르지 않았다.

천하를 휘어잡는다는 절대고수, 패천일도와의 싸움에서 이 정도 상처에 그쳤다면 절대 손해 본 장사는 아니란 생각도 들었다.

하지만 정말 이대로 있으면 죽을지도 몰랐다.

아니, 거의 죽는다고 보는 게 맞을 것 같았다.

천검회의 수중에 있는 지역이었으니 누군가 그를 본다면 반드시 가슴에 칼을 꽂을 것이다.

그랬기에 운호는 힘을 냈다.

지금까지 한 번도 와공을 수련해 본 적이 없었지만 생사의 기로에 몰렸기 때문에 이것저것 가릴 처지가 아니었다.

눈을 감고 단전으로 내기를 집중시키려 애를 썼다.

그러나 사지에 퍼져 있던 내기는 어쩐 일인지 꼼짝하지 않았고 오히려 슬금슬금 빠져나가는 것처럼 느껴졌다.

몸은 여전히 손가락 하나 까딱하지 못했는데 내상을 입었는지 단전으로 힘을 모으자 죽은피가 입을 통해 흘러나왔다.

그럼에도 포기하지 않고 마지막이라는 생각으로 이를 악물었다.

시뻘겋게 변한 얼굴이 아귀처럼 일그러지며 입을 통해 피가 꾸역꾸역 새어 나왔다.

패천일도와의 싸움보다 더 처절한 사투가 운호의 몸에서 벌어지고 있었다.

단전에 변화가 생기기 시작한 것은 반다경이 지날 무렵부터였다.

슬금슬금 모이기 시작한 기운이 단전에 뭉쳐 꿈틀거렸다.

천룡무상심법의 효능이 와공에서 가능할 것이란 생각조차 하지 않았으나 최악의 상황에서 막상 기운이 움직이자 날아갈 것처럼 기뻤다.

이대로 조금만 더 시간을 벌 수만 있다면 아무런 대책 없이 목숨이 끊어지는 일은 없을 것 같았다.

그러나 그의 바람은 속절없이 무너졌다.

운공을 시작한 지 불과 일 각 만에 불청객이 나타났기 때문이었다.

운호는 운공을 멈추고 숨도 멈췄다.

누군지 모르나 나타난 사람은 연신 숨을 헐떡이고 있었는데 한동안 누군가에게 쫓긴 것 같았다.

나타난 사람은 아무런 말도 없이 즉시 운호를 업고 신법을 펼쳐 달리기 시작했다.

그의 신법은 신묘하기 짝이 없어 마치 물이 흐르는 것처럼 부드러웠지만 그 속도는 눈에 보이지 않을 정도로 빨랐다.

운호는 이 상황이 너무 황당했으나 결국 눈을 뜨지 못했다.

운공을 하기 위해 무리한 것이 서서히 정신을 잃어가게 만들고 있었기 때문이었다.

정신을 잃어가는 와중에도 다행이란 생각이 먼저 들었다. 죽일 생각이 없는 것 같으니 살아날 가능성이 훨씬 커졌다.

운호를 동굴에 누인 무령은 즉시 등짐에서 금창약을 꺼낸 후 옷을 벗겨냈다.

상처에서 새어 나온 피가 옷에 눌어붙어 잘 벗겨지지 않았기에 그는 조심스럽게 조금씩 운호의 옷을 벗겼다.

피가 범벅이 된 몸이었으나 정말 기가 막히도록 멋진 몸매가 나타나자 무령의 몸이 움찔했다.

군살 하나 없는 운호의 몸은 작은 근육들이 촘촘히 배어 있어 마치 차돌처럼 강하게 보였다.

칼에 베인 가슴과 양쪽 팔에 금창약을 바른 무령은 눈을 돌려 아래쪽을 향했다.

운호의 하체 쪽도 피로 범벅이 되어 있었는데 무슨 이유 때문인지 그곳은 아직도 피가 새어 나오고 있었다.

그럼에도 무령은 쉽게 손을 움직이지 못했다.

같은 남자라면 주저하지 않았겠지만 그는 무당의 제약으로 인해 남장을 하고 살아온 여인이었기 때문이었다.

여자가 싫어 남자로 살아 온 것은 아니었다.

어쩔 수 없어 남자로 살아 왔을 뿐이니 사내의 아랫도리를 벗긴다는 건 쉬운 일이 아니었다.

하지만 그녀는 잠시의 주저함을 뒤로하고 운호의 아랫도리를 벗기기 시작했다.

아무리 고수라도 눈을 돌린 채 치료할 수는 없다.

물론 대충 한다면 가능할지도 모르나 운호처럼 중상을 입은 경우에는 지혈을 하면서 꼼꼼하게 치료해야 되기 때문에 불가능에 가깝다.

슬쩍 비켜 있던 무령의 눈이 어쩔 수 없이 조금씩 돌아왔다.

남자들은 여자들과 달리 고쟁이를 입는 경우가 드물었고 그것은 운호도 마찬가지였다.

그랬기에 하체 쪽으로 눈을 돌리던 무령이 기겁을 하고 눈을 감았다.

처음으로 보는 남자의 중요한 부분은 너무 징그러워 눈뜨기가 두려울 정도였다.

한동안 숨을 몰아쉬며 눈을 감고 있던 무령이 용기를 낸 것은 꽤 오랜 시간이 지난 후였다.

운호가 정신을 잃고 있다는 것이 그녀에게 용기를 심어주었다.

눈을 뜬 무령은 상체를 치료할 때와는 다르게 빠른 속도로 아래쪽에 난 상처를 지혈하고 금창약을 발랐다.

강적과 대결한 것처럼 숨을 몰아쉬던 그녀가 문득 생각났던지 급하게 운호의 하의를 입히기 시작했다.

사내의 아랫도리를 벗겨놓고 같이 있기에는 여자로서 매우 어려운 일이었다.

하지만 벗겼던 것보다 입히는 것이 훨씬 어려웠다.

피가 엉겨 붙어 조심스럽게 떼어내면서 벗겼기 때문에 벗길 때도 쉬운 일이 아니었지만 입히는 것은 그보다 배는 더 어려웠다.

그녀의 눈에 운호의 중요 부위가 자꾸 들어왔고 옷을 입히면서도 자꾸 손이 걸렸기 때문이었다.

미치고 펄쩍 뛸 일이었다.

최대한 조심하고 또 조심했으나 옷을 입히는 과정에서 어쩔 수 없이 자꾸 건드리다 보니 나중에는 될 대로 되라는 마음까지 들었다.

문제는 옷을 다 입히고 난 다음이었다.

정신을 잃고 있는 운호의 입에서 말라붙은 검붉은 피를 뒤늦게 확인한 그녀의 입에서 무거운 한숨이 새어 나왔다.

입에서 피가 흘렀다는 건 내상을 입었다는 뜻이고 정신을 차리지 못하는 것도 그 때문이 분명했다.

그때서야 자신의 행동이 얼마나 위험했는지 알아챈 무령의 등에서 땀이 새어 나왔다.

기혈이 엉킨 상태에서 움직인다는 것은 주화입마에 빠뜨리는 것과 다름없는 짓이었기 때문이었다.

큰일이다.

사형인 무상과 헤어지면서 내일 오전 풍파에서 만나기로 했는데 운호의 상태를 봤을 때 약속을 지키기는 어려울 것 같았다.

자신의 부상을 염두에 두고 홀로 광룡십팔도를 가로막은 사형의 안위가 걱정되었으나 운호를 두고 떠날 수는 없었다.

정신을 잃고 있는 운호는 여기에 남겨 두면 죽고 말 것이다.

상청관에 모인 사람은 장문인을 비롯해서 청문자와 청무자였다.

그들은 탁자에 한 장의 서신을 펼쳐 놓은 채 심각한 표정을 짓고 있었는데 그 모습이 너무 무거워 쉽게 입이 열릴 것 같지 않았다.

하지만 그러한 예상은 청문자로 인해 금방 깨지고 말았다.

"이대로라면 아이들이 너무 위험하오. 내가 내려가 봐야 될 것 같소."

"내려가시면요?"

"아이들을 데리고 돌아오겠소."

"안 될 말씀입니다."

"무슨 소리요?"

"풍운대는 점창의 상징이나 다름없는 아이들입니다. 더군다나 운호의 무력은 사형께서 인정할 정도로 강하잖습니까. 그러니 두고 보셨으면 합니다."

"천검회가 개입되어 있고 그 배경에 괴 단체가 있는 것이 사실이라면 위험해질 수도 있소이다."

"사형께서 가시면 정말 점창이 개입하게 됩니다. 아이들만 있다면 어떻게든 수습이 가능하겠지만 사형이 직접 움직이면 점창은 이번 일에서 발을 빼지 못하게 됩니다."

"두려우시오?"

"그렇습니다. 우리는 칠절문과의 전쟁에서 이제 겨우 회복한 상태입니다. 여기서 다시 분쟁에 휘말리게 되면 우리 점창은 또다시 오욕의 역사를 다시 맛봐야 될지도 모릅니다. 그러니 어찌 두렵지 않겠습니까."

"끄응!"

청문자의 입에서 무거운 신음 소리가 흘러나왔다.

장문인이 하는 이야기가 무슨 뜻인지 너무나 잘 알기 때문이었다.

그가 내려가면 천하에 흩어졌던 풍운대가 자연스럽게 소집된다.

풍운대와 점창십삼검이 모두 모인 채 그 선두에 자신이 서게 되면 점창의 행사로 변할 수밖에 없으니 장문인이 꺼려하는 것은 어찌 보면 당연했다.

백여 년 전 선두에 서서 천왕성과 일전을 벌인 점창은 수많은 세월을 서러움 속에서 살아 와야 했다.

장문인인 청현자는 사문이 혹시라도 다시 한 번 그리될까봐 경계하는 것을 주저하지 않았다.

충분히 이해되는 처사였기에 청문자가 신음 소리와 함께 입을 닫아버리자 대신 나선 것은 청무자였다.

"장문인, 그럼 어쩌실 생각이오?"

"탕마행을 중지하고 돌아오라 하겠습니다."

"그건 안 되오. 점창의 역사에서 탕마행을 중지한 적은 한 번도 없소이다."

"저 또한 그러고 싶지 않으나 사형들의 걱정이 크고 저 또한 아이들의 안위가 염려됩니다. 그러니 걷어들일 수밖에 없지 않겠습니까?"

"정말 장문인께서는 너무하시는구려."

"뭘 말입니까?"

"알았소. 장문인의 뜻을 잘 알았으니 지켜봅시다. 나 역시 운호의 무력은 철석같이 믿고 있으니 말이오. 대신 신응을 최대한 가동시킵시다. 아이들에게 무슨 일이 생기면 즉시 움직여야 할 테니 말이오."

"그리해도 되겠습니까?"

"험험!"

청현자가 빙그레 웃으며 되묻자 청무자가 마른기침을 터뜨렸다.

청문자가 나서기 전에 먼저 내려가겠다고 설친 사람은 바로 청무자였다.

그런 청무자가 한숨을 내쉬며 차선책을 제시하자 청현자는 염화시중 같은 미소를 지으며 조용히 고개를 숙여 고마움을 표시했다.

운상과 운여는 한설아와 함께 급히 천평으로 향했다.

화평에서 장황을 만나 운호의 행방을 알아낸 그들은 잠시도 지체하지 않고 움직였는데 운상은 침을 튀기며 운호의 행동에 볼멘소리를 해댔다.

장황은 운호의 무력에 대해 진정으로 존경을 표했으나 그간의 사정 이야기를 들은 운상과 운여는 불안함에 죽어라고 달려야 했다.

"이놈 이거 미친 거 아니냐고. 귀왕이 있으면 피할 것이지. 거기서 맞상대를 왜 해!"

"이겼다잖아. 그러니까 그만해."

"우리한테는 그렇게 조심하라며 잔소리하던 놈이 말도 안 되는 짓을 하니까 그러는 거 아냐!"

"어떻게, 만나면 한 대 패줘?"

"당연하지."

"그나저나 천평에서도 사고 친 거 아닌지 모르겠다. 천검회하고 또 부딪쳤을지 몰라."

"그러니까 빨리 가자. 걱정되서 죽겠다."

운여의 말에 운상이 급하게 발길을 옮겼다.

그들의 얼굴은 걱정으로 굳어져 있었는데 뒤를 따르던 한설아는 말 한마디 벙긋 못 하고 그저 묵묵히 움직이기만 했다.

자신으로 인해 다친 사람들이다.

그러면서도 조금의 내색조차 하지 않아 더욱 미안했다.

걱정되고 불안한 건 그녀 역시 마찬가지였으나 그런 이유로 그녀는 한마디도 꺼내지 못했다.

밤을 낮 삼아 달린 그들이 천평에 도착한 것은 새벽 무렵이었다.

철혈문의 뇌호당은 아침 일찍 들이닥친 그들을 살벌하게 경계했으나 자초지종을 들은 후 어제 벌어졌던 일들을 설명했다.

결론은 그들도 운호의 행적에 대해서는 모른다는 거였다.

적들의 공격을 받아 악전고투 끝에 격퇴했지만 운호를 본 적이 없다고 말했다.

전혀 뜻밖의 대답이었기 때문에 일행의 안색이 침중하게 변했다.

만약 저들의 말이 사실이라면 운호는 전투에 가담하지 않고 적들의 뒤를 쫓아갔다는 추리가 가능해지기 때문이다.

그랬기에 그들은 떠난다는 인사를 하는 둥 마는 둥 하며 뇌호당을 떠났다.

어디로 갔는지 알 수 없으나 뇌호당에서 벌어진 전투에 관여하지 않았다면 이곳으로 돌아올 가능성은 전무하다는 판단을 내리고 주변을 탐색하기 시작했다.

운호가 추격을 했다면 독문표식을 남겨놨을 가능성이 컸다.

그리고 그 판단은 정확하게 들어맞아 뇌호당이 머무는 전각과 삼십여 장 떨어진 야산에서 표식을 발견할 수 있었다.

이제는 되었다.

표식을 따라가면 운호가 어디로 움직였는지 정확하게 알 수 있으니 이제 추적하는 것은 일도 아니다.

표식을 따라 문단벌까지 도착한 운상과 운여는 엉망으로 변해 버린 주변을 확인하고 한동안 움직이지 못했다.

주변 지형이 이토록 심하게 훼손되었다는 것은 상상하지 못할 공전절후의 격전이 이곳에서 벌어졌다는 것을 알려주는 것이었다.

정신을 차리고 사방을 수색했으나 운호의 표식은 여기서 끊어져 더 이상 발견되지 않았다.

그것이 나타내는 의미는 결코 간단한 것이 아니었다.

격전으로 운호가 다쳤거나 더 나쁜 결과가 벌어졌을 가능성이 매우 높다는 것을 알려주는 것이었다.

벌판에는 무수한 핏자국이 아직도 여기저기 남아 있었지만 격전의 흔적만 남아 있을 뿐 그것을 만들어낸 주인들은 어디

론가 사라지고 꺾인 수풀만 슬프게 자리하고 있었다.

그랬기에 마음이 급해진 운상은 두 눈을 부릅떴다.

"운여야, 아무래도 운호가 다친 것 같다."

"혼자 움직였을까?"

"주변이 온통 피투성이다. 혼자 움직이기는 쉽지 않았을 것 같구나."

"도대체 운호, 이놈은 무슨 짓을 하고 다니는 거야!"

사람이 답답하면 자신도 모르게 목소리가 커지게 되고 얼굴이 붉어진다.

바로 운여가 그랬다.

운여는 소리를 지른 후 바로 옆에 징그럽게 펼쳐져 있는 핏자국을 발로 문질렀는데 그것이 운호의 몸에서 나온 것처럼 느껴졌기 때문이다.

한설아가 뒤쪽에 서 있다가 나선 것은 운상과 운여가 아무런 결정을 못 내리고 한숨만 내쉬고 있을 때였다.

그녀의 얼굴은 걱정으로 하얗게 질려 있었고 목소리는 사정없이 떨리고 있었다.

"서둘러서 찾아봐요. 괜찮을… 괜찮을 거예요. 분명 오라버니는 어딘가에 살아 있을 거예요!"

그녀의 외침이 운상과 운여를 정신 차리게 만들었다.

어디로 갔는지 알 수 없지만 그렇다고 이렇게 그냥 넋을 잃고 있다는 건 말도 안 되는 짓이었다.

늦었다는 것도 알았고 찾지 못할 가능성도 컸다.

그럼에도 찾아야 했다.

무슨 수를 쓰더라도 반드시…

운호는 정신이 돌아오자 천천히 눈을 떴다.

컴컴한 어둠.

시간이 얼마나 흘렀는지 알 수 없을 만큼 칠흑 같은 어둠 속이다.

사위는 조용했고 어떠한 움직임도 발견할 수 없었기 때문에 운호는 눈만 뜬 채 청각을 끌어올렸다.

전신에 당한 상처는 그를 꼼짝하지 못하게 만들고 있었다.

이 정도라면 산짐승이 온다 해도 당할 수밖에 없는 상황이었기에 운호는 청력을 최대한 끌어올려 주변을 관찰해 나갔다.

부상을 입고 쓰러졌을 때 누군가에 의해 옮겨진 것까지 기억이 났다.

상처가 말끔히 치료되어 있는 걸 보니 자신에게 호의를 가진 사람임이 틀림없었다.

하지만 자신을 구해준 사람의 모습은 어디에도 없었고 불안한 고요만이 그를 감싸고 있었다.

눈을 뜬 채 한동안 있던 운호의 눈이 스르륵 감겨졌다.

다시 돌아올 가능성도 있었으나 상처만 치료하고 떠났을 가능성도 컸다.

그 예상이 맞다면 운호는 완전한 무방비 상태에서 적을 맞

이해야 될지도 몰랐다.

눈을 감고 즉시 천룡무상심법을 운용하기 시작했다.

와공이 가능하다는 걸 확인한 이상 잠시도 지체할 일이 아니었다.

상처를 입으면 몸에 탁기가 쌓이게 되고 그 부상 정도가 심하게 되면 혈까지 막히는 경우가 생긴다.

단순히 몸에 탁기만 쌓여도 심법의 운영에 애를 먹게 되는데 운호처럼 네 군데의 주요 혈이 막힌 경우에는 수많은 고통과 난관을 극복해야 통기가 가능해진다.

이전에도 한 번 경험한 것처럼 와공에서는 거의 이 각이 지난 후에야 간신히 단전에 내기를 만들어낼 수 있었다.

그런 것을 본다면 와공은 좌공과 비교할 수 없을 만큼 느린 완공임이 틀림없었다.

단전에 모이기 시작한 내력은 한참이 흘렀지만 그리 크지 않았다.

상처로 인해 막힌 혈들이 내력의 단전 집중을 막았기 때문이었다.

이마에 땀이 솟기 시작했다.

단전에서 움직인 내력들이 천천히 이동하며 상처로 인해 쌓인 탁기들을 깎아내었고 막힌 혈들을 뚫어내면서 생긴 현상이었다.

매번 느끼는 것이지만 천룡무상심법의 요상 능력은 상상을 초월할 만큼 대단했다.

고통을 단박에 장악하며 완화시키는 효능은 어떠한 심법도 따라오지 못할 만큼 탁월했다.

더군다나 와공은 시작은 미약했으나 한번 운기가 일어나자 좌공보다 훨씬 무섭게 내력이 흐르게 만들었다.

모든 혈이 타통 되자 내력의 흐름은 점점 거세져 갔다.

미약했던 진기는 어느새 거대하게 변하며 전신 혈도를 누볐고 운호를 무아의 경지로 빠져들게 만들어 버렸다.

운호의 몸에서 서서히 빠져나온 다섯 마리의 금빛 용이 새까만 어둠을 뚫고 비상하기 시작했다.

몸에 갇혀 있던 것이 억울했던지 용들은 서로의 몸통을 어루만지고 교차하며 동굴 속을 마음껏 노닐었다.

흥에 겨운 움직임이었고 아름다운 비상이었다.

운호의 몸이 서서히 공중으로 떠오르기 시작한 것은 용무가 시작된 지 거의 일 각이 지나면서부터였다.

거의 오 척이나 떠오른 운호의 몸은 용무에 맞추어 서서히 회전했는데, 이동되지는 않았고 축이 고정된 것처럼 그 자리에서 맴돌 뿐이었다.

운호는 꿈을 꾸었다.

행복하고도 기쁜 꿈이었다.

사부님의 무릎에 앉아 옛날이야기를 듣던 그 순간으로 돌아간 그는 행복한 미소를 지었고 기쁨의 눈물을 흘렸다.

간절히 보고 싶었던 사부님의 얼굴엔 자애스러운 웃음과 따뜻한 시선이 담겨 있었다.

"우리 운호 장하다. 나는 우리 운호가 잘해낼 거라고 믿고 있었다."

"제가 잘했나요?"

"그럼, 그렇고말고. 네가 이렇게 멋지게 성장해 줘서 나는 눈물이 날 정도로 기쁘단다."

"정말이죠?"

운호의 반문에 청곡자는 대답 대신 손을 들어 머리를 쓰다듬어 주었다.

그 손길에 들어 있는 것은 운호에 대한 사랑이었고 애뜻함이었다.

부드러운 그 손길에 운호는 사부의 품속으로 파고들었다.

새삼 지나왔던 힘든 시간들이 떠올랐다.

얼마나 많은 눈물과, 얼마나 많은 고통 속에서 살아온 삶이었던가.

독종으로 불렸지만 독종은 아니었다.

밤이 되면 사부님이 그리워 울었고 자신의 신세가 불쌍하고 억울해서 도망칠 생각도 수없이 했다.

그럴 때마다 돌아가시면서 남긴 사부님의 유언을 생각하며 이를 악물었다.

새 생명을 살게 해준 사부님의 부탁은 자신의 심장과 뼈 속에 깊이 박혀 운명에 굴복하지 않는 집념을 만들어주었다.

그럼에도 사부님의 손길이 머리를 쓰다듬자 그동안의 설움이 한꺼번에 터져 나왔다.

눈물이 홍수가 되어 흘렀고 숨겨놨던 울음을 마음껏 터뜨렸다.

억눌러 왔던 감정의 찌꺼기가 눈물과 섞여 끝없이 흘러나왔다.

사랑하는 사부님.

사부님이 원하시는 대로 점창의 별이 되어 천하를 호령하는 무인이 될 테니 하늘에서나마 지켜봐 주십시오.

반드시… 반드시 그리하겠나이다.

운호의 몸이 회전을 멈춘 것은 자애로운 손길을 거두고 청곡자가 불현듯 운호의 꿈속에서 사라졌을 때였다.

다섯 마리의 용은 춤을 멈추고 오방을 장악한 채 운호를 내려다보고 있었는데 그 시선이 긴장으로 흘러 넘쳤다.

회전이 멈춘 대신 운호의 몸이 진동을 시작했다.

마치 지진으로 인해 모든 사물이 떨리는 것처럼 확연한 진동이었다.

그러던 어느 순간 오 척에 머물렀던 운호의 몸이 일 장이나 솟구치며 정지했다가 천천히 하강하기 시작했다.

멈춰 있던 용들이 하나로 뭉치며 한 마리의 거룡으로 변한 것은 운호의 몸이 바닥에 완전히 착지했을 때였다.

거룡의 몸에서 새어 나오는 금빛 서기는 눈이 부실 정도로 강렬했다.

거룡은 누워 있는 운호를 마치 애무하듯 천천히 감싸더니 거짓말처럼 서서히 몸속으로 파고들었는데 운호의 눈이 떠진 것은 거룡이 완전히 사라진 후였다.

운호는 눈을 뜬 후 천천히 자신의 몸을 관조해 나갔다.

완벽한 무아의 경지에서 벗어나자 이성과 감정이 돌아왔고 신체를 괴롭히는 고통도 느껴졌다.

꼼짝도 못 하던 팔다리가 움직인다.

아직 움직이면 끔찍한 고통이 뒤따랐지만 이전과는 비교할 수 없을 정도로 빠르게 상처가 치료되고 있다는 뜻이다.

또 다른 것은 신체에 내력이 느껴지지 않는다는 것이었다.

늘 충만해 있던 내력이 거짓말처럼 사라졌기 때문에 운호는 고통 속에서도 당황할 수밖에 없었다.

그랬기에 그는 다시 눈을 감고 천천히 천룡무상심법을 운용하기 시작했다.

무아의 경지에 빠져들었던 처음과는 다르게 자신의 몸을 철저히 관조하면서 내력을 단전으로 모았다.

그러자 조금도 느껴지지 않았던 내력들이 전신에서 쏟아져 나오며 단전을 채우기 시작했다.

너무 놀라 하마터면 심법을 멈출 뻔했으나 운호는 정신을 수습하고 내력을 주요 혈로 돌렸다.

천주와 풍부혈을 거쳐 옥침과 뇌호혈을 지난 내력이 노도처럼 흘러 강간으로 곧장 진격해 나갔다.

운호는 마음을 다잡았다.

강간에 도달된 내력은 언제나 광폭하게 부딪친 후에야 되돌아 나가기 때문이었다.
하지만 오늘은 그런 충격이 발생되지 않았다.
철벽처럼 가로막고 있던 강간혈의 한쪽이 열려 내력이 통과하고 있었다.
놀라움의 연속.
자신이 알지 못하는 사이에 강간이 깨졌음이 분명했다.
비록 완벽하게 깨진 것은 아니었으나 그동안 지속해서 발생되었던 균열이 더 이상 견디지 못하고 깨져 나가 구멍을 만들었다.
하지만 그 구멍은 그리 크지 않았기 때문에 뇌호혈을 통과해서 밀려든 내력이 미친 듯 날뛰기 시작했다.
작은 구멍이 한꺼번에 밀려든 물로 인해 막힌 것과 다름없는 현상이다.
고통은 생기지 않았지만 이것이 얼마나 위험한 상황인지 운호는 너무나 잘 알고 있었다.
무슨 경로로 어떻게 강간에 구멍이 생겼는지 알 수 없었으나 여기서 운기를 멈추면 내력이 역류하면서 주화입마에 빠질 가능성이 너무나 농후했다.
그랬기에 운호는 이를 악물었다.
구멍이 생긴 이유는 그동안 계속해서 강간혈을 자극하면서 미세한 균열들을 만들어냈기 때문이다.
그동안의 끊임없는 노력으로 생긴 현상이니 놀라기도 했지만 가슴이 두근거리는 흥분을 느꼈다.

그럼에도 해야 할 일을 잊지 않았다.

기회가 온 이상 완벽하게 강간혈을 무너뜨릴 생각이었다.

전신이 땀으로 범벅이 되기 시작했다.

무리한 운공.

노도와 같이 밀려든 내력을 작은 구멍으로 밀어 넣기 위해 필사의 노력을 하고 있는 운호의 몸이 자신도 모르는 사이에 공중으로 부양하기 시작했다.

시간이 지날수록 균열이 나 있던 강간의 구멍이 점점 확장되면서 벌어진 현상이었다.

그러던 한순간.

기어코 강간이 깨져 나가면서 대기하고 있던 내력들이 한꺼번에 강간혈을 통과해서 움직였다.

강간혈을 통과한 내력은 끝없이 유영하며 한없이 흘러갔다.

풍부혈이 강이었고, 뇌호혈이 바다였다면 강간혈은 끝없는 우주다.

어느새 운호의 몸에서 생성된 다섯 마리 용은 완벽한 생명을 얻은 것처럼 공간 속에서 춤을 추고 있었다.

적안.

그동안 운호의 몸에서 나온 오룡은 눈이 없었다.

운기를 할 때마다 나타나 용무를 추었지만 눈이 없으니 허상처럼 보였고 생기를 보여주지 못했다.

그러나 강간혈이 깨지면서 생성된 오룡은 적안을 가진 채 허공을 날았다.

용의 그림에 눈을 그려 넣는 것을 화룡점정이라고 했는데 운호의 몸에서 나온 금룡들은 불타는 적안으로 세상을 향해 포효하고 있었다.

만천자의 오룡봉성(五龍奉聖)이 백 년의 시공을 넘어 운호의 몸에서 드디어 재현된 것이다.

무령은 무상을 찾아 사방을 헤매며 표지를 남긴 후 동굴로 돌아왔다.

무당에는 동문들의 행적을 추적할 수 있는 비표가 있기 때문에 이렇게 난감한 상황이 발생하면 유용하게 사용할 수 있다.

걱정스러웠지만 그렇다고 불안하지는 않았다.

사형이자 친오라비인 무상은 무당이 자랑하는 검의 귀재이자 천재였다.

세상 사람들은 그녀와 무상을 합해 쌍악이라 불렀으나 무상의 숨겨진 무력은 천하를 아우를 만큼 막강해서 그녀와 비교조차 할 수 없을 정도였기 때문에 누군가에게 해코지를 당한다는 건 말도 되지 않는다.

그랬기에 그녀는 표지만 남겨둔 채 미련 없이 동굴로 돌아올 수 있었다.

연청십팔비(燕青十八飛)를 운용해서 동굴로 돌아오며 운호를 생각하자 새삼 얼굴이 붉어졌다.

그녀의 나이 이제 스물다섯.

산에서만 살면서 무공에 매진하느라 남자를 사귄 경험이 전혀 없었으나 그렇다고 해서 여자임을 포기한 것은 아니었다.

그랬기에 운호를 생각할 때마다 그의 조각 같은 몸이 먼저 떠올랐다.

치료를 하기 위해 어쩔 수 없는 상황에서 발생한 일이었고 운호의 몸을 봤다는 사실조차 아무도 알지 못했지만 그녀는 운호를 마주할 것이 두려웠다.

하지만 그런 두려움은 금방 지나갔고 슬금슬금 가슴속에서 설레임이 번져 나가기 시작했다.

운호의 잘생긴 얼굴은 볼수록 그녀의 가슴을 설레게 만들고 있었다.

운호의 상처는 너무 심해서 당분간 움직일 수 없는 상황이었다. 그 이야기는 앞으로도 그녀가 운호를 치료해 줘야 된다는 뜻이다.

처음에는 정신을 잃은 상태에서 치료를 했기 때문에 문제가 없었지만 만약에 운호가 정신을 차리고 있다면 옷을 벗기는 게 쉽지 않을 것이다.

그렇다고 치료를 하지 않는다는 것도 말이 되지 않는다.

시간에 맞춰 치료를 하지 않으면 상처가 곪을 수도 있었고 같이 있으면서 치료를 하지 않으면 자신의 정체를 의심하게 될지도 몰랐다.

생각이 꼬리에 꼬리를 물었다.

얼굴이 붉어졌고 머리를 흔들기도 했지만 적당한 해결책은 떠오르지 않았다.

무령은 동굴에 도착해서 안으로 들어선 후 천천히 걸었다.

조심스럽게 걸으며 서서히 공력을 끌어올린 것은 그녀가 나갈 때와 공기의 파장이 달랐기 때문이었다.

누군가가 자신을 보고 있다는 느낌이 입구부터 다가오고 있었다.

동굴은 거의 십 장이 넘을 만큼 길었기 때문에 혹시 있을 침입자를 경계하느라 운호를 최대한 깊은 곳에 눕혀놓았는데 기의 파장은 그곳에서 흘러나왔다.

검을 빼들지는 않았다.

그녀는 무당에서 자랑하는 쌍악 중의 하나로 발검의 빠르기는 장문인까지 감탄했을 만큼 정평이 나 있다.

언제 어디서든 위험이 감지된다면 그녀의 검은 그 위험을 단숨에 찢어놓을 수 있을 만큼 빠르다.

그녀의 걸음이 멈춘 것은 앉은 채 자신을 바라보고 있는 운호를 확인하고 난 후였다.

믿을 수 없게도 운호는 좌정한 상태에서 그녀를 빤히 바라보고 있었다.

기의 파장을 불러일으킨 사람이 운호라는 걸 알게 되자 그녀는 어이가 없어 입이 다물어지지 않았다.

최소한 오 일은 누워서 꼼짝하지 못할 거라 생각했는데 불과 한나절 만에 앉아 있는 걸 보자 기가 막혀 말이 더듬거리며 나왔다.

하지만 그 와중에도 그녀의 목소리는 이미 남자의 것으로 변해 있었다.

"당신, 괜찮소?"

"아프오."

"그런데 왜 그리 앉아 있소?"

"누워 있다가 습격을 받으면 죽을 것 같아서 억지로 일어났소. 여기가 안전한 곳은 아니잖소."

"참으로 신기한 사람이구려. 그리 큰 상처를 입었는데도 불과 한나절 만에 좌정을 하다니… 정말 놀랍소."

"워낙 치료가 잘돼서 그런 모양이오."

그 와중에 농담을 한다.

그랬기에 의외의 표정을 짓고 있던 무령의 표정이 슬그머니 차갑게 변했다.

농담을 한다는 것은 구해준 것과 치료해 준 것에 대한 호감과 편안함으로 인해서였을 것이다.

하지만 무령은 그 호감과 편안함을 선뜻 받아들이지 못했다.

계속 머릿속에 빙빙 도는 상념.

운호의 중요 부위를 본 것에 대한 그녀 스스로의 제약 때문이었다.

“비상으로 가지고 다니는 금창약을 발라줬을 뿐이오. 입에 발린 소리는 하지 마시오.”

“농담을 농담으로 받아들이지 않는 걸 보니 심사가 편치 않은 모양이구려. 그나저나 고맙소.”

“뭘 말이오?”

“목숨을 구해주고 이리 정성스럽게 치료까지 해주었으니 어찌 고맙지 않겠소. 내 반드시 이 신세는 꼭 갚으리다.”

“어떻게 갚을 생각이오?”

“구명지은을 입었으니 무엇을 하지 못하겠소. 그대가 원하는 일이라면 무엇이든 하리다.”

“어떤 것이라도 말이오?”

“의와 협에 어긋나지 않는 한, 그리할 것이오.”

“내가 그걸 원한다면 어쩌시겠소.”

“무당의 제자로서 당신이 불의한 일을 원할 거란 생각은 해본 적이 없소. 나는 그대의 정검(正劍)을 믿고 있소.”

“쉽게 말해서 할 수 있는 것만 하겠다는 뜻이구려.”

“나는 점창의 제자요. 불의를 저지르는 건 죽어도 하지 못하오. 그러니 이해해 주시오.”

“알겠소. 그대의 마음이 불편하다면 그리하시오. 내가 언젠가 때가 되면 빚을 받도록 하겠소.”

내용은 정중했고 표정조차 진중했으나 운호의 목소리는 가볍게 떨리고 있었다.

고통 때문에 생기는 현상이 분명했다.

사람은 육신이 버티지 못하는 고통 속에 잠기면 목소리가 자신도 모르게 작아진다.

운호가 힘들여 고개를 숙이자 차가운 얼굴을 하고 있던 무령이 더 이상 뻗대지 않고 고개를 숙여 인사를 받았다.

그녀의 목소리는 어느새 날이 무뎌져 있었다.

고통에 힘들어 하는 운호의 표정은 그녀로 하여금 자신도 모르게 표정을 변하게 만들었다.

"아프시오?"

"그렇소. 온몸이 끊어지는 것처럼 아프오."

"허어, 이런……."

꼼짝도 안한 채 운호가 인상만 쓰고 있자 무령이 말을 흐리며 한 발 앞으로 다가섰다.

본능적으로 그의 상처를 보기 위함이었다.

하지만 운호의 입에서 나온 말은 그녀의 행동을 막기에 충분한 것이었다.

"정신을 차린 후 날 구한 사람이 당신일 거란 생각을 했소."

"거짓말 마시오."

"왜 거짓이라 하시오?"

"내가 처음 발견했을 때 당신은 정신을 잃고 있었소. 여기로 데려왔을 때도 마찬가지였고. 치료를 할 때도 정신을 차리지 못했소. 그랬으니 나라고 생각했다는 건 믿지 못하겠소."

"당신에게는 특이한 냄새가 나오. 나는 그 냄새로 당신일 거란 생각을 했소."

"거짓말. 나에게 무슨 냄새가 난다고……."

무령이 못 믿겠다는 표정으로 말꼬리를 흐리자 운호의 얼굴에서 희미한 웃음이 떠올랐다.

본능적으로 자신의 어깨 쪽으로 코를 가져가는 무령의 모습이 재밌었던 모양이었다.

"사람에게는 사람마다 자기의 냄새가 있소. 그리고 당신에게는 이상하게 더욱 특별한 냄새가 나오."

"그런 말은 처음 듣소."

"믿지 못한다면 이리 와서 맡아보시오. 아마 나에게도 냄새가 날 테니 말이오."

"말도 안 되는 소리 하지 마시오. 왜 내가 당신 냄새를 맡는단 말이오!"

"왜 그리 화를 내시오. 싫으면 그만이지."

"당신, 처음에는 몰랐는데 이제 보니 꽤나 실없는 사람이군."

"화났소? 그렇다면 미안하오… 나는 있는 사실을 말했을 뿐인데 그대의 심사를 건드린 모양이오."

"흥!"

"그만 화내고 이제 나 좀 눕혀주시오. 아파서 더 이상 견딜 수가 없소."

"일어나 앉은 사람이 눕지 못한단 말이오?"

"아까는 어찌어찌해서 간신히 일어났는데 지금은 꼼짝도 하지 못하겠소. 그러니 부탁하오."

운호는 말을 마친 후 눈을 감았다.

이마에 송골송골 맺혀져 있던 땀들이 얼굴을 타고 흘렀는데 그 땀에는 온기가 전혀 없다.

다시 말해 식은땀이란 뜻이다.

얼마나 고통스러운지 운호의 얼굴은 온통 식은땀으로 젖어 있었다.

그랬기에 무령은 천천히 다가가 운호의 어깨에 자신의 팔을 둘렀다.

가슴에 큰 상처가 있고 팔과 다리에도 두 군데씩 도상을 입었기 때문에 부축하기 위해서는 안는 것처럼 하는 수밖에 없었다.

한숨이 흐른다.

조심스럽게 바닥에 누였으나 운호가 가늘게 눈을 뜨고 자신을 빤히 쳐다보자 무령은 한숨을 내쉬며 더 이상의 행동을 하지 못했다.

운호의 입이 힘들게 열린 것은 그녀가 한참 동안이나 자신을 바라만 보고 있었기 때문이었다.

"왜 그러시오. 내 얼굴에 뭐가 묻었소?"

"아니오."

"상처 부위가 뜨겁소. 화기가 들끓고 있으니 붕대를 풀어야 될 것 같소."

"기다리시오. 내가 알아서 할 테니."

치료하는 사람은 자신인데 환자가 먼저 의원 행세를 하자 무령의 입에서 퉁명스런 대답이 흘러나왔다.

그러면서도 선뜻 다가서지 못하던 그녀가 결심한 듯 운호의 옷을 풀었다.

이왕 이렇게 된 것 망설이면 망설일수록 더욱 난감한 상황에 빠질 수 있는 것이다.

한번 결심한 그녀의 손은 빠르고도 가벼웠다.

가슴과 팔에 묶었던 붕대를 풀어내자 상처 부위가 빨갛게 부풀어 오른 것이 보였다.

운호의 말대로 화기가 기승을 부리면서 발생한 현상이다.

화기가 기승을 부린다는 것은 상처가 아물기 위해 신체의 균형을 맞춰가면서 발생하는 현상인데 이때가 가장 고통스럽다.

무령은 상처 부위를 유심히 쳐다보다 가슴에서 무당의 비전으로 만든 신선고를 꺼내 치료하기 시작했다.

아무리 생각해도 이해되지 않을 만큼 빠른 회복세였기에 그녀는 치료하면서도 감탄을 멈출 수가 없었다.

팔 쪽에 난 상처는 화기가 이미 진정되는 기미마저 보이고 있었기 때문이었다.

가슴과 팔을 치료한 무령이 운호의 바지를 벗겼다.

힘든 손길.

비록 남장을 하고 있었으나 운호가 정신을 차린 상태에서 바지를 벗기는 것은 결코 쉬운 일이 아니었다.

바지를 벗기면 남자의 주요 부위가 그대로 노출되는데 그때부터가 그녀에게는 고통의 시작이었다.

운호는 눈을 감은 채 치료가 끝나기를 기다렸다.

비록 상처를 입어 어쩔 수 없는 상황이라도 자신의 중요 부위를 타인에게 보인다는 것은 부끄러운 일임이 분명했다.

무령의 질문이 시작된 것은 허벅지의 붕대를 풀면서부터였다.

어색한 분위기를 반전하기 위한 그녀의 노력이다.

"천하의 마검이 도대체 누구에게 당한 거요?"

"패천일도."

"어쩌다가 패천일도와 싸웠단 말이오. 나는 당신이 무사히 피했을 거라 생각했는데 그리되지 못했던 모양이구려… 그라면 당신이 다친 게 이해가 되오. 목숨을 건진 것만 해도 천만다행이오."

"나는 그를 피해 도주한 것이 아니었소."

"아니라면?"

"나는 누구도 간섭받지 않는 곳에서 그를 상대하려 했던 거요."

"당신은 참 답답한 사람이오. 이리 다칠 일을 왜 했단 말이오?"

"당신은 내가 졌다고 생각하는 모양인데 그건 잘못 안거요."

"무슨 소리요. 그럼 당신이 패천일도를 이겼단 말이오?"

"완벽하게 이기지는 못했지만 그렇다고 지지도 않았소."

"음."

무령은 운호의 말을 듣고 약을 바르던 손을 잠시 멈췄다.

운호는 지금 양패구상을 말하고 있었기 때문이었다.

쫓기는 와중이라 운호가 쓰러져 있는 것을 확인한 후 급히 업은 채 도주했는데 기억을 더듬어 보니 비탈면에 한 사람이 쓰러져 있었던 것이 불현듯 생각났다.

그자는 전신이 걸레처럼 찢겨진 채 널브러져 시체나 다름없었는데 운호의 말이 맞다면 그 사람이 바로 패천일도였을 가능성이 컸다.

운호는 양패구상을 이야기했지만 패천일도를 그 정도로 처참하게 만든 것은 마검이 승부에서 이겼다는 것을 알려주는 것이었다.

새삼 세상을 진동시키고 있는 마검의 무력에 슬그머니 전율이 솟아났다.

사형인 무상이 아무리 강하고 절대의 경지에 들어섰다 해도 백대고수와 싸운다면 이긴다는 보장을 할 수 없다.

숨겨놓은 실력을 모두 펼친다고 해도 그렇다.

그랬기에 무령은 운호를 지그시 쳐다봤다.

도대체 이 사람은 갑자기 어디서 튀어나온 걸까.

지옥귀왕을 잡았다는 소식을 들었을 때 직접 현장까지 가서 확인을 했었다.

엄청난 싸움이 벌어졌다는 증언을 들었지만 마지막에 최선을 다하지 않았다는 지옥귀왕의 말이 전해지면서 놀라움은 한 풀 꺾일 수밖에 없었다.

하지만 지금은 아니었다.

어찌 되었든 세상을 들었다 놨다 한다는 백대고수 중 지옥귀왕에 이어 패천일도까지 잡았으니 이 사실이 알려지는 순간 마검의 명성은 천지를 진동시킬 것이다.

점창과 칠절문이 전쟁을 벌이기 전까지 운호는 세상에 전혀 알려지지 않은 무명이었다.

고수는 한순간에 나타날 수 없다.

서서히 자신의 존재를 노출시킨 후 긴 시간에 거쳐 명성을 쌓아간다.

그것은 세상에 명성을 날리고 있는 그들 쌍악도 마찬가지였다.

무당에 쌍악이 있다는 게 알려진 것은 십 년도 넘는 일이었다.

물론 무당에는 숨겨놓은 암천이 있었다.

무당오룡.

무당이 전력을 다해 키워낸 비밀 병기들이다.

그들 하나하나의 무력은 무상과 비교해서 전혀 손색이 없는데 그들이 진정으로 무서운 것은 천고의 절진으로 알려진 전설의 태극오행진을 연마했기 때문이다.

그들의 합격진은 십제마저 벗어날 수 없을 거라 자신할 만큼 막강한 위력을 지니고 있었다.

그런 그들은 이십 년이 넘도록 무당이 전력을 다해 키워낸 특수한 무인들이었다.

그렇다면 마검도 그럴 가능성이 농후했다.

5장

위기

난감함을 피하기 위한 대화는 충격이 되어 무령의 이성을 마비시켰기 때문에 치료를 끝내고도 한동안 그녀는 운호의 얼굴을 살폈다.

운호는 여전히 고통과 싸우느라 얼굴을 찡그리고 있었지만 의식을 잃지는 않았다.

그랬기에 정신을 차리고 손길을 서둘렀다.

비록 충격에 의해 잠시 운호를 방치했지만 민망한 모습을 언제까지 그대로 둘 수는 없는 일이다.

운호의 바지를 입히고 옷매무새를 정리해 준 무령은 뒤로 물러나 오른쪽에 자리를 잡고 앉은 채 입을 열었다.

그녀는 궁금한 걸 그냥 넘기는 성격이 아니었다.

"하늘에서 그냥 떨어지지 않았을 테니 그대는 점창이 키운 비밀 병기인 모양이오."

"나 같은 사람이 비밀 병기라면 점창에는 셀 수 없는 비밀 병기들이 있겠구려. 나는 사문에서 그리 대단한 존재가 아니오."

"지금 나를 놀리는 거요?"

"은인을 놀릴 수가 있겠소. 점창에는 청문, 청무 사숙을 비롯해서 청자배 사숙들이 모두 절대의 경지에 들어섰고 나의 사형들 중 차기 장문제자인 운풍 사형과 운곡 사형 등 많은 이들이 파천의 경지에 이르렀소. 나는 그들에 비해 그리 뛰어난 사람이 아니기에 하는 말이오."

"음……."

운호의 말을 들은 무령의 입에서 억눌린 신음 소리가 흘러나왔다.

방금 거론된 청문과 청무자는 당당히 백대고수에 이름을 올려놓은 무인들이었으니 그녀도 어느 정도 알고 있었으나 다른 청자배 무인들이 절대의 경지에 들어섰다는 말은 금시초문이었다.

더군다나 운자배의 많은 무인들마저 그 수준에 도달했다면 점창은 진정으로 용담호혈이라고 봐도 무방했다.

지금까지 알고 있던 점창에 대한 정보는 한참 잘못되었다는 건데 만약 운호의 말이 사실이라면 점창은 천하에 풍운을 몰고 올지도 몰랐다.

칠절문과의 전쟁에서 점창이 승리를 했음에도 천하는 점창의 힘을 그리 높게 보지 않았다.

칠절문 자체가 삼십팔세에 포함되어 있었지만 하위권의 전력을 지녔었기에 강자들은 점창의 힘을 인정하지 않았던 것이다.

하지만 운호의 말이 사실이라면 칠절문을 일방적으로 때려잡은 점창의 힘을 과소평가한 것은 자칫 엄청난 실수가 되어 터무니없는 결과로 돌아올 수도 있었다.

그랬기에 그녀는 신음을 삼키며 궁금했던 것들을 계속 물었다.

"그렇다면 지금 천이라는 조직을 쫓는 것은 점창의 행사요?"

"그건 아니오."

"그럼 당신 혼자서 벌인 일이란 말이오?"

"그렇소. 이전에도 말한 것처럼 나는 탕마행을 위해 세상에 나왔을 뿐이오. 천이라는 조직을 알게 된 것은 우연이었소."

"그럼 앞으로 어쩔 생각이오?"

"나는 호남과 강서로 가서 지옥귀왕의 말이 사실이었는지 확인할 것이오."

"그럴 이유라도 있소?"

"그곳에 수라와 마창이 있으니 어찌 안 가겠소. 나는 마도의 삼마흉을 내 손으로 반드시 잡을 생각이오."

"탕마행을 해서 점창과 마검의 명성을 드높이고 싶어 한다는 건 알겠소. 하지만 그러다가 천이란 조직과 문제가 생긴다면 위험해질 것이오. 천검회처럼 천문과 수라맹이 그들의 조정을 받는다면 아마 커다란 위험에 직면될 거요. 그들은 이미 패천일도를 보낼 만큼 당신의 정체를 알고 있으니 분명 그리 될 가능성이 크오."

"알고 있소. 하지만 나는 마두들을 없애는 나의 본분을 결코 잊지 않을 생각이오. 위험하다고 피한다면 어찌 탕마행을 할 수 있겠소."

"당신은 고집이 센 편이구려."

"고집이 아니라 신념이라 해둡시다. 그나저나, 유령노조는 어찌 되었소?"

"그는 이제 세상 사람이 아니오."

운호는 무령이 돌아온 후 한참 동안 그녀의 질문에 대답을 하다가 스르륵 잠이 들었다.

워낙 커다란 상처를 입을 상태에서 무리하게 운기를 했기 때문에 그의 심신은 녹초가 된 상태였다.

그런 그를 무령이 물끄러미 쳐다보았다.

운호의 상태로 봤을 때 꽤 오랜 시간을 이 동굴에서 보내야 될 것 같았다.

워낙 은밀하게 숨겨진 천연 동굴이었기 때문에 적에게 들킬 염려는 적었지만 비상용으로 지니고 다니던 건량은 얼마 남지 않아 저녁이면 다 떨어질 것 같았다.

더군다나 중상을 입은 운호는 마른 건량을 먹을 수도 없는 상황이기에 그녀는 잠들어 있는 운호를 다시 한 번 바라본 후 자리에서 일어났다.

혼자 두고 자리를 비우는 것이 불안했지만 운호가 먹을 만한 음식도 구해야 했고 부탁받은 점창의 비표도 설치해야 하는 등 제법 할 일이 많았다.

그녀는 잠든 운호를 깨우지 않고 동굴을 빠져나갔다.

첩첩산중으로 들어온 것이 아니기 때문에 반시진만 나가면 인가가 나온다.

최대한 빨리 움직인다면 두세 시진 이내에 다시 돌아올 수 있을 것이란 게 그녀의 판단이었다.

운호의 잠은 그리 깊지 않았다.

아무리 육체적으로 힘들다 해도 그가 잠자는 시간은 두 시진을 넘기지 않는다.

무인들의 특징이다.

짧게 여러 번 나누어 수면을 취하는 것은 신체의 경각을 극대화할 수 있기 때문이다.

운호는 눈을 뜬 후 손과 발을 움직였다.

생각만큼 의지대로 쉽게 움직여지지는 않았지만 무리를 하면 충분히 일어설 수 있을 것 같았다.

그랬기에 그는 다시 천룡무상신공을 운기하기 시작했다.

스스로 위험에서 벗어나기 위해서는 땅을 딛고 일어설 만큼 회복이 되어야 한다.

운호는 금방 무아의 세계로 빠져들었다.

뚫린 강간은 경계를 넘어 무한의 세계로 그를 이끌었다.

그의 몸에서 나온 금빛 오룡은 이제 완연한 실체가 되어 치명적이었던 상처를 어루만지고 달래며 춤을 추었다.

용들의 분산과 집중이 반복되면서 운호의 몸은 부양과 침전을 거듭했고 반시진이 넘도록 금광 속에서 유영을 했다.

영원 속에 잠든 것처럼 움직이지 않던 그의 눈이 떠진 것은 동굴을 통해 침입자가 나타났을 때였다.

"무령은 어디에 있소?"

"그는 잠시 나갔소."

성큼 다가온 무상이 동굴 안을 면밀히 살핀 후 인상을 찡그렸다.

비표를 따라 온 동굴에는 그가 찾고 있던 무령은 보이지 않고 오직 운호만이 앉은 채 그를 바라보고 있었다.

한눈에 운호의 상태를 알아본 그의 얼굴이 더욱 일그러졌다.

무당의 비전으로 만든 신선고는 외상을 치료하는 데 탁월한 효과가 있는데 특유의 냄새로 인해 사용한 사람을 금방 알 수 있었다.

신선고의 알싸한 냄새는 운호의 전신에서 흘러나왔기 때문에 무상은 운호의 상처 부위를 살폈다.

그런 후 자신도 모르게 억눌린 신음성을 흘려냈다.

가슴과 양쪽 팔에 붕대가 감겨 있고 허벅지와 대퇴부 쪽에도 커다란 상처를 입은 것으로 보였다.

무상은 신음을 끊고 슬그머니 이를 악물었다.

운호의 상태로 봤을 때 상처를 치료한 것은 무령이 틀림없었다.

그렇다면 무령은 운호의 옷을 벗겼다는 얘기고, 보지 말아야 할 것도 봤다는 뜻이 된다.

무슨 생각으로 그리했는지 충분히 이해할 수 있었으나 마음이 그것을 받아들이지 못했다.

그러나 그의 성격은 신중했고 화가 난다고 해서 무작정 행동하는 사람은 아니었다.

아무리 화가 나도 반드시 확인해야 할 것들이 있다.

"많이 다쳤구려."

"그렇소. 패천일도를 맡느라 그리되었소."

사람은 단순한 질문에서도 상대방의 감정과 앞으로의 일을 예측할 수 있다.

눈빛과 표정, 그리고 목소리가 그의 감정 상태를 충분히 알려주기 때문이었다.

운호는 무상의 행동에 본능적인 방어망을 가동하며 질문에 대답을 했다.

패천일도를 일부러 꺼낸 것은 무상의 분노를 읽었기 때문이었다.

정상적인 상태라면 모를까 아직 회복이 덜 된 상태에서 무상의 공격을 받는다면 낭패를 당할 가능성이 컸다.

그랬기에 패천일도를 꺼내어 왜 자신이 부상당했는지 상기 시켰다.

자신이 패천일도를 유인하지 않았다면 쌍악은 목숨이 위험했을 것이다.

무엇 때문일까?

처음 만난 자리에서 검을 꺼낼 만큼 신경전을 벌였지만 그것은 젊은 혈기에서 비롯된 것일 뿐 다른 이유가 있었던 것은 아니다.

하지만 지금 자신을 향해 회색 눈길을 던지고 있는 무상의 기운은 무슨 짓을 할지 모를 정도로 위험했다.

무상의 기운은 변하지 않았다.

패천일도를 꺼냈음에도 그는 전혀 얼굴색을 바꾸지 않은 채 한 걸음 더 다가왔다.

"그대의 상처가 크오. 냄새를 맡아 보니 무당의 비전으로 치료했구려. 누가 치료한 것이오?"

"대악께서 하셨소."

"무령이 치료하는 걸 봤소?"

"처음에는 정신을 잃어 보지 못했지만 두 번째 치료할 때는 보았소."

"두 눈으로 봤단 말이지… 결국 그렇게 되었군."

무상의 얼굴이 하얗게 변하며 이가 드러났다.

낮게 깔린 음성에 담긴 것은 살기.

단박이라도 검을 꺼내어 운호를 칠 것 같은 시린 살기가 뭉텅거리며 그의 몸에서 새어 나왔다.

본능적인 방어망이 가동된 운호의 전신에서 비슷한 기운이 넘실거리며 옆에 두었던 검을 잡았다.

비록 몸이 완전하지는 않지만 앉아서 당하지는 않을 생각이다.

운호의 목소리는 무상의 것만큼 한껏 가라앉아 있었다.

"이해가 안 가는구나. 너희들을 구하기 위해 부상까지 입은 나를 해하려 하는 이유가 무엇인가?"

"강호에는 죽어야 할 이유가 수도 없이 많다. 너 역시 그중 하나를 저질렀기 때문이다."

"그것이 무엇이냐?"

"그건 지옥에 가서 물어보거라."

"크크… 무당이 자랑하는 천하의 태악검이 상처 입어 일어서지도 못하는 사람을 핍박할 정도라면 분명 커다란 이유가 있을 테지. 하지만 쉽지는 않을 거다."

운호는 검을 의지한 채 서서히 자리에서 일어났다.

상처로 인해 움직임이 원활하지 않았지만 운호는 끝내 자리에서 일어나 두 발로 굳건히 땅을 밟았다.

그 모습을 보는 무상의 얼굴이 더욱 창백하게 변했다.

그의 얼굴에 들어 있는 것은 분노와 더불어 수많은 감정들이 함께하고 있었다.

강제로 한 일이 아닐 것이다.

그리고 동생인 무령이 사람의 목숨을 구하기 위해 스스로 한 일이었을 가능성이 컸다.

그럼에도 이토록 괴롭고 화가 나는 것은 동생에게 걸린 제약 때문이었다.

그녀는 운호로 인해 이제 상상하지도 못할 괴로운 시간들을 보내야 할지도 몰랐다.

잘못 없는 사람을 핍박한 일이 한 번도 없다.

더군다나 상처를 입어 움직이지도 못하는 자를 향해 검을 뽑은 적은 더더군다나 없다.

밖으로 나타내지는 않았지만 너무 괴롭고 힘든 일이다.

유구한 역사를 자랑하는 명문, 무당의 제자가 되어 정대함을 생명처럼 여기며 살아온 그가 이런 짓을 하리라고는 꿈에서조차 생각해 본 적이 없다.

하지만 그는 이를 악물고 기어코 검을 빼들었다.

동생을 위한 일이라면 언제든 악마가 될 수 있는 사람이 바로 그였다.

태악검 무상이 빼든 검에서 울음이 터져 나왔다.

검명은 시전자의 마음을 담는다고 했는데 검에서 나온 울음은 음울했고 슬픈 것이었다.

그리고 그 울음에는 시린 살기가 가득 담겨 있었다.

무상은 시간을 끌지 않고 일격에 운호를 죽이려고 하는 것 같았다.

검명과 함께 무상의 검에서 투명에 가까운 검기가 솟구쳐 나왔다.

검기는 대체적으로 내공의 특성에 따라 흰색이나 적색을 띄는데 무상의 검기는 흰색이었다.

문제는 그 흰색이 투명에 가깝다는 것이었다.

절대검수에게서나 나타난다는 명기가 분명했다.

명기에 들어섰다는 것은 그의 무력이 소문보다 훨씬 무섭다는 것을 알려주는 증거였다.

그랬기에 운호는 지체 없이 흑룡검을 꺼내 들어 무상의 미간을 겨냥했다.

온몸에서 번져 나오는 고통이 숨쉬기조차 힘들게 만들었지만 운호는 무상의 눈에서 시선을 떼지 않은 채 무겁게 입을 열었다.

"아마, 너와 무당은 오늘 이 순간을 영원히 기억하게 될 것이다. 만약 여기서 내가 죽는다 해도 그 사실은 변하지 않는다. 점창은… 받은 만큼 반드시 돌려준다."

운호는 말을 마친 후 내력을 검에 주입했다.

단전에서 뿜어져 나온 내력이 검에 도착한 것은 순식간에 벌어진 일이었다.

마음이 일면 뜻이 되고(沒我一體) 뜻과 몸이 일치되니(心身合一) 검은 곧 내가 되고 내가 곧 검이었다.

운호의 경지는 이미 심신이 하나가 되는 등봉조극(登峰造極)에 이르렀다.

그 말은 애써 힘을 기울이지 않아도 언제든 적과 교전할 수 있는 신체를 가졌다는 뜻이다.

운호가 치켜든 검에서 뿜어져 나온 시린 검기가 무상을 향해 창처럼 일어섰다.

흑룡검에서 생성된 검기는 무상의 것보다 훨씬 투명한 것이었다.

그러나 그 검기는 얼마 지나지 않아 바람에 흔들리는 갈대처럼 비틀거리기 시작했고 그에 맞추어 운호의 몸에 새겨진 상처에서 피가 분수처럼 터져 나왔다.

무리한 운기로 인해 간신히 아물던 상처가 견디지 못했기 때문에 발생한 현상이었다.

그럼에도 운호는 검을 내리지 않고 무섭게 굳은 눈으로 무상을 응시했다. 죽는 한이 있어도 무상에게 약한 모습을 보이고 싶지 않았다.

단 일합의 승부.

비록 최악의 상황에서 싸울 수밖에 없었지만 점창의 마검은 절대 허무하게 쓰러지지 않는다는 걸 보여주고 싶었다.

그랬기에 그는 흔들리는 검을 굳건히 붙잡고 이빨 사이로 무상을 향해 차가운 음성을 날렸다.

"와라!"

죽이겠다고 마음먹었으나 운호의 몸에서 터져 나온 피분수를 보며 무상의 얼굴이 일그러졌다.

당당하게 맞서오던 운호의 몸은 최악이었고 이대로라면 일초에 죽일 수 있을 거란 판단이 들었다.

더군다나 놈은 마지막까지 기세를 누그러뜨리지 않고 승냥이처럼 이빨을 드러내고 있었다.

빼어든 검을 천천히 끌어내어 견적세를 만들었다.

마음속에서 생겨나는 망설임을 없애기 위해서는 단숨에 목을 치는 것이 가장 좋은 방법이었다.

"미안하다. 잘 가거라."

무상의 입에서 작고도 무거운 음성이 새어 나왔다.

하지 말아야 할 일을 해야 하는 자의 마지막 음성은 평소의 말투보다 훨씬 딱딱했다.

잘못된 결정이라 해도 후회하지 않을 것이다.

동생을 위한 일이니 설혹 나중에 잘못된 결과로 나타난다 해도 절대 후회하지 않는다.

바람에 흔들리는 가랑잎처럼 무상의 몸이 환영을 만들어내며 운호에게 접근했다.

그가 펼친 것은 무당의 독문보법인 현천보(玄天步)가 분명했다.

극상으로 익히면 시전자의 실체를 완벽하게 숨길 수 있다고 알려진 천고의 보법으로 강호십대보법에 꼽히는 절기 중의 절기였다.

현천보를 펼쳐 운호에게 접근한 무상의 몸이 허공에서 맴돌다가 벼락처럼 떨어져 내렸다.

연환혈풍(連環血風).

어느새 그의 검은 다섯 개로 변해 운호의 몸을 검기의 그물로 가두고 있었다.

그때 화살처럼 날아온 희뿌연 인영이 운호의 전면을 가로막으며 무상의 검을 향해 마주 검기를 날렸다.

콰앙!

술 취한 것처럼 다섯 발자국이나 비틀거리며 물러났던 인영이 힘든 표정으로 허리를 들었다.

그는 다름 아닌 무령이었는데 충돌의 여파로 안색이 하얗게 변해 있었다.

"사형, 이게… 뭐하는 겁니까!"

똑바로 시선을 부딪쳐 오는 무령의 모습에 무상은 움직임을 멈추고 무거운 한숨을 몰아쉬었다.

그녀는 어느새 호흡을 가라앉힌 후 운호의 정면으로 걸어 나오고 있었다.

다시 공격하면 이전처럼 막겠다는 행동이었다.

"무령아……."

"저 때문입니까?"

"저자는 죽어야 한다… 비켜라."

"안 됩니다. 저 사람은 아무런 죄가 없습니다."

"그러나 결과는 변하지 않는다. 저자가 죽지 않으면 네가……."

"그것이 운명이라면 받아들이겠습니다. 하지만 아무런 잘못도 없는 사람을 죽이게 되면 사형은 평생을 괴로움 속에서 살아야 됩니다. 사형이 저 때문에 그런 구렁텅이에 빠진다면 저 스스로 목숨을 끊겠습니다. 그걸 바라시는 겁니까!"

"무령아!"

"사형, 검을 내리십시오. 저는 충분히 버틸 수 있습니다. 제 일은 제가 감당할 것입니다."

"그건 네가 감당할 수 있는 것이 아니다."

"아닙니다. 감당할 수 있습니다."

"으… 음……."

수긍해서 토해낸 신음 소리가 아니었다.

무령은 두 눈을 똑바로 뜬 채 자신 있게 말했지만 무상은 무령에게 걸린 제약이 얼마나 잔인하고 무서운 것인지 너무나 잘 알고 있었다.

그랬기에 그는 천천히 검을 내리면서도 살기를 풀지 않았다.

지금은 무령이 가로막고 있기 때문에 검을 내렸지만 언제든 기회가 난다면 운호를 죽일 생각이었다.

무상이 뒤로 물러나자 무령이 즉시 발길을 돌려 운호에게 향했다.

운호는 더 이상 버티지 못하고 검을 의지한 채 무릎을 꿇고 있었는데 그의 몸에서 터져 나온 피로 인해 주변은 온통 핏물로 도배가 되어 있었다.

검을 수습한 무령은 그런 운호를 부축해서 자리를 이동시킨 후 조심스럽게 바닥에 눕혔다.

그러고는 걱정스럽게 입을 열었다.

"괜찮소?"

"당신들, 도대체 뭐야?"

"뭐가 말이오?"

"한 사람은 살리려고 하는데 한 사람은 반드시 죽이려 하는군. 난 이 상황이 이해가 되지 않소."

"미안하오. 나의 사형께서 그대를 해하려 했던 것은 불가피한 이유가 있어서였소."

"그게 뭐기에 사람을 죽이려 하는 거지?"

"그건 말해줄 수 없소."

"보아하니 저자는 아직도 나를 죽이고 싶어 하는군. 이봐, 죽이고 싶으면 이리 와라. 신경 쓰여서 편히 눕지도 못하겠다. 끝장을 보고 싶으면 그렇게 해. 거기서 눈깔 부릅뜨지 말고!"

운호는 여전히 살기를 흘리고 있는 무상을 향해 차갑게 말을 쏟아냈다.

무리한 운기로 인해 전신에서 피를 쏟아내면서도 그는 조금도 위축되지 않는 모습을 보이고 있었다.

어이없기도 하고 한심하기도 했다.

운호는 스스로 죽겠다고 발악하는 사람같이 보였다.

그랬기에 무령은 억지로 일어서려 하는 운호를 가로막으며 한숨을 내리쉬었다.

운호도 그렇고 무상 역시 대단한 성격을 가졌다.

사내로서 한 치도 물러서지 않으려는 호승심을 가졌으니 무인으로의 성정은 충분하고도 흘러넘친다.

기묘한 동거.

동굴은 세 사람이 뿜어내는 각기 다른 기운으로 인해 무거운 정적에 빠져들었다.

하루가 꼬박 지나 다시 밤이 찾아왔지만 그들은 아무 말도 하지 않았고 어떠한 행동도 하지 않았다.

무령이 운호의 곁에서 움직이지 않은 것은 무상의 기운에서 살기가 남아 있기 때문이었다.

누군가가 자신을 죽이려 하는 상황에서는 운공요상을 할 수 없었기에 운호는 고통을 참아내며 상황이 변하기를 기다릴 수밖에 없었다.

어쩐 일인지 무령은 상체만 치료해 줬기 때문에 허벅지를 비롯한 하체는 핏물에 그대로 방치된 상태였다.

쓰리고 아프다.

피가 흐르면서 금창약이 모두 씻겨 나간 상처에서는 열이 펄펄 끓었고 끝없는 고통을 피워 올리고 있었다.

운호가 기다리던 상황이 변한 것은 그로부터 두 시진이 더 지난 후였다.

반가운 얼굴들.

드디어 운상과 운여가 한설아와 함께 동굴로 들어섰던 것이다.

"어디 보자."

"괜찮아."

"괜찮긴 뭐가 괜찮아. 상체는 치료가 됐는데 왜 하체는 치료를 못 한 거냐. 벌써 창이 생기려고 하잖아, 인마!"

"치료했다. 다시 터져서 그렇지."

"미치겠네."

운호의 태연한 대답에 운여가 손을 반쯤 들었다가 놨다.

그런 후 급히 운상에게 눈짓을 보냈다.

척하면 착.

치료를 할 테니 한설아를 내보내란 뜻이다.

하지만 운상이 다가오기 전에 한설아가 먼저 자리에서 일어났다.

그녀의 눈치는 그들이 생각한 것보다 훨씬 빨랐다.

재밌는 것은 그녀를 따라 무령 역시 자리에서 일어났다는 것이었다.

한설아가 자리를 비우자 운여의 손은 날아갈 듯 빨라졌다.

바지를 벗기고 피가 굳어 딱지가 진 붕대를 푼 그는 품속에서 금창약을 꺼내 꼼꼼히 상처를 치료했다.

그러면서도 잔소리는 어김없이 계속되었다.

"도대체 이 정도로 상처가 심해지도록 그냥 둔 이유가 뭐냐. 운공요상을 했다면 이리되지는 않았을 텐데?"

"사정이 있었다."

"무슨 사정?"

"날 죽이려고 한 놈 때문에 운기를 할 수 없었어."

"누가 널 죽여?"

의외의 대답에 황당한 눈을 하고 있던 운상의 시선이 운호를 따라 무상에게로 향했다.

아직도 무상에게서는 살기가 슬금슬금 흘러나오고 있었다.

운여보다 인상이 먼저 일그러진 것은 운상이었다.

"저자는 누군데 가자미눈을 하고 너를 노려보는 거냐. 기분 나쁘게?"

"무당의 태악이다."

운호의 대답에 운상과 운여의 표정이 신중하게 굳어졌다.

쌍악은 무당이 자랑하는 고수 중의 고수들이었다.

운호의 말대로 태악이 목숨을 노리는 것이라면 상황은 그리 만만한 것이 아니었다.

"그렇군. 칠성의 회색 전도복이라… 그런데 널 왜?"

"모르겠다. 무작정 죽이려고 하더라."

"그럼 나간 자는 대악이겠구나. 이것들이 상처 입은 사람은 핍박했다 이거지… 그런데 어떻게 살았냐. 너 정도 상태라면 죽이는 게 어렵지 않았을 텐데?"

"넌 꼭 내가 죽기를 바란 놈 같구나."

"설마 그랬겠냐. 궁금해서 물은 거지."

"날 살리고 이렇게 치료를 해준 건 대악이었다."

"도대체 뭔 소리를 하는지 모르겠네. 좀 잘 알아듣게 상세히 말해!"

"말 그대로다. 한 사람은 목숨을 살려주고 한 사람은 죽이려고 하더라."

"환장하겠군."

"어쨌든 아파 죽겠으니까. 너희들이 재 좀 맡아줘. 난 더 악화되기 전에 치료를 해야 되겠다."

"그래라. 걱정 말고 좌정해. 우리가 저자를 밖으로 데리고 나갈 테니까."

아무리 천하의 태악검이라 해도 운상과 운여가 기세를 끌어올리자 동굴 밖으로 밀려날 수밖에 없었다.

두 사람의 기운은 이미 절정을 넘어 파천의 극을 보기 위해 달려가는 중이었기 때문에 동시에 내기를 풀어놓자 동굴이 금방이라도 폭파될 것 같은 강력한 기세가 무상을 압박했다.

물론 일전을 불사할 각오였다면 그리되지 않았겠지만 무상의 마음은 복잡함으로 인해 두 사람의 압박을 순순히 받아들였다.

운호를 죽여 입을 막으려던 그의 계획은 동생이 강력하게 반대하는 순간 반쯤 풀이 꺾여 있는 상태였다.

살며시 흘리던 동생의 눈물.

그 눈물이 너무 슬퍼 보여 그는 동굴에서 벗어나자 금방이라도 떨어져 내릴 것 같은 별을 보며 깊은 한숨을 내쉬었다.

고뇌에 찬 모습.

처음에는 운호를 죽이려 했다는 사실 때문에 적의를 내보이던 운상과 운여는 그의 모습을 확인하고 기세를 풀어버렸다.

동굴에서 내보이던 살기는 어느새 말끔히 사라졌고 오직 정대함만이 남아 있었기 때문이었다.

적의만 있었다면 그냥 넘어가지 않았겠지만 운호의 생명을 구한 것이 대악검이었으니 무상의 살기가 죽은 이상 억지로 시비를 계속하기도 애매했다.

그들에게 말을 붙여 온 것은 먼 하늘을 바라보는 무상을 안타까이 바라보던 무령이었다.

"마검과 같이 다닌다는 검귀들이 당신들인 모양이오. 나는 대악이라 하오."

"이미 들었소. 운호를 구해준 점, 진심으로 감사하오. 반드시 신세를 갚도록 하겠소."

"점창 사람들은 빚지는 걸 매우 싫어하는 모양이오. 마검도 그러더니 당신들도 그러는구려."

"점창은 받은 걸 반드시 돌려주기 때문이오."

"어쨌든 당신들이 왔으니 우리는 떠나겠소. 바쁜 와중이었는데 마검으로 인해 가는 길이 지체되었소."

뭐라 말할 새도 없이 무령의 태도는 단호했다.

그녀는 두 사람을 향해 가볍게 허리를 숙여 인사를 한 후 바람처럼 어둠 속으로 사라져 갔다.

무상이 그녀를 따라 사라진 것도 동시에 벌어진 일이었다.

뭐라 말할 새도 없이 사라져 버린 그들의 신기는 그들의 무력이 얼마나 강한지 단적으로 보여주는 것이었다.

감탄에 겨운 시선.

운상과 운여는 바람처럼 사라진 그들의 잔영을 확인하고 쓴웃음을 짓고 말았다.

이제 누구와 상대해도 쉽게 지지 않을 자신이 있다고 생각했는데 이놈의 강호는 시간과 장소를 가리지 않고 쉴 새 없이 막강한 무인들을 쏟아내고 있었다.

한설아가 다가와 입을 연 것은 운상과 운여가 발길을 돌려 동굴로 향할 때였다.

"천하에 소문이 자자한 대악검이 여자인 줄은 정말 몰랐어요. 더군다나 엄청난 미인이군요."

"그건 또 무슨 소리요?"

전혀 뜻밖의 소리를 들은 운여가 이해가 안 된다는 얼굴로 반문을 했으나 한설아의 표정은 여전히 침착하기만 했다.

성격 급한 운상이 뒤따라 입을 연 것은 그 역시 이해하지 못했기 때문이었다.

"대악검이 남장 여인이란 말이오?"

"그래요."

"몸이 호리호리한 것은 사실이었지만 그는 분명 남자의 얼굴을 지니고 있었소. 비록 대단한 미남자였지만 결코 여자는 아니었단 말이오. 우리가 강호의 경험이 적어도 그 정도는 충분히 아오."

"역용한 거예요."

"역용?"

"그래요. 얼굴을 바꿨어요. 그리고 목소리도."

"허허, 그것 참. 그런데 소저는 그걸 어찌 그리 확신하오?"

"저는 어렸을 때부터 역용술에 관심이 많았어요. 아실지 모르겠지만 저희 사숙이신 만인자께서는 역용술에 관한 한 천하제일이세요. 저는 그분께 가르침을 받았답니다."

한설아의 대답에 운상과 운여는 동시에 입을 떠억 벌렸다.

만인자.

청성의 장로였으나 무력보다는 기행으로 유명한 사람이었다.

한때는 바둑으로 신선이 되겠다고 떠들며 돌아다니기도 했고 불로장생의 영약을 만들겠다며 천하의 악산이란 악산은 모두 뒤지기도 했다.

성격 또한 변화무쌍해서 대인 관계가 원만하지 못했고 화가 나면 물불을 가리지 않아 사람들은 그의 곁에 다가가지 못했다.

그럼에도 그가 천하에 소문이 자자할 정도로 유명한 것은 바로 바둑과 역용술에서 천하제일의 독보적인 기예를 지녔기 때문이었다.

한설아가 정말로 그에게 역용술을 배웠다면 충분히 자신할 만했다.

먼저 입을 연 것은 운여였다.

그는 한동안 입을 다물지 못하고 있다가 불현듯 생각난 것처럼 재차 질문을 했다.

"그렇다면 소저는 남자로 변장한 그가 엄청난 미인이란 걸 어찌 알았소?"

"그녀의 역용은 그저 본바탕에 살짝 분칠을 한 수준에 불과한 것이었어요. 그랬기에 대단한 미남자로 보였던 거예요. 아마 그녀의 본 모습은 깜짝 놀랄 정도로 아름다울 게 분명해요."

"허, 그것 참."

"믿으세요. 정말이니까요."

"그래도… 소저만 하겠소."

운여의 질문과 한설아의 설명에 천천히 고개를 끄덕이던 운상이 그녀가 말을 마치자 태연하게 끼어들며 입을 열었다.

그러자 표정 없이 말을 끝낸 한설아의 얼굴에서 봄꽃처럼 화사한 웃음이 피어올랐다.

"호호… 난 이래서 운상 오라버니가 좋아요. 어쩜 그렇게 사람을 즐겁게 만들 줄 아세요. 오라버니는 정말 훌륭한 재주를 가졌어요."

"내가 그런가?"

"그럼요."

운상이 어깨를 으쓱하자 어느새 다가온 한설아가 그의 어깨를 툭툭 털어주며 친밀감을 표현했다.

마치 사이좋은 오누이를 보는 것 같았다.

그 모습을 본 운여가 입이 튀어나온 것은 어찌 보면 당연한 일이었다.

"거참, 듣고 있자니 민망하네. 소저, 그건 말이요. 재주가 아니라 아부라는 거요. 우리 이젠 말 좀 가려서 합시다."

6장

돌파! 강서행

운호는 그동안 치료하지 못한 것을 만회라도 하듯 하루를 꼬박 움직이지 않고 요상에 전념했다.

아무도 없을 때는 선명하게 나타나던 오룡은 운상과 운여가 번갈아 자리를 지키고 있자 숨바꼭질하듯 그림자처럼 잠깐씩 모습을 보이다 사라지곤 했다.

마치 신랑 뒤에 숨어 있는 부끄럼 많은 새색시처럼 보일 지경이었다.

운상과 운여는 그런 용의 모습을 발견했지만 크게 놀라지 않았다.

그전에도 운호는 다쳐서 치료를 할 때마다 그런 모습을 보였기 때문에 이제는 당연하게 여겼다.

천룡무상신공의 효력은 보면 볼수록 대단하다.

운호의 상태는 시간이 지날수록 확연하게 바뀌었는데 하루가 지나자 외상의 부기가 현저히 가라앉는 게 눈으로 보일 정도였다.

현천기공의 요상력도 대단했지만 천룡무상신공의 요상력은 설명할 수 없을 만큼 뛰어났기 때문에 운여는 감탄을 숨기지 않았다.

더군다나 운호의 치유 능력은 점점 빨라져 이제 하루만 지나면 충분히 일어설 수 있을 것 같았다.

후우, 후욱…

운기를 끝내며 몸 안에 있던 탁기를 뱉어내기 위함인지 가볍게 숨을 뿜어낸 운호가 천천히 눈을 떴다.

그의 눈은 선명했고 고요했다.

"밥은 먹고 그러고 있는 거냐?"

"어라, 깼네."

"내가 얼마나 이러고 있었냐?"

"하루, 꼬박."

"꽤 길었군."

"길었지. 너 지키느라 우리가 고생 좀 했다. 배고프냐?"

"응."

"너 깨면 같이 먹으려고 우리도 기다리고 있었다. 잠시 기다려. 운상이 부를 테니까."

"어디 갔는데?"

"한 소저랑 바깥에 있다."

운여가 대답을 흘리며 몸을 날리자 운호가 얼굴에 미소를 머금었다.

분명 운상은 혹시 모를 침입에 대비해서 동굴로 들어오는 입구를 지키고 있었을 것이다.

세 사람은 금방 돌아왔다.

그리고 그중 한설아의 손에는 음식이 담긴 보가 들려 있었는데 보를 풀자 고소한 냄새와 함께 기름종이에 싼 구운 오리와 만두가 담긴 반합, 그리고 궁보계정이 담긴 그릇이 나왔다.

"와아, 이게 다 뭐냐. 진수성찬이네."

"너 치료하는 동안 한 소저가 문양까지 나가서 사온 거다. 문양은 여기서 백 리나 되는 곳인데도 주저하지도 않고 떠나더라. 꼬박 반나절이나 지나서 돌아왔어, 인마!"

"뭐 하러 그 먼 길을……."

"글쎄, 뭐 하러 갔다 왔을까… 그걸 모르겠어. 그렇지 않냐, 운상아?"

"나한테 묻지 마. 대답하기 상당히 싫은 질문이니까. 그나저나 배고파 죽겠다. 한 소저가 너 깨면 같이 먹자고 버티는 바람에 우리까지 쫄쫄 굶고 있었어. 맛있는 걸 앞에 두고 참는 게 얼마나 힘든 건지 알기나 해? 군침 삼키느라 생고생했다."

"거참."

운호가 헛기침을 하며 한설아를 바라보았다.

그녀는 얼굴을 발갛게 물들인 채 차마 고개를 들지 못하고 있었는데 매우 부끄러워하는 모습이었다.

두 사람의 모습이 껄끄러웠지만 그것이 운상과 운여의 식욕을 막지 못했다.

그들은 어느새 기름종이를 벗기고 오리를 잘게 찢기 시작했는데 무공의 고수답게 눈에 보이지 않을 속도였다.

언제 어디서든 좋아하는 사람과 맛있는 음식을 먹는다는 것은 커다란 기쁨이며 행복이다.

그랬기에 네 사람은 연신 웃음꽃을 피우며 준비해 온 음식들을 먹었다.

본격적으로 운상과 운여가 취조를 시작한 것은 음식이 거의 바닥을 드러냈을 때였다.

먼저 입을 연 것은 역시 성격 급한 운상이었다.

"자, 먹을 건 다 먹었고. 대충 보니 몸도 추스른 것 같으니까 이제 말해봐."

"뭘?"

"뭐긴 뭐야. 우리와 헤어져서 움직였던 너의 행적에 대해서 말해보란 거지. 어느 경로로 움직였고, 누구와 싸웠으며, 왜 다쳤는지 상세하게 말해보란 말이야!"

"천원에서 너희들과 헤어져 나는 곧장 화평으로 갔다. 거기에 지옥귀왕을 만났는데……."

운호는 화평에서 지옥귀왕을 만난 일과 그가 알려준 천이란 조직의 비밀을 이야기했다. 그러고는 천평으로 이동해서 유령마조와 음풍수사를 쫓던 일과 무당의 쌍악을 만나게 된 일들을 이야기했다.

마지막으로 패천일도와 만나 목숨을 건 승부를 펼쳤다는 말과 무령에게 구해졌다는 사실을 끝으로 긴 이야기를 끝내자 그동안 잠자코 있던 운상과 운여가 동시에 긴 신음을 흘렸다.

헤어져 있는 동안 운호에게는 상상하지도 못했던 엄청난 일들이 연속으로 벌어졌기에 그들은 저절로 일그러지는 표정을 막아내지 못했다.

천하백대고수에 포함되는 두 명의 절대고수를 박살 냈다는 사실이 그들의 가슴을 답답하게 만들었다.

운호의 무력이 강하다는 건 충분히 알고 있었으나 지옥귀왕에 이어 패천일도까지 잡았다면 운호가 이미 초절정의 단계에 이르렀다는 걸 알려주는 것이었다.

하지만 그들은 여전히 무인이었다.

운여가 먼저 요청했고 운상이 뒤를 이어 자세한 설명을 요구했다.

지옥귀왕과 패천일도를 상대하면서 펼친 초식과 그들의 대응, 그리고 내공의 변화 등 싸움의 시작부터 끝까지. 전투의 흐름을 하나도 놓치지 않기 위한 그들의 질문은 끝이 없을 정도였다.

길고 긴 설명을 끝으로 운호가 입을 닫자 그들의 눈이 저절로 감겨졌다.

설명을 통한 전투 결과를 상상하기 위함이었다.

직접 눈으로 봤다면 훨씬 커다란 깨달음을 얻을 수 있었겠지만 설명만으로도 그들은 전투를 흐름을 충분히 인지하고 개안할 수 있는 능력이 있었다.

두 사람이 눈을 감아버리자 그동안 잠자코 있던 한설아가 대신 나섰다.

"오라버니를 치료한 건 누구죠?"

"대악검이었소."

"…그랬군요."

"왜 그러시오?"

"혹시 치료할 때 정신을 차리고 있었나요?"

"처음에는 정신을 잃고 있었으나 두 번째는 깨어 있었소. 그런데 이상하군. 소저는 태악검과 똑같은 질문을 하는구려. 그게 왜 중요한 거요?"

한설아의 표정이 급격히 어두워지는 것을 확인한 운호가 목소리를 조금 높이며 물었다.

하지만 한설아는 쉽게 대답하지 않고 운호의 얼굴을 살피며 애써 평정을 찾으려 노력할 뿐이었다.

그녀의 입이 열린 것은 답답함을 참지 못한 운호가 재차 물었을 때였다.

그녀의 음성은 떨림으로 인해 가볍게 울려 나오고 있었다.

"대악검은 여자예요."

"뭐라고요? 그게 무슨 말도 안 되는……."

운상과 운여는 그녀로부터 같은 이야기를 듣고 단순한 놀람만 표시했을 뿐이지만 운호는 기절할 것 같은 표정을 짓고 있었다.

대악검이 여자라면 큰일도 보통 큰일이 아니었다.

친구 놈들은 저희들 일이 아니니 치료한 사람이 대악검이란 사실을 흘려들었을 테지만 자신은 아니었다.

당사자인 자신은 알몸인 상태로 여자에게 중요한 부위까지 모두 보였기 때문에 단순히 은혜를 입은 것으로 치부하고 넘어갈 성질이 아니었다.

새삼 자신을 죽이기 위해서 날뛰던 태악검의 태도가 생각났다.

분명 그는 대악검이 여자란 사실을 알고 있었음이 틀림없었다.

자신을 치료한 것이 대악검이란 사실을 알자마자 검을 빼들고 죽이려 덤빈 것은 그가 대악검과 단순한 관계가 아니란 사실을 알려주는 것이었다.

불타던 그의 눈.

태악의 분노는 단순한 증오에서 비롯된 것이 아니라 반드시 죽일 수밖에 없는 이유가 담긴 것이었다.

도대체 그게 뭘까?

"소저, 혹시 쌍악이 무슨 관계인 줄 아시오?"

"저는 그들이 사형제 간이라 들었어요."

"음……."

한설아는 자세한 것을 더 알지 못하는 것 같았다.

아무리 생각해도 그들은 단순한 사형제 간이 아니었다.

여자인 무령이 다른 남자의 중요 부위를 봤다는 걸 알게 되었을 때 분노로 눈이 뒤집힐 정도라면 그러한 경우는 몇 가지에 한정된다.

연인이거나 가족.

특히 연인 관계라면 무상의 그 불같은 분노가 이해가 되었다.

한설아는 더 이상 입을 열지 않고 침묵을 지켰기에 자리에는 갑자기 어색한 침묵이 흘렀다.

운호도, 한설아도 머릿속에 복잡한 생각들을 하느라 정신이 없었기 때문이었다.

침묵을 깬 것은 어느새 눈을 뜬 운상이었다.

"운호, 아무래도 넌 누군가의 가슴에 칼을 박은 것 같구나."

"그렇게 이야기하지 마. 운호가 한 일이 아니잖아."

옆에서 눈을 뜬 운여가 말을 받았다.

그는 운호가 인상을 찡그리자 운상을 향해 눈을 부라렸다.

아무리 친구 사이라도 분위기에 따라 하지 말아야 할 말이 있는데 운상은 그런 면에서 젬병이다.

운상이 변명하려는 듯 입을 달싹이는 걸 운여가 중간에서 끊고 말을 이었다.

그의 눈은 운호에게 향하고 있었다.

"몸은 좀 어떠냐?"

"좋아졌다. 반나절이면 일어설 수 있을 것 같아."

"이제 어쩔 생각이냐. 패천일도까지 잡았으니 천검회가 그냥 있지 않을 것 같은데?"

"그쪽으로 가지 않으면 된다."

"그럼?"

"강서로 간다. 거기 가서 마창을 잡을 생각이다."

"넌 도대체……."

운호의 대답을 들은 운여가 고개를 절레절레 흔들었다.

마창은 오히려 지옥귀왕보다 더욱 악명이 자자한 초마두였다.

백대고수의 서열에서도 지옥귀왕보다 무려 스무 계단이나 앞에 있는 절대고수로 강호에서는 그를 일초살로 불렀다.

웬만한 자들은 그의 창에 꼬치 꿰이듯 일 초에 척살되었기 때문이었다.

위험하고 불안하다.

비록 운호의 명성이 중천의 해처럼 찬란하게 빛나고 있었지만 절대고수들과의 대결은 목숨을 거는 도박처럼 느껴진다.

지금 강호에서는 그들의 명성이 들불처럼 번져 나가는 중이었다.

탕마행을 시행하면서 벌여놓은 사건들이 워낙 커서 꼬리를 물고 번졌기 때문에 웬만한 천하인들은 그들이 벌인 일을 다 알고 있었다.

특히 천검회와 벌인 태강전투와 철혈문을 도와 지옥귀왕까지 잡아낸 일로 인해 강호인들은 경악을 멈추지 못했는데 패천일도까지 잡은 게 노출되면 어떤 일이 벌어질지 알 수 없을 정도였다.

그런데 운호는 강서로 가서 마창을 잡겠다고 한다.

지금까지 벌여놓은 일도 수습이 어려운 마당에 판을 점점 크게 벌이자고 하니 고개가 저절로 흔들거렸다.

그때 운상이 불쑥 나섰다.

"마창만 잡으러 가는 건 아니겠지?"

"간 김에 지옥귀왕이 말한 것도 확인할 생각이다."

"좋군, 좋아."

"좋긴 뭐가 좋아?"

"일이 점점 재밌어지잖아."

참, 웃음이 싱그럽다.

옆에서 퉁망 주듯 운여가 말을 가로챘음에도 운상이 활짝 웃었는데 그 웃음이 너무 싱그러워 기분이 좋아진 운호가 따라 웃었다.

잠시 동안 헤어짐이었지만 늘 생각나는 친구들이었다.

같이 이렇게 있으니 즐거움이 그치지 않는다.

부드러운 웃음을 지은 채 대화를 나누던 운호가 웃음을 멈추고 친구들에게 눈짓을 한 것은 그로부터 일 각이 지난 후였다.

운호의 눈짓에 먼저 반응한 것은 운상이었다.

"불청객이 왔어. 동굴을 발견한 모양이군."

"포위된 건가?"

운여가 얼굴을 일그러뜨리며 입맛을 다셨다.

밖에서 다가오는 기세들은 한둘의 것이 아니었다.

하지만 다가온 자들의 기세는 충분히 감당할 수 있을 정도였기 때문에 운상은 운호을 쳐다봤다.

"움직일 수 있겠어?"

"일어설 수 있다. 문제는 원활하지 않다는 것이지. 반나절만 더 있으면 괜찮아질 거다."

"놈들이 계속 충원될 테니 지금 빠져나가는 게 좋지 않을까?"

"아니, 그렇지 않다. 놈들이 철혈문의 영역인 여기까지 쫓아왔다는 건 천검회가 나를 잡겠다고 작정했다는 뜻이다. 지금 온 놈들은 피라미에 불과해. 몸통들은 아직 나타나지 않았어. 아마 놈들은 덫을 놓고 기다리고 있을 것이다."

"그래서?"

"몸이 완쾌되지 않은 상태에서 천검회의 주력들과 부딪치면 득보다 실이 더 많다. 그럴 바에야 몸을 완전히 추스르고 돌파하는 게 맞아."

"공격해 온다면?"

"너희들이 막아야지. 화공을 하면 대책이 안 서니까 입구로 접근하지 못하도록 나가서 싸워야 한다."

"반나절이나 버티라고?"

"놈들도 수뇌부를 기다려야 하니까 선불리 공격하지 못할 거다. 최대한 버텨. 나도 최선을 다할 테니까."

"쯧쯧… 또 피 보게 생겼네. 검에 찔린 거, 칼에 베인 거 끙끙대며 간신히 치료해 놨더니 그게 며칠 못 가. 어떻게 너만 만나면 내 몸이 성하질 못하냐!"

"저놈 탓하면 뭐하냐. 쫓아온 우리 잘못이지. 그동안 네 말 안 믿은 거 미안하다."

"무슨 말?"

"저놈하고 같이 다니면 만신창이가 된다는 거."

"클클… 이제야 믿는군."

운상이 기괴한 웃음을 흘리며 운여를 바라봤다.

그런 후 검을 들고 자리에서 천천히 일어나자 운여가 그 뒤를 따랐다.

오늘 하루.

고단하고 힘든 시간을 보내야 될 것 같다.

적들의 숫자가 얼마나 늘어날지 알 수 없는 상황에서 운호가 완전히 회복할 때까지 버티기 위해서는 내력을 아끼고 아껴야 한다.

내력을 아낀다는 것은 수세에 치중해야 된다는 것을 의미하며 그만큼 부상당할 위험이 커진다는 뜻이다.

운상과 운여가 동굴 밖으로 나가자 운호는 즉시 눈을 감았다.

지금 당장 일어나 싸울 수도 있으나 완벽하게 몸을 회복하는 것이 중요하다고 생각했다.

자칫 강적을 만나게 되면 또다시 치명적인 위험에 직면할 수 있었다.

천검회의 대표적인 무인으로 세상 사람들은 회주인 화검제와 파우신검, 그리고 패천일도를 꼽았지만 천검회를 신주십강의 반열에 올려놓은 것은 그들 외에도 수많은 기라성 같은 무인들이 뒤를 받치고 있기 때문이었다.

각 당의 당주들과 호법전의 고수들, 특수부대를 이끌고 있는 수장들은 지금 당장 무림에 나가도 일각의 패주로 자리매김할 만큼 막강한 무력을 지닌 무인들이었다.

또 하나.

누구도 천검회의 진정한 힘을 알지 못했다.

신주십강 정도 되는 문파라면 노출되지 않은 비력들을 보유하고 있다는 게 공공연한 비밀이었고 그 비력들 하나하나의 힘은 세상에 나오는 순간 세상을 경악하게 만들 만큼 대단할 것이라는 게 무림사가들의 추측이었다.

운호가 자신의 몸 상태를 완벽하게 치료하고자 한 것은 이런 이유들이 있었기 때문이었다.

비록 운이 좋아 패천일도를 꺾었다고는 하나 천검회의 힘에 정면으로 대응한다는 것은 목숨을 갖다 바치는 것처럼 무모한 짓이었다.

그만큼 천검회의 힘은 무섭다.

어쩌면 완벽하게 회복된 상태에서도 포위망을 뚫는 것이 어려울지 몰랐다.

공격이 시작된 것은 운호가 요상을 시작한 지 한 시진이 훌쩍 지난 후부터였다.

그동안 동굴을 포위한 숫자는 거의 칠십으로 늘어났고 지금도 계속해서 늘어나는 중이었는데 갈수록 무거운 기세를 지닌 자들이 합류하고 있었다.

그나마 다행인 것은 아직 수뇌부가 보이지 않는다는 것이었다.

동굴처럼 제한된 공간을 방어하는 것은 꼭 병법을 들먹일 필요도 없이 입구를 틀어막는 것이 가장 좋은 방법이다.

물론 단순한 무력 공격이라면 입구보다 동굴 안에서 방어하는 것이 더 효율적일지 모르나 화공을 염두에 둔다면 입구는 절대적인 방어의 요충지였다.

그랬기에 운상과 운여는 입구를 반반씩 나누어 틀어막고 적의 난입을 막았다.

아직 여유는 있다.

천검회의 일반 무사들은 일급을 상회할 만큼 날카로운 공격력을 보이고 있었지만 제한된 공간으로 인해 포위 공격을 못하는 상황이었기 때문에 운상과 운여를 압박하기에는 부족함이 있었다.

문제가 발생한 것은 동쪽 능선과 서쪽 계곡 쪽에서 피처럼 붉은 옷을 입은 자들이 나타나면서부터였다.

그들의 숫자는 모두 아홉.

강호에서 가장 강력한 협공을 펼치는 것으로 정평이 난 천검구혈객이 분명했다.

절대고수를 때려잡기 위해 화검제가 직접 키웠다는 천검구혈객은 하나하나가 모두 절정을 넘어선 자들로 구성된 천검회의 일급 특수부대였다.

운상의 얼굴이 일그러진 것은 단순히 그들의 출현 때문만이 아니라 그들과 거의 같은 시간에 중앙 쪽에 나타난 세 명의 노인들로 인해서였다.

똑같이 눈처럼 새하얀 백의를 입은 노인들은 구혈객을 뒤에 매달고 동굴의 전면으로 걸어왔는데 그 걸음이 거침없었다.

그중 백발에 백염의 노인은 겨울처럼 차가운 눈을 가지고 있었다.

"마검은 안에 있느냐?"

"사람이 예의가 있어야지. 정체부터 밝히고 묻는 게 순서 아냐?"

노인의 질문에 운상의 말투가 거칠어졌다.

그는 노인에게서 뿜어져 나오는 한기에 완전히 반응한 모습이었다.

이런 한기라면 절정의 음공을 익혔다는 뜻인데 노인의 정체를 알아보지 못했다.

그랬기에 그의 시선은 전신을 훑은 후 노인의 눈에 고정시켰다.

차갑고도 무겁다.

노인이 뿜어낸 기세는 뒤늦게 나타난 세 명의 노인이 천검회에서 중요한 위치에 있는 인물들임을 나타내 주는 것이었다.

그러나 노인은 운상의 질문에 대답하는 대신 가소롭다는 미소를 피워 올렸다.

"어른 공경할 줄 모르는 아이구나."

"당신 눈에는 내가 어린애로 보이나보군. 어디 가운데 물건이라도 보여줄까?"

"가소로운 놈."

"닥치고 정체나 밝혀. 나중에, 아주 나중에 저승에 가서 죽인 놈 이름조차 몰라 헤매게 만들지 말고."

"크크크… 그럴 리는 없겠지만 궁금해하니 가르쳐는 주마. 나는 백사라는 사람이다."

"홍, 천검회에 사람 죽이기를 밥먹 듯 한다는 뱀이 세 마리 있다더니 당신들인 모양이군."

말은 편하게 했으나 자신의 짐작이 들어맞자 운상의 안색이 흙색으로 변했다.

처음에는 생각나지 않았으나 뱀처럼 차가운 그의 눈을 확인하자 불현듯 그들의 정체를 짐작할 수 있었다.

삼사. 다른 이름으로 삼필사(三必死)로 불리는 자들.

정확한 나이는 알 수 없었으나 천검회의 호법으로 이십 년 전 귀주와 강서를 오가며 무적을 자랑한 절정의 고수들이었다.

지금도 귀주와 강서무림에서는 그들을 백대고수의 밑으로

보지 않을 만큼 막강한 무력을 지닌 검귀들이 바로 그들이었다.

구혈객을 뒤에 매달 정도였기 때문에 속으로는 내심 삼필사가 아닐까란 추측은 했지만 막상 적의 입에서 정체가 밝혀지자 암담한 생각이 들었다.

지금까지는 피를 보지 않았다.

적절하게 구역을 나누어 방어에 치중하면서 내력의 소모를 최소화했기 때문에 앞으로도 많은 시간을 버틸 수 있을 거라 자신하고 있었다.

거의 두 시진을 막았으니 운호가 말한 시간까지 한 시진만 더 버티면 된다.

하지만 막상 삼필사와 구혈객이 나타나 압박을 해오자 검을 쥔 손에 힘이 잔뜩 들어갔다.

긴장.

이 정도의 무인들에게서 동굴을 방어하기 위해서는 얼마나 많은 상처를 입어야 할지 가늠할 수가 없다.

그럼에도 움직이지 않았다.

운호가 자리에서 일어나 동굴로 나올 때까지 한 발자국도 움직이지 않을 생각이었다.

운상과 운여의 모습에서 그들의 행동을 예측한 백사가 풀썩 웃었다.

입에 매달린 건 여전한 조소였다.

"막을 생각인 모양이구나."

"우리는 뱀 정도는 언제든 때려잡을 수 있는 사람들이다. 백사, 얼굴에 든 미소 마음에 들지 않으니까 지워라. 안 그러면 내가 이 검으로 지워줄 테다."

"푸하하하!"

"웃는 걸 보니 재밌는 모양이네."

"이런 날도 있구나. 정말 오랜만에 기백을 가진 기특한 놈들을 보는구나."

"크크… 기백만큼 검도 날카로우니까 몸조심하는 게 좋을 거다."

"너희들이 그렇게 막으려고 하는 걸 보니 안에 마검이 있는 모양인데 난 그게 이해가 되지 않는구나."

"뭐가?"

"충분히 도망갈 시간이 있었을 텐데 왜 도망가지 않은 거냐. 그랬으면 다리 아프게 오지도 않았을 텐데 말이다."

백사의 말을 들으니 입맛이 저절로 다셔진다.

결국 운호의 판단이 맞았다는 뜻이다.

천라지망을 깔아놓고 빠져나오기를 기다리다가 그들이 움직이지 않자 할 수 없이 이곳으로 왔다는 것이 백사의 말이었다.

운호, 이놈은 무공도 강한 놈이 점점 머리까지 좋아지니 기분이 별로 좋지 않다.

과연 얼마나 많은 자들이 온 걸까?

천검회가 바보가 아닌 이상 외곽의 포위를 모두 풀어버렸을

리 만무하니 아직도 눈에 보이는 포위망 밖에는 엄청난 적들이 기다린다고 봐야 했다.

갈수록 태산이라더니 지금 상황이 꼭 그 짝이다.

상황은 점점 위험해지는 중이었고 앞으로 다가올 시간은 끔찍하도록 길어질 것 같았다.

시간을 끌 수만 있다면 어떡하든 끌 필요성이 있었다.

그랬기에 입을 열려 했을 때 불쑥 운여가 나섰다.

눈치 빠른 놈.

어느새 자신의 의중을 눈치채고 먼저 선수를 친다.

"천검회는 무림십강에 포함될 만큼 대단한 세력을 지닌 문파요. 그런 당신들이 우릴 이토록 괴롭히는 이유가 뭐요?"

"우리의 행사를 방해하는 자들은 모두 죽인다."

"행사라니?"

"그걸 알지 못하는 걸 보니 마검이 많이 다친 모양이구나. 참으로 궁금하다. 보유한 신성들을 한꺼번에 저승으로 보내면 점창이 어찌 나올지. 정말 재밌을 것 같아."

"몰라서 물은 게 아닌데 헛물을 켜는군. 마검은 생생하게 살아서 당신을 기다리고 있소."

"거짓말하지 마라."

"거짓인지 아닌지는 당신이 직접 들어가 보면 알 거 아니오."

"크큭… 그렇지 않아도 곧 그럴 생각이다."

"무림에는 항상 분란이 생겼고 그 분란 속에서 힘이 재편성되며 균형을 맞추었소. 하지만 그것은 누군가의 조정에 의한 것이 아니라 흐름 속에서 자연스럽게 형성되는 과정일 뿐이었소. 하나, 당신들은 억지로 그런 질서를 무너뜨리려 하는구려. 역사의 흐름을 역행하는 것은 천리를 위반하는 짓이오. 절대 당신들 뜻대로 되지는 않을 것이오."

"걱정하지 마라. 죽이고 죽이다 보면 우리 생각대로 될 테니까. 그러니 먼저 죽거든 저승에서 잘 지켜보거라."

백사는 강호의 여우답게 더 이상 운여에게 시간을 주지 않고 뒤쪽으로 물러났다.

그러자 그의 자리를 교대하듯 구혈객이 앞으로 나서며 검을 빼들었다.

단순히 발검만 했을 뿐인데도 막강한 경기가 구름처럼 일어나 운상과 운여를 압박해 왔다.

그들의 경기는 어느 겨울날 갑자기 쏟아져 피할 곳조차 생각나지 않게 만드는 우박 비처럼 사방을 완벽하게 차단하며 다가왔다.

그들의 내기에 대항하듯 운상과 운여의 기세가 창처럼 일어선 것은 중앙에서 선 사내의 손이 하늘로 올라갔을 때였다.

압박해 온 기세를 밀어낸 운상과 운여는 양쪽에서 날아오른 혈객들의 공격을 맞받아치며 자리를 고수했다.

하나 몸은 흔들렸고 다리는 원래의 자리에서 한 치 정도 물러났다.

혼자서 둘을 상대하기가 버겁다는 뜻이다.

그나마 다행인 것은 혈객들 역시 합격에 어려움이 있다는 것이었다.

포위 공격의 최대 범위는 팔방이다.

다시 말해서 한 사람을 공격하는데 여덟 명이 넘으면 나머지는 소용이 없다는 뜻이다.

물론 차륜전을 펼치는 경우에는 다르겠지만 어떻든 한 번 공격에서 팔방을 넘어설 수 없다.

더군다나 좌우가 막힌 이런 지형에서는 아무리 많아 봐야 지금 혈객들이 공격한 것처럼 사방의 연수가 한계였다.

그랬기에 버겁지만 버틸 수는 있다.

그렇다고 언제까지 버틸 수 있다고 장담할 수는 없었다.

공격해 오던 혈객들은 완강하게 버티는 운상과 운여의 방어를 뚫지 못하자 곧장 차륜전을 펼치기 시작했다.

번갈아 공격해 오는 그들의 검은 이인합격이었다가 어떨 때는 삼인합격으로 변화를 모색했다.

그것이 운상과 운여의 몸에 상처를 만들어내기 시작했다.

둘은 버틸 수 있었으나 셋이 한꺼번에 공격해 오자 몸에서 피가 솟아나기 시작했다.

혈객들은 화검제가 직접 키운 무인들답게 정확하고 냉철하게 운상과 운여의 약점을 파고들었다.

콰앙!

삼 인의 연수합격에 맞선 운여가 내력을 극한까지 끌어올려 맞받아치자 동굴이 울릴 정도의 폭음이 생겨났다.

엄청난 격돌.

그 격돌의 여파로 힘겹게 버티던 운여가 기어코 뒤로 물러서며 피를 뿜어냈다.

그의 얼굴은 창백하게 변했고 손에 든 검은 흔들리고 있었다.

그럼에도 운여는 다시 원래의 자리로 돌아오며 손으로 입에 묻은 피를 훔쳤다.

혈객들의 합격이 시작된 저 반시진밖에 되지 않았지만 운상과 운여의 몸은 이미 피로 물들어 가고 있었다.

일주천, 이주천, 삼주천.

끊임없이 천룡무상신공을 온몸으로 돌리며 운호는 전신을 덮고 있는 상처들을 치료했다.

그를 괴롭히고 있는 도상들은 패천일도의 투기가 담겨 있었기 때문에 단순한 피륙의 상처와는 근본적으로 다른 것이었다.

다시 말해 몸 안에 적이 심어놓은 악기가 스며든 것이니 상처를 치료하기 위해서는 악기를 정기로 다시 되돌리는 것이 선행되어야 된다는 뜻이다.

무상으로 인해 치료를 하지 못한 하루의 시간을 제외하고 나머지는 치료에 전념했기 때문에 사실 운호의 몸 상태는 칠할 이상 회복한 상태였다.

무리를 한다면 충분히 전투도 가능했지만 운호는 친구들에게 등을 맡기고 몸 상태를 완벽하게 만들기 위해 전력을 다했다.

천검회가 예측대로 자신을 잡기 위해 주력을 동원한 것이라면 돌파의 첨두는 자신이 맡아야 되기 때문이다.

운상과 운여의 무력을 얕보는 것은 아니었으나 포위망을 돌파하기 위해서는 단숨에 적의 숨통을 끊어놓는 막강함이 필요했다.

운호는 그것이 일행의 목숨을 살릴 수 있는 최선의 방법이라고 판단했기 때문에 밖에서 들려오는 흉험한 싸움 소리에도 꿈쩍하지 않고 요상을 지속했다.

운호의 눈이 떠진 것은 정확히 세 시진이 지난 후였다.

그의 눈은 호수처럼 고요했고 그의 몸에서 나오는 기세는 산악처럼 장중했다.

마치 대자연의 기운처럼.

운호는 눈을 뜬 후 걱정스럽게 자신을 바라보고 있는 한설아를 향해 빙그레 웃음을 보였다.

그의 웃음은 따뜻했다.

"걱정했소?"

"네."

"한 소저는 항상 걱정을 하는군요."

"오라버니가 날 걱정하게 만들잖아요."

"그랬나?"

"맨날 이렇게 다치기나 하고… 나 이제 그만 걱정하게 해주면 안 돼요?"

"음, 미안하오. 앞으로는 조심하겠소."

"맨날 말로만."

한설아가 입을 삐죽 내밀었다.

하지만 그 모습은 화를 내는 것이 아니라 애교를 떠는 것으로 보였다.

그랬기에 운호는 웃음을 지우지 않고 그녀를 빤히 바라보았다.

"우린 이제 가야겠소. 아무래도 애들이 고전하고 있는 것 같으니."

"돌파할 건가요?"

"그렇소. 소저는 내 뒤를 바짝 따라붙으시오."

"알았어요."

지체 없이 자리에서 일어난 운호가 동굴 밖으로 향하자 한설아가 그 뒤를 따랐다.

운호의 걸음은 언제 부상을 당했냐는 듯 당당했고 한 치의 흩어짐도 보이지 않았다.

역시 예상한 것처럼 운상과 운여는 고전을 면치 못하며 온몸에 피를 흘린 채 적을 막고 있었다.

급하다. 그리고 안타깝다.

친구들에게 등을 맡긴 시간은 그들의 피가 흘러넘치게 만들 만큼 너무 길었다.

"운상, 운여. 뒤로 빠져!"

팽팽하게 당겨진 고무줄이 한순간에 쏘아지 듯 유운신법을 펼쳐 날아간 운호의 검이 공격해 온 혈객들을 덮였다.
섬전(閃電).
사일검법의 첫 번째 초식인 섬전은 속도를 중시하는 쾌검이기 때문에 붙여진 이름이었는데 지금 운호가 펼친 섬전은 아예 눈에 보이지도 않았다.
더군다나 대부분의 쾌검은 다른 초식에 비해 위력이 떨어지는 것이 보통이었으나 운호가 펼친 섬전은 아예 통째로 혈객들을 날려 버릴 만큼 강력했다.
콰앙!
공격을 해 왔던 네 명의 혈객이 피를 뿜으며 뒤로 튕겨져 나가자 차륜전을 펼치기 위해 솟구치려던 혈객들이 기겁을 하며 신형을 멈췄다.
네 명이나 되는 혈객을 한꺼번에 이처럼 튕겨낼 수 있는 자들은 초절정의 절대고수들밖에 없기 때문이었다.
적이 멈칫하는 사이, 운상과 운여를 가로막고 앞으로 나선 운호가 친구들을 향해 고개를 돌렸다.
"괜찮냐?"
"네 눈엔 이게 괜찮은 걸로 보여!"
피로 물든 몸을 한 채 인상을 쓰고 있던 운상이 신경질을 냈다.
하지만 운호는 그의 신경질을 일거에 잘라 버렸다.
"크게 다친 데는 없어 보이네. 엄살떨지 말고 이제 가자."
"어디로?"

"내가 방향을 잡고 갈 테니까 내 뒤를 따라와. 한 소저가 중간이다. 알겠지?"

"다친 우리는 안중에도 없고 한 소저만 챙기는군. 정말 눈꼴시어서 못 보겠어."

"그만해. 한 소저 얼굴 붉어지잖아."

"부끄러워하라고 한 소리다. 그러니까 얼굴 붉어지는 건 당연하지."

"하여간… 운상, 넌 물에 빠지면 주둥이만 둥둥 뜰 놈이다."

"시끄럽고, 아프니까 얼른 가자. 저 새끼들 진형 갖추잖아."

운상이 상처 난 곳을 여기저기 훑어보다 전열을 정비하고 있는 적들에게 시선을 던졌다.

천검회의 무인들은 삼필사를 필두로 구혈객이 진형을 형성시키며 두텁게 포위망을 구축하는 중이었다.

그때 운여가 입을 열었다.

그도 운상처럼 전신에 상처를 입고 있었는데 얼굴이 하얗게 질려 있는 것이 꽤나 타격을 받은 것 같았다.

"운호, 저 늙은이들이 그 유명한 살인귀들 삼필사란다. 그러니까 중앙 말고 좌측을 뚫자."

"저 붉은 옷을 입은 놈들은?"

"천검구혈객."

"무슨 말인지 알겠다. 그렇게 하자."

운여의 눈짓에 대답을 마친 운호가 천천히 검을 끌어올렸다.

삼필사는 중앙에 포진했고 구혈객은 삼필사의 좌우로 나누어 차단한 상태였다.

그중 운여가 가리킨 곳은 운호의 급습으로 인해 타격을 받고 물러난 네 명의 혈객이 지키는 곳이었다.

그들은 전부 한두 군데씩 검상을 입고 있었는데 운호의 일격을 버텨내지 못하면서 생긴 상처들이었다.

치명적인 상처를 입은 것은 아니었으나 아무래도 그쪽이 취약하긴 할 것이다.

"가자!"

중앙에 서 있던 백사가 한 걸음 나오며 뭐라 말을 하려 입을 떼는 순간 운호의 입에서 벽력같은 고함이 터져 나왔다.

그러고는 순식간에 일 장을 격하고 좌측에 서 있던 혈객들을 덮쳤다.

삼필사와 나머지 혈객들이 반응을 보였을 때는 이미 운호의 흑룡검에서 생긴 검기의 물결들이 혈객들을 쓸고 지난 후였다.

막강한 힘에 의해 밀려나며 또다시 상처를 입은 혈객들의 입에서 신음 소리가 터져 나올 때 이미 운호 일행은 포위망을 벗어나고 있었다.

천검구혈객이 절대고수를 잡기 위해 키워진 특수 타격대였지만 포위망을 형성하지 못한 상태에서 운호를 상대하기에는 부족함이 있었다.

그럼에도 혈객들의 무력은 대단했다.

단숨에 목숨을 끊기 위해 전력을 다한 공격은 아니었으나 혈객들은 잠시 튕겨난 후 곧바로 후미에서 움직이는 운상과 운여를 향해 검을 날려 왔다.

그들의 검에서 생성된 붉은 검기들이 피로 물든 운상과 운여의 신법을 따라잡으며 치명적인 공격을 가해 왔다.

그들만이 아니다.

급하게 추격해 온 삼필사의 신형은 가히 폭발적이었기 때문에 금방 전권으로 다가오고 있었다.

이대로 움직였다가는 운상과 운여는 집중적인 공격을 받아야 했다.

그랬기에 앞장서서 달리던 운호의 신형이 독수리처럼 비상하며 뒤로 떨어졌다.

콰쾅… 쾅… 쾅!

하늘에서 떨어진 검기의 물결.

시리도록 아름답고 잔인한 소멸의 기운이 막 운상과 운여를 공격해 온 네 명의 혈객을 덮쳤다.

단 일격.

그 일격에 혈객들이 핏덩이가 되어 뒤로 날아가 바닥에 뒹굴었다.

그들은 쓰러진 후 더 이상 일어서지 못했다.

삼필사를 필두로 그 뒤를 따르던 혈객들과 백여 명의 천검회 무인이 그 일격에 추격을 멈췄다.

당당하게 서서 검을 빼든 채 그들을 바라보는 운호의 모습은 전신(戰神)을 연상케 하는 것이었다.

황당한 눈으로 멈춰 선 삼필사의 신형은 마치 얼음처럼 굳어져 있었다.

구혈객과 붙으면 충분히 이길 수 있다.

하지만 이긴다 해도 쉽게 이기지는 못한다.

화검제가 심혈을 기울여 키운 구혈객은 그들 셋과 붙으면 백여 초 이상 싸워야 겨우 이길 수 있을 만큼 대단한 무력을 지닌 자들이었다. 더군다나 구혈객이 익힌 천검진이 발동되면 이긴다는 보장조차 할 수 없는 절정의 무인들이었다.

그런데 단 일격에 넷이나 절명을 하고 말았다.

놀라움보다 먼저 떠오른 것은 두려움이었다.

절대의 무력을 지닌 자에 대한 두려움은 전신을 위축시켜 함부로 움직이지 못하게 만드는 올가미를 만들어냈다.

추격이 멈추자 운호는 힐끗 일행의 뒷모습을 확인했다.

이미 친구들은 삼십여 장이나 앞쪽에서 신형을 날리고 있었다.

운호의 입에서 살벌한 음성이 흘러나온 것은 좌측 끝에 있던 혈객이 깔아놓은 기세를 이겨내고 꿈틀거리기 시작했을 때였다.

"따라오지 마라. 굳이 죽이고 싶지 않으니. 이쯤에서 그만두면 목숨을 구할 수 있을 것이다."

"마검이 황수전투에서 대단한 신위를 보였다는 소문은 들었지만 이 정도일 줄은 몰랐구나. 하지만 우리는 삼필사다. 혈객 몇 죽인 것 가지고 너무 오만한 소리를 하는구나. 더군다나 너희들은 이미 천라지망에 갇혀 있다. 꿈틀거려 봤자 죽는 건 변하지 않는다."

두려움에서 벗어난 백사가 자신의 검을 들어 올려 운호를 겨냥했다.

그와 두 명의 노인은 운호가 뿜어낸 광포한 기운을 어느새 이겨내고 당당히 검을 치켜들고 있었다.

과연 삼필사.

강서와 귀주를 오가며 무적을 구가했던 그들의 무력은 허명으로 얻은 것이 아니었다.

운호는 삼재진을 형성하며 다가오는 삼필사를 향해 시선을 고정시킨 채 순식간에 상황 판단을 끝내고 뒤로 날아갔다.

혈객들을 잡은 것은 부상당한 운상과 운여가 추가적인 부상을 입을지도 모른다는 우려 때문이었지, 여기서 추격자들과 끝장을 보려던 것은 아니었다.

그랬기에 삼필사가 살기를 뿜어내고 다가오자 지체 없이 친구들을 따라 신법을 펼쳤다.

백사의 말대로 천라지망이 펼쳐져 있다면 운상과 운여의 앞에 막강한 적이 기다리고 있을지 몰랐다.

운호가 뒤로 날아가자 흠칫 놀란 삼필사가 삼재진을 풀고 급히 극한으로 신법을 펼쳐 운호를 추격했다.

도주하는 운호도, 추격하는 삼필사도 신법의 빠르기가 번개 같아 신형이 보이지도 않을 지경이었다.

운호의 신형이 귀신처럼 멈춘 것은 오십 장을 달린 후였다.

걸려들었다.

운호가 급하게 방향을 틀어 도주한 것은 나머지 적들의 방해를 받지 않고 삼필사를 잡기 위함이었다.

기회가 날 때마다 최대한 적들의 전력을 깎아내어야만 천라지망의 위력이 감소될 수 있다.

특히 삼필사 같은 자들을 무력화시킬 수 있다면 포위망을 뚫는 것이 훨씬 수월해질 수 있을 거란 생각이었다.

삼필사가 자랑하는 포궁삼재진이 펼쳐지기 전에 일격에 때려잡는다.

그런 생각으로 운호는 회전한 자세 그대로 회풍의 탄자결을 펼쳤다.

셀 수 없이 생성된 원형검기가 화살처럼 쏘아져 세 사람의 신형을 노리고 날아갔다.

갑작스러운 공격에 놀란 삼필사의 신형이 멈칫하는 것 같더니 폭발적인 속도로 운호의 검기를 향해 뛰어들었다.

역시 고수.

그들은 그 짧은 순간에 피할 수 없다는 것을 느끼고 극도로 내공을 끌어올려 회풍과 부딪쳐 왔다.

하지만 그것은 그들의 치명적인 실수로 나타났다.

운호의 회풍은 강간이 깨지기 전과 비교조차 할 수 없을 정도로 강력해진 상태였다.

더군다나 그들은 준비되지 않은 상태에서 공격을 받았기 때문에 전력을 다하지 못했다.

그르릉… 쾅!

세 가지의 붉은색 검기가 운호의 회풍과 충돌하며 천둥 같은 굉음을 울려냈다.

양쪽으로 튕겨 나간 신형들.

운호는 일 장이나 비틀거리며 튕겨 나가 우뚝 섰지만 삼필사는 그렇지 못 했다.

하나는 쓰러져 일어서지 못했고, 하나는 무릎을 꿇은 채 끊어진 왼팔을 부여잡고 있었다.

백사는 가슴이 길게 찢어진 채 입에서 피를 뿜어내며 동생들을 바라보고 있었는데 믿겨지지 않는다는 표정이었다.

강호에 나와 종횡한 지 사십 년.

수많은 싸움을 했고 많은 부상을 당했지만 이토록 일방적으로 당한 적은 한 번도 없었다.

내심 백대고수들을 향해 도발할 정도로 그들의 무력은 이토록 허무하게 무너질 만큼 약하지 않았다.

그들의 최대 무기인 포궁삼재진으로 맞서지 못한 것이 너무나 안타깝고 억울했다.

뒤돌아 미련 없이 떠나는 운호를 보면서도 움직이지 못하는 자신의 신세가 너무 억울해서 그의 노안에 투명한 눈물이 맺혔다.

동생들의 신음 소리가 마치 엄마 잃은 사슴의 울음처럼 애처롭게 들려와 그는 두 눈을 꽉 감을 수밖에 없었다.

7장

난전

옹안(甕安)까지의 거리는 백 리.

철혈문의 서쪽을 방어하는 한서 지단이 자리한 곳으로 인구가 오만에 달하는 제법 큰 도시다.

한서 지단은 천검회와 접경을 이루는 지리적 요충지를 방어하기 위해 배치되었기 때문에 철혈문의 핵심 전력이 상주하고 있었다.

운호 일행이 도주로를 옹안으로 선택한 것은 그런 이유가 있었기 때문이었다.

일단 옹안까지만 갈 수 있다면 천라지망은 자연스럽게 벗겨진다.

아무리 천검회가 많은 무인들을 풀었다 해도 철혈문의 핵심 전력이 웅크리고 있는 옹안까지 따라오기는 어려울 터였다.

하지만 아직 옹안까지는 백 리가 남아 있었고 일행은 지칠 대로 지친 상태였다.

여기까지 오면서 무려 이십여 번의 전투와 돌파를 병행했고 한 번도 쉬지 못했기 때문에 부상을 당한 채 움직인 운상과 운여는 거의 녹초가 되었다.

그나마 다행인 것은 운호가 선두에 서서 그들을 이끌었다는 것이다.

운호는 신법을 펼쳐 움직이면서 강한 기운이 가로막으면 즉시 방향을 틀었고 기운이 약할 때만 돌파를 시도했다.

그랬기에 강적과는 거의 부딪친 적이 없었다.

만약 천라지망을 지휘하고 있는 수뇌부와 만났다면 이렇듯 멀쩡하지는 못했을 것이다.

"헉헉… 운호야, 잠시 쉬자."

운여의 지친 음성에 앞장서 달리던 운호의 신형이 유려하게 회전하며 착지했다.

그러고는 번뜩이는 시선으로 주변을 확인한 후 신형을 고정시켰다.

"힘든 모양이구나."

"다친 데가 아파 죽을 지경이다. 일단 상처부터 치료하는 게 좋겠어."

"움직이기 힘드냐?"

"솔직히 아까부터 힘들었다. 무리를 해서라도 가고 싶은데 이제 도저히 안 되겠어."

"너희들 상태를 보니 어쩔 수가 없겠다. 할 수 없지. 점점 어려워지겠지만 일단 치료부터 하자."

운호의 행동은 빨랐다.

그는 지체 없이 친구들에게 다가와 상처를 치료하기 시작했는데 그 행동에 망설임이 없었다.

아쉽지만 어쩔 수 없다.

지금 이대로 옹안까지 내달렸다면 두세 번의 돌파로 천라지망을 벗어날 수 있었을 것이다.

워낙 빠르게 전진했기 때문에 천검회의 핵심 고수들은 상당수 뒤쪽에 남아 있는 상태였다.

물론 꽤 많은 자들이 앞을 가로막고 있었을 테지만 나머지 삼방을 가로막고 있던 자들까지 합류하게 된다면 그들은 이전보다 훨씬 무서운 용담호혈을 뚫어야 한다.

그럼에도 운호는 친구들의 상태를 확인하고 아무 말 없이 치료하기 시작했다.

앞에 닥칠 일이 어떠하든 친구들이 아파하고 힘들어 하는 걸 외면할 수 없었기 때문이었다.

세상에서 가장 강한 열 명의 무인들을 합쳐 천하인들은 십제라는 명호를 붙여주었다.

무천십제(武天十帝).

언제부터인가 사람들의 입에 회자된 무림백대고수는 절대

고수를 상징하는 이름이었고 무림인들의 우상이었다.
하지만 그중에서도 무천십제는 압도적인 무력으로 모든 무인의 이름 앞에 자신들의 병기를 올려놓았다.
새롭게 나타난 절대고수들에 의해 백대고수들의 면면이 수시로 바뀌었지만 무천십제만은 이십 년 동안 한 치의 흔들림도 없이 자리를 지켰다.
그만큼 그들의 무력은 압도적이었고 경이적이었다.
화검제가 무천십제에 포함된 것은 이십일 년 전 남궁세가의 전대가주이자 검성으로 불리던 남궁청을 칠백 초 만에 꺾고 난 후부터였다.
당시 화검제의 나이는 마흔셋이었으니 무림은 신성의 탄생을 바라보며 경이에 찬 환호성을 터뜨렸다.
어느 날 문득 혜성처럼 나타나 십제의 일인이었던 검성을 격파한 그는 신진무인들의 우상이었고 무림의 일각을 단숨에 휘어잡은 영웅으로 부상했다.
그의 독문무공은 월광검법(月光劍法).
유래는 정확히 알 수 없었으나 누군가의 말에 의하면 상고시대부터 전해져 내려온 전설의 검법이라 했고, 은밀하게 떠도는 소문에는 소림에서 달마검법과 함께 소장하고 있었는데 어느 날 분실된 후 이백 년간 사라졌다가 화검제에 의해 나타난 것이라고도 했다.
하지만 증명된 것은 아무것도 없었다.
주인인 화검제가 검법의 기원에 대해서 굳게 입을 다물고 있었기 때문에 월광검법은 신비 속에서 정체를 드러내지 않았다.

궁금했지만 그렇다고 사람들은 월광검법의 기원에 대해 굳이 알려 안달하지 않았다.

중요한 것은 기원이 아니라 그 위력이었기 때문이었다.

강호에 출도해서 천하를 종횡하며 수없이 많은 강자와 대결을 했고 마지막에 검성을 꺾는 순간까지 월광검법은 한 번도 패배를 기록하지 않은 무적의 검초였다.

검이 날면 달이 뜨고, 달이 떠서 빛무리를 흘리면 상대는 자신의 가슴에 새겨진 날카로운 월형을 바라보며 쓰러지곤 했다.

무적의 검세.

소리도 없고 기세도 없다.

차갑고 은밀했으며 고요 속에서 적을 벤다.

무형검(無形劍).

그렇다. 월광검법의 요체는 무형검이었고, 암검이었으며, 분광검이기도 했다.

화검제는 무천십제(武天十帝)에 포함되면서부터 열한 명의 제자를 키웠다.

혹자는 삼화, 오룡, 칠수, 구혈객, 십이도, 십팔영, 이십삼객, 삼십이파 등 천검회의 특수부대들도 화검제가 직접 훈련시켰으니 제자나 다름없다고 말하곤 했다.

하지만 그것은 아무것도 모르는 자들의 터무니없는 헛소리에 불과하다.

특수부대들에게 무예를 가르치는 것은 날카롭게 병기를 벼르는 것과 비슷한 것이다.

다시 말하면 사람들을 잘 죽일 수 있도록 살인 기계를 양성하는 것이지 그 이상의 의미를 부여하는 건 무리가 따른다는 뜻이다.

하지만 제자를 키운다는 것은 또 다른 자신을 만들어내는 과정이다.

과연 얼마나 다를 것인가.

살인 기계를 만드는 것과 또 다른 자신을 만들어내는 것.

분명 거기에는 하늘과 땅만큼의 차이가 있을 것이 분명했다.

그리고 그 결과도 비슷하게 나타났다.

화검제가 직접 키웠다는 천검구혈객을 비롯해서 특수부대들의 능력이 막강한 것은 사실이나 적전제자들의 무력은 그들 전부가 덤벼도 당하기 어려울 정도였다.

그만큼 화검제의 적전제자들은 무서운 무력을 지녔다.

천검회의 암천십일비검(十一飛劍)은 바로 화검제가 분신처럼 키운 적전제자들을 말하는 것이었다.

간이로 쳐 놓은 천막에 앉아 섭선을 흔들고 있는 자는 삼십 후반의 백의 사내였다.

그는 청옥이 박힌 영웅건을 이마에 두르고 있었는데 옷차림

과는 다르게 얼굴에 검상이 가로지르고 있었다.

그럼에도 징그럽지는 않다.

아니, 오히려 사내다움을 나타내는 야성이 줄줄이 새어 나와 보는 사람으로 하여금 긴장을 하게 만든다.

청백(淸白), 윤환.

화검제의 다섯 번째 제자로 언제나 백의에 청옥이 박힌 영웅건을 두른다 해서 청백이라 불리는 사내다.

그러나 천검회의 무인들은 대부분 그를 염라(閻羅)라고 불렀다.

적으로 마주 선 자들에 대해서는 일검에 목숨을 끊어버리는 냉혹한 심성과 잔인함을 함께 가졌기 때문이었다.

윤환은 섭선을 휘저으며 천천히 눈을 감았다가 떴다.

천막에는 흑색 무복을 입은 삼십 중반의 사내가 서 있었는데 천검십팔영의 수장 화백이다.

그는 검을 등에 매단 채 미동도 하지 않아 마치 한 폭의 그림처럼 보였다.

천검십팔영은 사방에 흩어져 요충지를 경계하는 중이었고 오직 그만이 천막으로 들어와 있었다.

마검을 잡기 위해 천검십팔영은 윤환의 휘하에 배속되어 상무대와 함께 옹안(甕安)으로 들어가는 무호계를 장악하고 있는 중이었다.

먼 곳을 바라본 채 섭선만 휘젓던 윤환의 입이 열린 것은 바람이 불어와 그의 머릿결을 휘날리게 만들 때였다.

"이봐, 화백."

"예, 대주."

"비령과 사영의 위치는 어디쯤인가?"

"무송과 병천에 병력을 깔고 있습니다."

"나머지는?"

"오륜께서 이끄는 진천당은 송계에 배치되었고 칠현께서 이끄는 무현당은 파둔을 차단했습니다."

"그렇다면 삼로만 남았군."

"아무래도 그분들은 조금 늦으실 것 같습니다. 가장 후미를 차단하고 계셨기 때문에 전력으로 오신다 해도 한 시진은 더 걸릴 것 같습니다."

"할 수 없지. 늙은 나이에 고생 좀 하겠어. 놈들은 아직도 그 자리인가?"

"충분히 쉴 생각인 모양입니다. 강한 무력을 가졌다 해서 긴장을 했는데 하는 짓을 보니 애송이들이군요."

"어린놈들이 오죽하겠나. 뭐, 원래 사는 게 그런 거 아니겠어. 어린놈이 여우처럼 행동하면 그것처럼 보기 싫은 것도 없는 거야."

"하긴 그렇기도 하지요."

고개를 끄덕여 대꾸를 하면서도 화백의 얼굴에는 전혀 웃음기가 보이지 않았다.

아마 그가 웃는 것을 보는 건 쉬운 일이 아닐 것이라는 예상이 들 만큼 그의 표정은 변화가 없었다.

하지만 윤환은 달랐다.

검상이 가로지른 그의 얼굴은 입을 열면서부터 푸근한 웃음이 담겨 있었는데 전혀 가식적으로 보이지 않았다.

이런 웃음은 습관이 되어 있어야만 나타낼 수 있는 것이었다.

"놈들이 혈객과 삼필사를 무력화시켰다. 어린놈들이 독을 가진 모양이니 방심해서는 안 돼."

"명심하겠습니다."

"삼로에게 전서구를 날려 이쪽으로 오라고 해. 분명 놈들은 이쪽으로 온다."

윤환의 말에 화백이 퍼뜩 머리를 들었다가 슬그머니 가라앉혔다. 윤환은 삼로를 어디 산기슭 헤매는 승냥이처럼 부르고 있었으나 막상 그들이 나타나면 윤환의 태도가 완전히 바뀐다는 것을 너무나 잘 알기 때문이었다.

삼로의 정식 이름은 천검삼로다.

화검제가 한참 귀주에서 세력을 넓혀갈 때 그의 옆에서 든든히 좌우를 받쳐준 친우들로 그 당시 그들의 패력은 적들에게 사신으로 통했을 정도였다.

지금은 호법전에서 유유자적하며 세월을 보내고 있었으나 천검회에서 그들을 면전에 두고 무시할 수 있는 사람은 아무도 없다.

더군다나 그들이 펼치는 환사진은 무림일절로 알려질 만큼 대단한 위력을 지닌 절기였다.

따라서 그들이 나타나면 천하의 윤환이라도 고개를 조아리며 등 뒤로 물러설 수밖에 없다.

그런데도 윤환은 눈앞에만 없으면 그들을 함부로 불렀다.

아마 그리하는 게 재밌는 모양이었다.

화백의 머리는 맹렬하게 돌아갔다.

윤환에 비해 모자람이 있지만 그 역시 천검십팔영의 수장으로 함부로 대할 만한 위치에 있는 사람이 아니다.

천검십팔영이 모두 움직이면 윤환 정도 되는 고수가 최소한 셋은 모여야 상대가 가능하다는 게 그의 판단이었다.

물론 다른 자들은 윤환이 화검제의 적전제자라는 사실 때문에 높은 평가를 하고 있으나 그는 내심 그런 평가를 믿지 않았다.

천검십팔영은 백대고수를 상대하기 위해 만들어진 특수부대로 제대로 된 합격진이 펼쳐지면 윤환 정도는 언제든 도륙할 수 있다.

그만큼 천검십팔영은 천검회의 핵심 전력이었다.

지금도 그는 윤환을 도와주기 위해서 왔을 뿐이지 수하로 온 것은 아니라고 생각했다.

그랬기에 스스로 판단하고 잘잘못을 가릴 필요가 있었다.

만약 윤환이 잘못된 판단을 내린다면 언제든 의견을 개진할 수 있는 게 그의 위치였다.

하지만 윤환의 판단은 정확했고 빨랐다.

그의 판단대로 마검 일행은 이곳 무호계로 올 가능성이 칠할 이상이었다.

그랬기에 그는 작지만 명확한 음성으로 알겠다는 말을 했는데 윤환은 그 대답을 듣자마자 피식 웃음을 터뜨렸다.

그의 웃음에 여러 가지 뜻이 담겨 있다.

화백의 마음을 마치 거울로 보는 것처럼 명확히 알고 있다는 뜻이 담긴 웃음이었다.

윤환의 무력이 어느 정도인지 직접 눈으로 본 적은 없으나 그의 심계만은 겪을수록 대단하다는 생각이 들었다.

그의 음성은 외모와는 다르게 부드러워 마치 연인에게 말하는 것처럼 들린다.

"총사는 이번이 마검을 잡을 수 있는 마지막 기회라고 하셨다. 그러니 우리는 오늘 반드시 마검을 잡는다. 화백, 여기까지 오느라 고생했을 텐데 조금만 더 참아. 일 끝나면 내가 술 한 잔 사지."

무호계는 산을 타고 내려와 넓게 퍼진 분지였다.

그럼에도 계곡이라 표현된 것은 그 모양새가 호리병처럼 끝부분이 움푹 파였고 산과 산을 연결하기 때문이었다.

넓이는 백여 장이 넘고 길이는 삼백 장에 달하는 거대한 분지였으나 나무들이 빽빽하게 들어차 막상 앞에서면 시야가 채 일 장도 되지 않는다.

그럼에도 사람들이 옹안으로 가기 위해 이곳을 이용하는 것은 다른 쪽이 모두 산으로 길게 가로막혔기 때문이었다.

송계와 파둔으로 넘어가는 방법도 있으나 그곳은 지형이 험악했고 누군가가 미리 차단하고 지킨다면 꼼짝 못 하고 당할 수밖에 없는 곳이었다.

더군다나 무호계를 지키는 주력이 뒤를 가로막고 친다면 천하의 어떤 고수가 온다 해도 벗어날 방법이 없다.

그랬기에 윤환은 천검회의 주력을 무호계에 배치시킨 채 운호 일행이 도착하기를 기다리고 있었다.

놈들의 경로로 봤을 때 목적지는 옹안이 분명했으니 이곳 무호계만 지키면 충분히 잡을 수 있을 거란 판단이 내려졌다.

먹잇감을 기다리는 무호계는 슬금슬금 피어나는 살기로 인해 온 숲이 하나의 거대한 무덤처럼 보일 지경이었다.

천검회 무인들은 기세를 그대로 노출시키고 있었는데 애초부터 숨길 생각이 없었던 모양이었다.

윤환의 기세다.

비록 천라지망을 깔아놓고 기다리는 중이었지만 윤환은 처음부터 대놓고 자신이 여기 있음을 알리고 있었다.

그는 비겁하게 숨어서 뒤를 치는 것은 치욕으로 여기는 냉혹한 승부사였다.

"아예 저놈들은 자기들이 여기 있다는 것을 알리는 것처럼 보이는구나."

"그러게요."

"피할까?"

"아뇨, 피하지 않을 거예요."

"어찌 그리 잘 아느냐?"

"여기를 통과하지 못하면 칠백 리를 돌아가야 해요. 아니, 청무강이 막혔으니 돌아가지도 못하겠군요. 어쨌든 그의 목적지는 강서니까 절대 피하지 않을 거예요."

"강서는 왜?"

"마창을 잡으러 간다고 했어요."

"미친… 마창이 누군데, 마창을 잡아. 더군다나 마창은 주로 강북에서 움직이는 자다. 강서에 있을 리가 없는데 거기는 왜 가?"

"그는 지옥귀왕이 죽으면서 한 말을 믿고 있어요."

"참으로 어리석은 자구나. 그런 허황된 말을 믿다니 ……."

무상이 억눌린 한숨을 지으며 혀를 찼다.

동생의 말대로 정말 마검이 강서로 마창을 잡으러 간다면 반드시 이곳으로 온다.

운호가 한심하다는 뜻에서 혀를 찼지만 마음은 돌덩이처럼 무거웠다.

벌써 백대고수 중 둘이나 마검에게 당했다.

지옥귀왕이나 패천일도가 비록 백대고수 중 하위권에 속하는 자들이지만 그것만으로도 마검의 무력은 천지를 진동시켰다.

백대고수를 두려워하지는 않았지만 그렇다고 경원하거나 무시하지도 않았다.

그들은 무인들의 세계에서 언제나 존경과 존중을 받아야 할 존재들이기 때문이다.

그런 그들을 둘이나 잡아낸 마검이 이제는 마창을 잡겠다고 강서로 향한다고 한다.

마창은 무림 서열 이십구 위에 오른 자였다.

비록 갖은 악행으로 삼대마두에 속하는 불명예를 얻고 있었으나 무력만으로 놓고 본다면 마창은 경천동지할 위력을 지닌 절대고수였다.

태극혜검의 극의를 연마하면서부터 누군가에 대한 두려움을 버렸다.

어떤 무인을 상대하든 이기지는 못하더라도 절대 지지 않을 것이란 자신감을 가졌다.

만물의 생성과 소멸을 근간에 둔 태극혜검의 오의를 익힌 이상 목숨이 위협받는 일은 절대 없을 것이라는 게 그런 판단을 내린 이유였다.

하지만 상대가 백대고수에 속한 고수라면 상황이 달라진다.

아무리 태극혜검이라도 절대고수와의 대결에서는 목숨을 걸어야 하는 위험이 담보 될 수밖에 없다.

더군다나 그 상대가 마창이 속해 있는 천강십오성 이상의 고수들이라면 부끄러움을 무릅쓰고라도 몸을 피해야 한다.

그들은 태극혜검을 대성하고 나서야 간신히 상대할 수 있는 강자 중의 강자들이었다.

무상의 마음이 무거워진 것은 그런 이유 때문이었다.

자신조차 피하고 싶어 하는 마창을 잡겠다고 강서로 향한다는 마검의 행동이 그의 마음에 돌덩이를 올려놓았다.

하지만 동생인 무령은 그런 그의 마음을 알아채지 못한 모양이었다.

"우리를 쫓던 자들까지 모두 이곳으로 모였어요. 마검 일행이 위험할 것 같아요."

"그래서?"

"내버려 두면 그들은 살아남기 힘들 거예요."

"무령아… 그건 그들의 일이다."

"그래도……."

"그만하거라. 너는 마검과 더 이상 엮이면 안 된다는 걸 모르느냐. 더 이상 마검을 죽이겠다는 생각을 하지 않겠다. 대신… 너도 그를 잊어야 한다."

무상의 얼굴이 굳어졌다.

이틀 동안 그들을 쫓던 천검회의 무인들이 안개가 걷히듯 사라진 것은 분명 마검 일행을 잡기 위함이었을 것이다.

천검회의 추적은 집요하고 날카로워 수많은 난관을 뚫어내야 했다.

그런데 동생은 다시 마검 일행을 도와 싸움에 가담하고 싶어 한다.

그들에게는 사문에서 내린 명이 있었기에 가야 할 목적지가 정해져 있었다.

그리고 자칫 천검회와 계속해서 각을 세우게 되면 사문에 부담을 지울 수도 있기 때문에 이쯤에서 발을 빼는 것이 옳은 일이었다.

하지만 동생의 눈을 바라보는 순간 그리하지 못할 것이란 예감이 강하게 들었다.

동생의 눈은 마검에 대한 걱정으로 잘게 흔들리고 있었다.

지금까지 살아오면서 그는 동생이 원하는 것을 모른 체한 적이 한 번도 없었다.

동생의 아픔은 자신에게는 고통이었고 동생의 괴로움은 언제나 그의 가슴을 옥죄게 만드는 통증을 주었다.

지금도 마찬가지다.

동생의 아련한 시선을 피할 수 있는 순간은 동생에 대한 사랑이 식거나 자신의 목숨이 끊어졌을 때뿐이니 매몰차게 거부할 수 없다는 걸 너무나 잘 안다.

"사숙, 여기서 비표가 끊어졌습니다."

명호가 사방을 휘둘러 본 후 운곡의 정면으로 날아와 보고를 했다.

그러자 운곡이 손을 들어 그의 말을 끊은 후 천천히 정면으로 손가락을 옮겼다.

그가 가리키는 곳에는 나무숲에 은밀하게 가려진 동굴이 모습을 드러내고 있었다.

"운검!"

"예, 사형."

"너는 여기서 대기하고 있어라. 내가 들어가 보겠다."

"조심하십시오."

사방에 흩어져 있는 전투의 흔적을 보면서 운검이 걱정스런 표정을 지었다.

다섯 방향으로 나뉘어 탕마행에 올랐던 풍운대 중 운곡과 운검이 다시 만난 것은 오 일 전이었다.

중경을 거쳐 호북으로 이동하던 운곡과 광서를 거쳐 호남으로 이동하던 운검은 운호 일행이 천검회와 시비가 붙어 전투를 벌였다는 사실과 추격을 당하고 있다는 소문을 듣자 곧장 강서로 이동해 왔다.

아마도 다른 풍운대 역시 소문을 들었다면 이곳으로 오고 있을 것이지만 지금까지 합류한 것은 둘뿐이었다.

그들은 만나자마자 곧장 운호 일행의 행적을 추적해 왔는데 비표가 끝난 곳은 바로 이 동굴이었고 사방은 격렬한 전투로 인해 엉망으로 변해 있었다.

운곡은 운검이 그들과 함께하고 있는 명자배 십삼검 다섯을 지휘해서 사방을 통제하는 걸 확인하고 곧장 동굴로 날아들었다.

동굴의 입구 역시 싸움이 벌어져 병장기의 흔적이 여기저기나 있었지만 안으로 들어서자 싸움의 흔적이 보이지 않았다.

조심스럽게 동굴의 끝 부분까지 조사한 운곡의 입에서 무거운 신음 소리가 새어 나왔다.

피로 젖은 붕대들이 여기저기 뒹굴고 있었다.

무더기를 이룬 붕대들과 피의 양으로 봤을 때 부상당한 사람의 상처는 목숨이 위험할 정도라는 판단이 내려졌다.

다친 사람은 운호가 분명할 것이다.

지옥귀왕에 이어 마검이 패천일도와 일전을 벌였다는 소문은 이곳으로 오기 전 영양에서 천검회 무인으로 보이는 자들의 은밀한 대화에서 알게 되었다.

정말로 패천일도와 싸움을 벌였다면 운호 역시 성하지 못했을 테니 이 피는 운호의 것일 가능성이 컸다.

운곡의 마음은 저절로 급해지기 시작했다.

운호와 사제들은 여기서 머물며 상처를 치료하다 적들의 공격을 받은 것이 틀림없었다.

유운신법을 최대로 펼쳐 동굴을 빠져나간 운곡은 밖에서 대기하고 있던 운검을 향해 소리를 쳤다.

"운검, 급하다."

"왜 그러십니까?"

"사제들이 위험하다. 아무래도 여기 있다가 탈출한 것 같다."

"어쩐지 싸운 흔적이 밖으로 났다 했습니다."

"운호가 다친 것 같다. 급해!"

"어째서요?"

"동굴 안에 피 묻은 붕대가 쌓여 있었다. 패천일도와 싸웠다더니 아무래도 운호인 것 같다."

"으……."

운곡의 말을 들은 운검의 입에서 억눌린 신음 소리가 흘러나왔다.

그 역시 사제가 패천일도와 싸웠다는 소문을 들은 후 줄곧 운호의 안위를 걱정하고 있었기 때문이었다.

하지만 운곡은 그의 반응을 뒤로하고 낮은 목소리로 명령을 내렸다.

그는 풍운대의 대사형답게 위급한 상황에서도 냉정함을 잃지 않았다.

"지금부터 전력으로 움직인다. 내가 흔적을 찾겠다."

운호는 운상과 운여의 상처를 치료하고도 쉽게 일어서지 않았다.

운상은 괜찮았지만 운여의 상처가 생각보다 조금 깊었기 때문에 충분한 휴식을 취할 필요가 있었다.

상처를 입은 상태에서 쉬지 않고 전력으로 신법을 운용하는 것은 평소보다 많은 내력을 소모시키는 것이었다.

예상대로 천검회의 공격은 없었다.

그토록 극렬하게 따라붙던 추격 병력이 어느 순간 감쪽같이 사라지더니 지금까지 한 번의 공격조차 해오지 않았다.

다행이라는 생각은 하지 않았다.

더 커다란 위험이 닥쳐 올 것이란 걸 너무나 잘 알기 때문이었다.

청무강을 건넌 순간부터 돌아간다는 것은 있을 수 없는 일이 되어버렸다.

이미 청무강은 천검회의 무인들로 완벽하게 차단되어 있을 게 뻔했다.

이곳 상현은 철혈문의 영역에서 벗어난 곳으로 천검회의 전위부대인 숭천 지단의 앞마당이다.

더군다나 청무강은 마천 지단과도 인접되어 있어 수많은 병력으로 완벽한 차단이 언제든지 가능했다.

이미 천검회는 운호 일행이 상현에서 움직이지 않고 있다는 것을 알고 있었으니 퇴로를 틀어막은 채 핵심 전력을 끌어모아 그물망을 치고 있을 것이다.

어차피 이리된 이상 충분히 내력을 회복한 후 일어서는 것이 현명한 생각이었다.

"그만 가자."

"더 쉬어도 된다. 시간은 많으니까."

"여기서 살 건 아니잖아."

"그렇긴 하지만 서둘 필요도 없어."

운여가 운공을 풀고 눈을 뜬 후 천천히 입을 열자 운호가 빙그레 웃었다.

그는 조금이라도 운여가 불편한 구석이 있다면 움직이지 않을 생각인 모양이었다.

그러나 운상의 생각은 전혀 달랐다.

그는 배를 문지르며 눈꼬리를 치켜떴는데 천하태평인 운호가 못마땅한 얼굴이었다.

"서둘 필요가 왜 없어. 배고파 죽겠는데. 먹을 거 떨어진 게 언제인지 알고나 하는 소리냐?"

"그러고 보니 배고프네."

갑자기 생각난 사람처럼 운호가 자신의 배를 문지르자 운상이 혀를 찼다.

그러고는 곧장 운여를 향해 입을 열었다.

"쯧쯧… 하여간 무신경하기는. 운여야, 상처는 괜찮냐?"

"거의 다 나았다. 조금 욱신거리기는 하지만 움직이는 데 지장이 있는 건 아니야."

"다행이네. 그렇다면 이제 가자. 어차피 싸울 거 뒤로 미룬다고 좋아지는 건 아니잖아. 배고파 죽으나 싸우다가 죽으나 죽는 건 똑같으니까 일단 가자."

"맞는 말이다."

운여가 자신의 말에 고개를 끄덕여 동의를 표시하자 운상이 운호를 바라봤다.

둘은 합의 봤으니 어쩔 거냐는 시선이었다.

그러자 두 사람의 대화를 듣고 있던 운호의 시선이 한설아를 향해 옮겨졌다.

"소저도 배가 고프오?"

"네."

"그럼 가야겠구려. 대신 소저는 내 등을 놓치지 마시오."

"알았어요."

"아마 힘든 싸움이 될 거요. 이번에는 내가 소저를 지켜주지 못하는 경우도 생길지 모르오."

"저 역시 무인입니다. 저를 부끄럽게 만들지 마세요."

한설아의 얼굴이 무섭게 굳어졌고 목소리가 비장하게 흘러나왔다.

그동안 자신으로 인해 운호 일행은 많은 부상을 입은 것은 그녀가 스스로 그들의 보호막 속에 들어갔기 때문이었다.

무인의 혼을 숨기고 다른 사람의 보호를 자청했으니 청성의 명예와 자신의 자존심을 훼손시키는 짓이었다.

시간이 지나고 그런 경우가 거듭되면서 부끄러움으로 얼굴을 들지 못했다.

그리고 이번에는 이를 악물었다.

청성이 키워낸 차세대 무인의 한 사람으로서 더 이상 부끄러운 모습을 보이지 않을 생각이었다.

운호는 그런 그녀의 모습을 물끄러미 바라본 후 친구들에게 시선을 돌렸다.

그러고는 검을 어깨에 올리며 천천히 자리에서 일어났다.

"끝장을 보자는 싸움이 아니다. 내 말 무슨 뜻인지 알겠지?"

"알아."

"선두는 내가 선다. 무조건 적진을 돌파해서 무호계를 넘을 거니까 너희들은 절대 뒤를 돌아보지 마라. 자, 가자!"

서두르지 않았다.

기다리는 것을 알고 있으니 천천히 움직여 적들의 진형을 확인하고 약점을 찾아볼 생각이었다.

하지만 그런 의도는 무호계에 도착하자마자 사라지고 말았다.

빽빽하게 들어찬 숲은 온통 살기로 덮여 있었는데 그 자체로 하나의 거대한 검을 보는 것처럼 느껴졌기 때문이었다.

분산이 아닌 집중이었고 그로써 약점을 완전히 없앴으니 적의 수장은 진법에 일가견이 있는 자가 분명했다.

포위망을 뚫는 가장 좋은 방법은 가장 약한 부분을 깨뜨리는 것이다.

하지만 이렇게 시야가 완벽하게 가린 지형에서는 그런 전술적인 시도가 불가능해진다.

그랬기에 운상의 입에서 혀 차는 소리가 흘러나왔다.

"쯧쯧… 머리 아프게 생겼네."

"넓고도 길다. 무슨 계곡이 분지처럼 커. 더군다나 온통 나무로 덮여 있으니 꽤나 힘든 길이 되겠다."

"운호, 어쩔래?"

운여가 무호계를 바라보며 눈을 지그시 오므리자 운상의 시선이 운호에게 넘어갔다.

무호계가 어떤 지형인지 미리 알고 오지 못했기 때문에 의외의 상황과 마주치자 판단이 어려워졌다.

뒤로는 못 가고 앞으로만 가야 하는 상황.

그런데 그 앞을 가로막고 있는 것이 마치 철벽처럼 느껴질 정도로 어렵다.

운상이 물은 것은 돌파의 시기를 말한 것이었다.

철벽이 가로막았어도 돌파하지 않으면 더욱 어려운 지경에 빠질 수밖에 없다.

질문에 운호가 대답을 내놓은 것은 송계와 파둔 쪽을 흘끔 바라본 후였다.

여기서 적의 주력에게 진로를 차단당하면 송계와 파둔뿐만 아니라 다른 곳을 가로막고 있던 자들까지 포위망에 가담하게 될 것이 뻔했다.

정말 그리되면 자칫 지독한 위험에 빠질 수도 있다.

자신 혼자라면 어떤 수를 쓰든 도주할 수 있겠지만 친구들과 한설아가 걱정되었다.

그랬기에 그의 목소리는 가라앉아 목구멍에서 잘게 울려 나왔다.

"가려고 했으니 망설일 필요는 없겠지. 그런데 썩 기분은 좋지 않아. 꼭 입을 벌리고 있는 맹수의 아가리로 들어가는 것 같구나."

"이 시점에 꼭 그런 말을 해야겠냐!"

"신경질 내지 마. 네 눈에도 쉬워 보이지는 않잖아."

"아무리 봐도 저건 팔방미로진이다. 무사히 빠져나가긴 어려울 것 같긴 하다."

"그럼 돌아갈까?"

운상의 굳어진 눈을 본 운호가 슬쩍 웃을 띄웠다.

천검회에서 청무강을 완벽히 틀어막아 놓았겠지만 무호계

를 뚫고 나가는 것보다는 덜 위험할 것이다.

물론 청무강을 건너고 난 후 더 큰 위험에 처하게 된다 해도 뒤로 후퇴하면 당장의 위험은 피할 수 있다.

팔방미로진은 삼십 년 전 진법의 대가인 천기자에 의해 창안되었는데 다수의 병력으로 절대고수를 잡을 때 탁월한 위력을 발휘하는 것으로 알려져 있었다.

비록 무력이 떨어지더라도 끊임없는 공격을 통해 고수의 내력을 갉아먹고 끝내 명줄을 끊어놓는 차륜전의 정화가 바로 팔방미로진이었다.

돌파가 난해한 진법을 펼쳐 놓고 기다리고 있으니 적들은 아주 작정을 한 것으로 보였다.

워낙 유명한 진법이었기 때문에 운호 역시 한눈에 알아봤다.

돌아가자는 말을 꺼낸 것은 팔방미로진의 돌파가 그만큼 힘들다는 걸 너무나 잘 알기 때문이었다.

하지만 그의 말을 들은 친구들은 동시에 피식거리며 웃었을 뿐이다.

그들은 운호가 농담하는 것으로 받아들인 모양이었다.

"우리가 너 따라다니면서 여기저기 찢어진 게 한두 번이냐. 걱정하지 말고 가자."

"역시 운상이가 말 하나는 정말 잘해."

"말뿐이 아냐. 행동도 진실해서 여자를 사귀면 정말 잘해줄 거다. 난 한 소저가 이런 내 장점을 잘 알아줬으면 좋겠어."

"운상 오라버니, 전 예전부터 알아보고 있었어요. 여기서 벗어나면 책임지고 아름답고 현숙한 사람을 소개시켜 줄게요."

농담으로 한 말에 한설아가 곧바로 반응을 보이자 운상의 얼굴에서 유쾌한 웃음이 떠올랐다.

그러고는 곧장 운호를 향해 입을 열었다.

"들었냐, 운호!"

"들었다."

"그러니까 인마, 앞에서 길 잘 터. 나 크게 다치면 당분간 소개도 받지 못하니까. 알아서 해."

"미치겠네."

흑룡검을 꺼내 든 운호는 정중앙을 향해 방향을 잡은 후 신법을 펼쳐 날아갔다.

언뜻 생각에는 좌측이나 우측이 진세의 약점일 것이란 판단을 내릴 수도 있겠지만 이런 진형에서 그곳은 사문(死門)일 가능성이 매우 컸다.

거대한 숲을 이용한 팔방미로진(八方迷路陳)은 이백에 가까운 병력과 하나가 되어 운호 일행의 전진을 촘촘히 가로막았다. 시전자에 따라 생문과 사문이 복잡하게 변하는 팔방미로진의 특성은 몸으로 직접 겪어봐야만 자신이 선택한 길이 죽음인지 삶인지 알 수 있다.

전방을 운호가 서고 운상과 운여는 양 측방을 막는 형태였고 무력이 떨어지는 한설아는 중앙에서 그들을 따랐다.

적과의 조우가 시작된 것은 숲으로 들어선 지 불과 오 장 정도였다.

무호계를 가로막은 천검회의 병력은 윤환의 직속부대인 팔십 명의 상무대와 천검삼로가 이끌고 온 오십 명의 흑철단, 천검십팔영까지 모두 합해 이백에 조금 모자란 숫자였다.

하지만 그것은 당장에 불과한 인원이었고 운호 일행이 무호계에 나타나는 순간 전서가 날았기 때문에 반시진도 되지 않아 무송과 병천, 송계와 파둔에 배치된 이백여 명의 병력이 추가로 도달할 것이다.

단순한 병력의 합류라면 무엇이 문제가 될까.

어려운 것은 그들을 이끌고 있는 강력한 고수들이 한꺼번에 이곳 무호계로 몰리는 것이 문제다.

화검제의 적전제자인 비영과 사영은 윤환의 사제였으나 그 무력이 고하를 가리기 어려울 만큼 강했고 송계와 파둔을 차단하고 있는 오륜과 칠현은 천검회가 자랑하는 무서운 고수들이었다.

운호는 천라지망에 가담한 자들이 누군지 알 수 없었다.

하지만 삼필사가 나타났다는 것만으로도 천검회가 자신을 잡기 위해 엄청난 고수들을 대거 파견했다는 사실을 짐작하기에는 충분했다.

이곳 무호계를 지키는 자는 그중 가장 강력한 무력을 지녔을 것이고 다른 곳을 차단한 자들도 만만치 않을 것이다.

그렇다면 가장 빠른 시간에 무호계를 돌파해야 한다.

천라지망을 형성했던 추가 병력이 도착하기 전에 무호계에 펼쳐진 팔방미로진을 돌파하지 못한다면 일행은 커다란 위험에 직면할 게 뻔했다.

싸움이 벌어지는 소리가 들려오자 무령의 눈길에 불안감과 초조함이 점점 진해졌다.

불현듯 나타난 운호 일행은 지체 없이 무호계로 뛰어들었는데 마치 거대한 올가미로 들어가는 미련한 동물들을 보는 것 같았다.

숲으로 들어서자마자 병장기가 부딪치는 소리가 들리기 시작했지만 사람들의 비명 소리는 전혀 새어 나오지 않았다.

운호 일행의 무력으로 봤을 때 막는 자들은 부상자가 속출할 수밖에 없을 텐데도 숲에서는 아무런 비명조차 들리지 않았다.

그것이 더욱 무호계의 전투를 살벌하게 느끼도록 만들었다.

전투에서 피를 흘리면서도 비명을 지르지 않는다는 건 죽음을 두려워하지 않을 정도의 수련과 담력, 그리고 무력이 있다는 뜻이었다.

그랬기에 무령은 움찔거리는 몸을 참지 못하고 무상을 향해 입을 열었다.

"오라버니, 이번 한 번만… 이번 한 번만 저들을 도와줘요."

"안 된다."

"제발요."

"도대체 왜 그러는 것이냐. 저자가 대체 너에게 뭐란 말이냐!"

"오라버니……."

뭐라고 대답하지는 못했다.

하지만 그녀의 눈에 들어 있는 걱정과 고민은 급했고 간절한 것이었다.

그랬기에 무상은 길게 숨을 내쉬며 검을 붙잡았다.

강제하지 않는다면 무령은 자신의 뜻을 거스르고 혼자라도 무호계에 들어간다.

이십오 년을 같이 살아오면서 무령이 저런 눈을 하고 있을 때는 자신의 말을 듣지 않는다는 걸 너무나 잘 알고 있었다.

평소에는 착하고 더없이 순수한 동생이었지만 한번 뜻을 세우면 절대 꺾는 법이 없었다.

고개를 흔들어 부정하고 싶었지만 결국 그는 검을 잡고 말았다.

어려서부터 그는 동생을 위해서라면 하지 말아야 할 일도 서슴없이 저지르곤 했다.

은신처에서 먼저 몸을 일으키는 동생의 어깨를 무상이 급하게 잡은 것은 남쪽에서 나타나 바람처럼 무호계로 들어서는 일단의 무인들을 확인했기 때문이었다.

그들의 숫자는 오십에 달했는데 똑같이 청색 무복을 갖춰 입은 검사들이었다.

그들을 바라본 무상의 이마가 서서히 일그러졌다.

청마대는 화검제의 여덟 번째 제자인 비령의 수족들이었고 이틀간 그들을 집요하게 추격하던 자들이었기 때문이었다.

"무령아, 청마대가 왔다. 저들이 왔다면 곧 흑명대도 온다는 뜻이다. 우리를 쫓던 놈들이 왔으니 상황이 더 어렵게 되었다."

"그런 것 같아요."

"아마, 저들 외에도 천검회의 핵심 전력들이 이곳으로 몰릴 것이다. 그래도 가겠느냐?"

마지막으로 물어본 말이었다,

그의 간절한 만류를 우회해서 꺼낸 말이기도 했다.

하지만 무령의 얼굴은 변함이 없었다.

"…가야 해요, 오라버니. 안 가면 전 아주 오랜 시간을 후회하며 지낼 것 같아요."

운호는 친구들에게 한 약속처럼 뒤도 돌아보지 않았다.

숲에 은폐했던 수많은 적들이 앞을 가로막아 왔으나 운호의 검은 그들을 추풍낙엽처럼 베며 오직 전진에 전진을 거듭했다.

강간이 뚫린 그의 검에서는 거의 일 척에 달하는 검기가 줄기줄기 뻗어 나와 적들의 진형을 헤집었다.

하지만 점점 중앙에서 벗어나 우측으로 방향이 틀어지고 있었다.

팔방미로진의 기본은 합격진이 아니라 연환진이었다.

그것의 의미는 다수로 공격을 해오는 것이 아니라 지형을 이용해서 소수가 공격한단 뜻이었다.

그러면서도 포위된 자의 방향을 더욱 강력한 포위망 속으로 조금씩 틀어버려 결국 내력이 고갈되게 만드는데, 운호의 돌파 방향이 중앙에서 벗어난 것은 바로 그런 이유 때문이었다.

"운호야, 뭔가 이상해. 방향이 우측으로 벗어난 것 같아!"

뒤를 따르던 운여가 소리치자 검을 휘두르던 운호가 신형을 멈췄다.

나무로 가려져 시야가 확보되지 않았기 때문에 정확한 방향을 알 수 없었으나 운여의 말대로 방향이 틀어진 건 분명해 보였다.

하지만 그들이 움직이는 방향에는 병력의 움직임이 없었으나 반대쪽은 날카로운 살기와 함께 흑의 검사들이 쌍을 이루어 지속적으로 공격을 가해왔다.

운여의 목소리가 올라간 것은 그런 일이 일다경 동안 계속되었을 때였다.

"운호, 방향을 틀어. 아무래도 이놈들이 우리를 사문으로 모는 것 같다."

"그런 것 같지?"

"시간 끌면 불리해. 빨리 가자."

재촉하는 목소리에 운호의 검이 막 공격해 온 흑객들의 검을 부서뜨리며 방향을 바꿨다.

그러자 둘 셋씩 공격해 오던 인원이 증가되며 오행진을 이루기 시작했다.

다섯이 하나가 되어 가로막은 검객들은 완벽한 합격진을 이루며 촘촘한 검기들을 날려왔다.

압력은 더욱 거세졌고 그동안 모습을 드러내지 않던 고수들이 나타나 검객들을 지휘했는데, 일검으로 가차 없이 튕겨 나가며 길을 내주던 처음과는 달리 사생결단의 자세로 완강하게 버텼기 때문에 점점 돌파 속도가 느려졌다.

그럼에도 운호의 검은 멈추지 않았다.

처음처럼 무풍지대를 지나는 것과 같은 속도를 유지하지 못했지만 운호의 강력한 검은 적들의 오행진을 격파하는 데 충분하고도 남았다.

세 개의 오행진을 격파하고 나무가 자라지 않은 둔덕을 넘자 세 명의 노인이 이십여 명의 검객과 함께 그들을 가로막고 있는 것이 보였다.

작지도, 크지도 않은 키. 노인 같지 않은 곧게 펴진 허리, 그리고 완벽하게 균형 잡힌 몸매. 그리고 붉은 홍안.

얼굴에 주름마저 없었다면 절대 노인이라 볼 수 없을 만큼 완벽한 신체를 지닌 자들이었다.

천검삼로.

화검제의 오랜 친구들로 귀주를 석권하기 위해 질풍처럼 질주할 때 언제나 선봉에 섰던 검사들이었다.

그들의 무력은 귀주무림에서 숨 쉬고 살던 자들이라면 누구나 안다.

사신으로 통했던 삼십 년 전.

그들은 환사진이라는 절세의 합격진으로 수많은 적들을 참살하며 무적으로 군림한 무인들이었다.

삼품.

셋의 자세가 모두 다르다.

운호를 겨냥한 그들의 검은 땅과 하늘, 그리고 몸을 가리키고 있었다.

바람의 소용돌이가 그들의 중앙에서 조용히 일어났다.

소용돌이는 느리게 회전하더니 그들이 내기를 뿜어내자 미친 듯 빨라지기 시작했다.

이것이 바로 환사진.

단 일 초의 승부로 적의 숨통을 끊어버린다는 천검삼로의 절세검진이다.

8장

풍전등화

침묵.

검을 겨냥한 삼로의 눈은 그저 무심하게 가라앉아 있을 뿐이었다.

그럼에도 두려울 정도의 패기가 뭉텅거리며 흘러나와 운호 일행을 압박해 들어왔다.

피하기에는 이미 늦었고 부딪히기에는 너무 위험하다.

아니, 꼭 위험 때문만은 아니다.

여기서 막히면 그들을 추적하는 적들에게 금방 등을 내줘야 되는 상황이 발생한다.

천검삼로는 환사진을 펼친 채 유일한 통로를 가로막고 있었기 때문에 그들을 뚫지 못하면 팔방미로진을 벗어날 수 없게 된다.

그리되는 순간 생문은 사문으로 변하고 그들은 여기서 적들의 주력에게 포위되어 뼈를 묻게 될지도 모른다.

팔방미로진의 특성상 그들의 진로는 생문이 분명했다. 갈수록 적의 저항이 강력하게 변했지만 시간이 지날수록 그 저항은 서서히 줄어들고 있었다.

그리고 가장 후위에서 나타난 천검삼로.

분명 이들은 생문의 마지막을 지키는 사자들일 것이다.

그랬기에 운호는 이를 지그시 깨물며 친구들을 향해 입을 열었다.

"노인네들이라고 봐주지 말자. 저기만 통과하면 벗어날 것 같으니까."

"그걸 농담이라고 하냐. 춥다, 인마."

"농담은 무슨……."

"저 노인네들 기세를 보니까 우리가 봐달라고 해야 될 판이다. 정말 강한 자들이야. 복장을 보니까 천검삼로가 분명해."

"저자들이 천검삼로란 말이지… 그럼 저건 환사진이겠군."

"맞을 거다."

"천검회가 확실히 날 잡으려고 작정한 모양이구나."

"저자들만 왔을 리 없다. 분명 다른 자들도 같이 왔겠지. 운호… 우리에겐 시간이 부족하다. 시간 끌면 불리해. 죽든 살든 일단 가자."

"보이냐, 좌측 능선?"

"저긴 왜?"

"저자들의 한 수는 내가 감당할 테니까 너희들과 한 소저는 뒤쪽에 포위하고 있는 검객들을 뚫고 무조건 저곳으로 움직여. 저기가 미로진의 생문으로 보인다."

"괜찮겠어?"

"성하지는 못하겠지만 그렇다고 안 갈 수도 없잖아."

"그냥 괜찮다고 말하면 오죽 좋아. 꼭 부담가게 말한다니까."

긴장한 눈으로 운여가 운호의 말을 받았다.

환사진.

무림일절로 유명한 환사진의 기세가 삼 장이나 떨어져 있는 그들의 피부를 따끔거리게 만들었기에 운여는 농담을 하면서도 긴장의 끈을 놓치지 않았다.

정말 엄청난 기세다.

하지만 운호는 그런 천검삼로의 기세를 고스란히 온몸으로 받아내며 전혀 위축되지 않는 목소리로 운여의 농담을 받아쳤다.

"어려운 일 할 때는 생색내라고 가르쳐 주더라."

"누가?"

"운학 사형."

"참, 좋은 거 배웠다."

"크크… 이제 가자. 저자들 번들거리는 눈깔, 정말 맘에 안 들어. 꼭 뱀이 쳐다보는 것 같아서 기분 나쁘다."

적정의 원리를 가동하지 않았다.

적정의 원리는 강한 적과 마주했을 때 적의 무력을 측정하고 한 걸음씩 앞으로 나가 전투를 승리로 이끌어 나가는 기본 무리였으나 운호는 흑룡검을 꺼내 들고 환사진을 향해 곧장 진격하며 분광을 꺼내 들었다.

환사진이 일 초에 승부를 보는 검진이란 사실을 귀가 따갑도록 들었으니 적정의 원리를 사용했다가는 낭패를 당한다는 걸 너무나 잘 알고 있었기 때문이었다.

천산(天山).

분광팔절 중의 하나이자 적과의 단초 승부를 위해 창안 되었던 천산이 하늘에서 거대한 검으로 변하여 환산진을 향해 떨어져 내렸다.

검의 속도는 빠르지도 느리지도 않았다.

그럼에도 삼로의 냉정을 무너뜨린 건 거대하게 변한 검의 울음소리였다.

검기와 검명이 한꺼번에 펼쳐지는 기현상.

이런 현상을 보게 될 줄은 꿈에도 생각하지 못했으니 그들은 찰나의 시간 동안 움직임을 멈추고 말았다.

하지만 그들은 곧 천지인의 자세를 풀고 자신들을 향해 떨어지는 거검을 향해 일제히 검을 조준했다.

그러자 그들 사이에서 맹렬하게 회전하던 돌풍이 검을 향해 날아갔고 곧이어 그들의 신형이 방위를 바꾸며 운호를 향해 돌진했다.

콰앙!

엄청난 굉음과 함께 뿌연 먼지와 나뭇가지들이 비산하며 오장 범위의 시야를 완전하게 가로막았다.

잠시 동안 승패를 확인할 수 없게 만든 회오리가 가라앉은 후에야 일 장이나 뒤로 밀려났던 천검삼로가 둔덕을 향해 날아가는 운호 일행을 미친 듯 쫓기 시작했다.

하지만 그들의 머리는 충돌로 인해 난발이 되어 있었고 여기저기 검상을 입어 피가 흐르는 중이었다.

피가 흐른 것은 천산검로뿐만이 아니었다.

일행의 마지막에서 신법을 펼치고 있는 운호는 환사진을 돌파하면서 옆구리와 어깨에 검상을 입어 피를 흘리는 중이었다.

비록 중상은 아니었지만 분광의 천산을 펼치고도 완벽하게 잡아내지 못했으니 환사진의 위력은 혀를 내두를 만큼 대단한 것이었다.

그럼에도 목적은 달성했다.

그가 환사진을 막는 순간을 이용해서 친구들이 뒤쪽의 검객들을 물리치고 능선으로 날아갔기 때문에 더 이상 그들을 가로막는 적들은 나타나지 않았다.

비록 뒤쪽에서 천검삼로가 맹렬한 속도로 추적하고 있었지만 추적자가 그들뿐이라면 충분히 감당할 자신이 있었다.

목적했던 능선에 도착하자 훤하게 터진 평야가 나타났다.

무호계를 넘으면 나타난다는 천일평이 분명했다.

천일평부터는 철혈문의 핵심 고수들이 상주하는 한서 지단의 관할이었으니 천검회는 더 이상 일행을 추적하지 못할 것이다.

친구들과 한설아가 능선을 타넘어 천일평으로 달리는 것을 눈으로 확인하고 운호가 능선을 가로막았다.

천검삼로를 여기서 한 번 더 제지하면 친구들은 완벽하게 위험에서 벗어날 수 있기 때문이다.

검을 들어 달려오는 천검삼로를 향해 겨냥했다.

그의 검은 어느새 백색 검기를 뿜어내며 적들의 몸통을 노렸다.

역시 고수들.

천검삼로의 신형이 능선에 오르지 않고 운호의 검에서 뿜어져 나온 검기를 피해 유연하게 회전하며 비탈면에 섰다.

환사진을 펼치고도 제압하지 못한 운호와 무작정 부딪친다는 것은 자살행위라는 걸 그들은 너무나 잘 알고 있었다.

일전에서 우위를 점하지 못했지만 그렇다고 환사진이 파훼되었다고 볼 수 없었다.

운호가 중간에서 공격을 멈추고 달아났기 때문에 마지막 초식을 펼치지 못했기 때문이었다.

환사진이 무적으로 군림한 것은 최후의 초식 환사의 위력으로 인한 것이었다.

그랬기에 선조들은 진의 이름도 환사로 지었다.

최상의 조건에서 전력으로 싸운다면 충분히 이길 수 있다는 자신감이 있었기에 그들은 숨을 고른 채 운호를 노려봤다.

하지만 방법을 찾기 어려웠다.

놈은 능선의 정점에 서서 견제했고 자신들은 비탈면에 있었으니 진형을 갖추기가 힘들었다.

선불리 덤비면 죽는다.

백색 검기를 내뿜고 있는 운호의 검은 그렇게 말하고 있었다.

운호는 검을 앞으로 내민 채 천검삼로를 견제만 했다.

굳이 싸울 필요가 없었다.

일행의 안전만 확보된다면 억지로 생목숨을 끊는 짓은 하고 싶지 않았다.

삼로는 비탈면에 서서 망설이는 중이었다.

당연한 행동으로 보였다.

환사진을 펼치기 어려운 지형이었으니 삼로는 분노로 가득 찬 눈을 희번덕거리면서도 쉽게 공격을 해오지 못했다.

일 각만 견제할 생각이었다.

일 각이면 친구들은 천일평에 도착할 것이고 삼로가 아무리 대단한 고수들이라 해도 자신 역시 충분히 몸을 뺄 수 있을 거라 생각했다.

그러나 그는 그런 생각을 금방 바꿀 수밖에 없었다.

너무나 익숙한 휘파람 소리가 무호계 쪽에서 급하게 울려와 그의 귀를 자극했기 때문이었다.

삐익… 삐이익!

부릅뜬 운호의 눈이 삼로를 넘어 무호계의 울창한 숲으로 향했다.

사형제들의 비음.

점창산에 있을 때 풍운대는 언제나 휘파람으로 중요한 연락을 취하고는 했다.

휘파람은 날카로운 주파음으로 내공을 실으면 능히 이백 장을 날아가기 때문에 사형제는 고유한 신호음을 가지고 있었다.

이번에 들린 신호음은 대사형인 운곡이 사제들을 찾을 때 내는 비상음이었다.

너무나 황당하고 당황스러워 운호의 시선이 친구들 쪽으로 향했다.

거의 오십 장 이상 달려 나갔던 친구들도 휘파람 소리를 들었던지 신법을 멈춘 채 이쪽을 바라보는 중이었다.

운곡은 동굴에서 나와 사제들의 흔적을 찾으며 전력으로 질주해 나갔다.

풍운대는 언제 어디서든 자신들의 행적을 알리는 비표를 일정 간격으로 남기도록 훈련받아 왔다.

아무런 일이 없어도 습관적으로 비표를 남기는 것은 무려 이십 년 가까이 훈련받아 오며 생긴 익숙함 때문이었다.

그랬기에 위급함 중에서도 사제들은 일정 간격으로 비표를 남겼다.

아직 비표가 있다는 것은 치명적인 부상이나 위험에 처하지 않았다는 것을 알려주는 것이었기에 운곡과 운검은 십삼검을 이끌고 사제들의 뒤를 쫓았다.

적들과의 조우는 이루어지지 않았다.

비표의 흔적은 점점 급해지고 있었으나 이상하리만치 적들은 나타나지 않았다.

그것이 더욱 운곡의 마음을 급하게 만들었다.

비표가 급해지고 적들이 나타나지 않는다는 것은 사제들이 점점 더 위험해진다는 것을 나타내 주는 것이었기 때문이었다.

진형을 갖추었던 적들은 분명 급격 돌파를 강행하고 있는 사제들을 추격하느라 포위를 풀어버린 게 분명했다.

그랬기에 그들은 더욱 속도를 끌어올렸다.

적은 숫자로 적들에게 포위되어 고전을 면치 못할 사제들을 생각하자 온몸에 난 솜털마저 빳빳하게 일어섰다.

적과의 조우가 시작된 것은 무호계로 들어온 지 반시진이 흐른 후부터였다.

워낙 빠른 속도로 움직이다 보니 추격진의 끝머리를 따라잡은 모양이었다.

운곡은 그들 사이를 통과하며 일직선으로 움직였다.

지금의 목적은 사제들을 조우하는 것이었기에 막아오는 적들을 일일이 상대하지 않았다.

하지만 공격을 해온 적마저 그냥 둔 것은 아니었다.

운곡의 몸에서 뿜어 나오는 기세는 절제를 거둔 상태였기 때문에 막강 그 자체였다.

그의 앞을 가로막은 적들은 추풍낙엽처럼 튕겨져 나갔는데 그 뒤를 따르는 운검과 다섯의 십삼검이 후위를 받쳐 마치 하나의 거대한 구체가 움직이는 것으로 보였다.

"어딜 그렇게 열심히 가는 거냐. 멈춰라!"

맹렬하게 날아가는 운곡을 향해 고함 소리와 함께 푸른 번개가 떨어져 내렸다.

번개는 반월처럼 휘어져 운곡의 전신을 한꺼번에 노렸는데, 그 기세가 전혀 노출되지 않았다.

소리도 없고 기세도 없다.

그럼에도 살을 에는 듯한 살기가 빽빽하게 들어찬 나무 사이를 뚫고 운곡에게 쏟아져 들어왔다.

급격하게 몸을 회전시킨 운곡의 검에서 사일검법의 방어 초식 비화(飛花)가 펼쳐졌다.

갑작스러운 공격이었으나 비화는 푸른 번개를 격파하고 공격자의 미간을 겨냥했다.

공격자는 노송들로 가득 찬 숲의 중앙에 당당히 서서 그를 응시하고 있었다.

청건, 그리고 우측 상단에 비마가 새겨진 청색 전포를 입고 있는 사내.

사내의 얼굴은 하얗고 가늘어 마치 여인처럼 보일 정도였으나 얼굴에 피어난 미소를 보는 순간 소름이 돋아날 정도의 한기가 느껴졌다.

비령.

화검제의 여덟 번째 제자이며 청마대의 수장이기도 한 사내였다.

청마대는 비령의 수족들로 화령검진을 익힌 일급 검객들로 구성되어 있었는데 비령의 뒤에 서서 오방을 장악한 채 운곡 일행의 진로를 완벽하게 차단하고 있었다.

비령은 검을 빙글빙글 돌리며 노송 사이로 천천히 걸어 나와 운곡과 삼 장 거리에 멈춰 섰다.

그의 얼굴에는 여전히 미소가 걸려 있었는데 볼수록 어색한 웃음이었다.

재밌는 건 목소리가 얼굴과 어울리지 않게 터무니없이 굵다는 것이었다.

"흑색의 전도복에 독수리라… 너희들은 점창 사람이냐?"

"그렇다."

"참 별일도 다 있군. 잡으려는 놈은 어디론가 사라지고 다른 놈들이 죽여달라고 들어왔구나."

비령이 여전한 웃음을 매달고 고개를 갸우뚱거렸다.

웃음은 버릇이었지만 고개를 갸우뚱한 건 이해가 안 되는 일이 생겼기 때문에 한 행동이다.

표정이 변한 것은 비령뿐만이 아니었다.

운곡 역시 비령의 말을 들은 후 급격하게 표정이 바뀌었다.

비령의 말에 따르면 사제들은 아직까지 잘 버티고 있다는 뜻이 된다.

그랬기에 운곡의 행동이 빨라졌다.

"넌 누구냐?"

"파한검."

"네가 화검제의 여덟 번째 제자인 비령?"

"맞아. 바로 내가 요안의 도살자로 불리는 그 비령이다."

"그 별명이 자랑스러우냐?"

"멋있잖아. 위압적이기도 하고. 난 파한검보다 요안의 도살자가 더 마음에 들어."

"크크큭. 그렇구나. 하지만 안타깝다. 오늘 부로 네 목숨이 끊어질 테니 앞으로 그 별명을 다시는 듣지 못할 것이다."

"누구 마음대로!"

"지옥에 가면 정확히 고하거라. 도살자를 때려잡는 게 전문인 점창의 운곡이 보내서 왔다면 아마 염왕께서도 불쌍하게 여길 테니."

운곡이 말을 마치는 것과 동시에 검을 들어 비령의 미간을 겨냥했다.

사제들을 찾는 게 급한 이상 노닥거릴 생각이 전혀 없었다.

하지만 비령은 그런 운곡의 생각과 행동에 전혀 영향을 받지 않고 여전히 웃음을 멈추지 않았다.

"호오, 네가 칠절문과의 전투에서 날아다녔다는 운곡이란 말이지?"

"들어본 모양이구나."

"크크크… 점점 일이 재밌어지는군. 좋아, 아주 좋아."

"별로 좋지는 않을 거다."

비령의 웃음에 반응한 운곡의 검이 순식간에 오 검을 찔러냈다.

그러자 검풍이 먼저 일고 검기가 그 뒤를 따르며 비령의 전신을 노렸다.

순식간에 펼쳐진 일격. 바람의 그림자 풍영이다.

운곡의 무력은 시간이 지날수록 점점 진화되고 있었다.

칠절문과의 싸움을 위해 산에서 내려왔을 때 그의 회풍은 칠 성이었으나 수많은 전투를 치르면서 내력과 검초가 깊어졌고, 강자들과의 사투를 통한 경험을 토대로 두문불출하면서 또다시 수련을 거듭하더니 탕마행을 위해 산문을 나섰을 때는 무려 회풍이 구 성을 넘어섰다.

당문의 최종 병기 흑호 당문혁을 잡아낸 것은 그런 밑바탕이 깔려 있었기 때문이었다.

운곡의 공격은 갑작스러우면서도 강력했지만 비령을 잡아내진 못했다.

미리 예상이라도 한 것처럼 비령이 훌쩍 뒤로 물러나 전권에서 벗어났기 때문이었다.

무공도 강했지만 누구보다 두뇌 회전이 빠른 자가 바로 비령이다.

운곡의 서두름이 무엇 때문인지 정확하게 파악한 그는 쉽사리 정면 대결을 하지 않고 시간을 끌었다.

그가 원하는 것은 오직 하나.

증원군이 오기를 기다리는 것뿐이다.

그랬기에 그는 뒤로 훌쩍 물러나 재차 접근하려는 운곡을 견제하며 끊임없이 입을 놀렸다.

"이봐, 바쁘더라도 천천히 하자고. 난 말이야, 천하에 소문이 자자한 자네와 대화를 나누고 싶어. 그러니 잠시 검을 거두게."

"네가 나를 언제 봤다고 대화를 나눈단 말이냐."

"사해는 동도라고 했잖아. 너무 서슬 퍼렇게 대하지 마라."

"그놈 참, 요물이로다. 피한다고 해서 피할 싸움이 아니고, 막는다 해서 막을 수도 없다. 네가 시간을 벌고 싶은 모양인데 그렇게는 되지 않을 것이다!"

말을 마친 운곡이 운검을 향해 시선을 던졌다.

오랜 사형제는 시선 하나만으로도 그 의미를 충분히 눈치챌 수 있다.

비령의 검을 운곡이 견제하는 동안 운검과 다섯의 십삼검이 폭발적인 속도로 청마대의 진형을 향해 치고 나갔다.

급작스러운 돌진.

운검은 작정한 듯 처음부터 분광을 꺼내 들고 청마대의 좌측을 뚫었는데 일격 일격에 접근하는 청마대원들이 우수수 나가떨어졌다.

강검이기도 했고 패검이기도 하다.

운검의 검에서는 귀신의 울음 같은 검명이 끊임없이 흘러나왔다. 그 속에 담긴 강력함은 청마대의 목숨을 쓸어버리고도 남았다.

그 뒤를 십삼검이 호위하며 마치 한 덩이 불꽃처럼 움직였다.

운곡은 운검과 십삼검이 청마대를 쓸어버리며 돌파하는 장면을 확인하고 천천히 비령에게 시선을 던졌다.

의도대로 되지 않은 것에 대한 질책이 담긴 시선이었다.

그러고는 곧바로 신형을 날려 비령의 좌측방으로 우회했다.

이번에는 운곡이 싸움을 피하며 몸을 날린 것이다.

급작스러운 도주에 놀란 비령이 따라붙으며 운곡의 등을 향해 검기를 난사했다.

검기는 소리 없이 날아와 독사의 혓바닥처럼 은밀하게 운곡의 등판을 노렸다.

하지만 운곡은 등에 눈이 달린 사람처럼 몸을 뒤집으며 비화를 펼쳐 냈다.

격퇴를 위한 발검이 아니라 충돌의 여파를 이용하기 위한 반격이었다.

콰앙!

강력한 굉음이 터졌지만 승패를 위한 격돌이 아니었으니 서로 간의 거리만 멀어졌을 뿐이다.

운곡은 그렇게 비령이 이끄는 청마대의 숲을 돌파해서 무호계의 서편을 향해 돌진했다.

하나 운곡은 모르는 것이 있었다.

그가 향하는 곳이 바로 팔방미로진의 사문이라는 것을…

윤환은 운호 일행이 사문을 벗어나 생문으로 향했다는 소식을 전해 듣고 전력으로 이동하다가 천검삼로의 환사진이 깨졌다는 소식을 들었다.

너무 황당해서 입이 다물어지지 않았다.

놈들이 생문으로 향했다 해도 천검삼로가 마지막을 지키는 이상 벗어나기 힘들 것이란 판단을 내리고 있었다.

그만큼 천검삼로의 환사진은 막강한 위력을 지닌 절진이었다.

믿기 어려운 소식을 들은 윤환은 어이가 없어 추적을 멈추고 말았다.

생문을 빠져나갔다는 것은 천일평으로 들어섰다는 이야기였고 천일평 너머에는 철혈문의 핵심 고수들이 진을 치고 있는 한서 지단이 자리를 잡고 있는데, 그곳을 맡고 있는 것은 다름 아닌 혈무도 왕충이었다.

혈무도 왕충은 철혈문주 호패왕의 의동생으로 초절정의 고수였고 그가 이끄는 철혈칠십이도는 천검회에 의해 서쪽으로 밀려난 지금도 여전히 귀주에서는 불패의 신화를 자랑하는 전투부대였다.

더군다나 그 밑으로 이름만 대면 누구나 인정할 절정고수들이 즐비하게 늘어서 있어 이곳 무호계에 집중한 천검회 전력이 모두 나선다 해도 이긴다는 보장을 하지 못할 정도였다.

물론 끝장을 본다는 생각이라면 부딪쳐 볼 만은 했다.

무호계에 몰린 천검회 전력 역시 만만치 않기 때문에 명분만 만들어진다면 물러설 이유가 없다.

하지만 상부에서는 한서 지단과의 충돌을 피하라는 명령이 내려와 있었다.

수많은 음모와 전략이 난무하는 시기.

행동 하나에 수많은 목숨이 달려 있고, 헛된 작은 판단으로 대계를 망칠 수 있는 상황이 매일처럼 반복되니 먹잇감을 놓친 게 분하고 억울했지만 대계를 망치는 어리석음까지 저지를 윤환이 아니었다.

그랬기에 걸음을 멈추고 운호 일행이 빠져나갔을 서쪽 하늘을 향해 이를 악물었다.

도대체 마검의 무력은 어디까지란 말인가.

천검삼로의 환사진을 직접 경험하지는 않았지만 사부인 화검제는 제자들을 가르치면서 자신이 본 검진 중 열 손가락에 꼽을 정도로 막강한 위력을 지녔다고 말하곤 했었다.

그 말의 의미는 환사진의 위력이 지금 결과로 나타난 것처럼 쉽사리 깨질 만큼 약하지 않다는 뜻이다.

화검제는 무엇을 그리 쉽게 칭찬하거나 인정하는 사람이 아니었다.

그것이 윤환을 기분 나쁘게 만들었다.

마검의 무력을 감안했을 때 혹시 깨질지도 모른다는 생각을 안 해본 것은 아니었다.

천하를 쩌렁하게 울린다는 백대고수를 둘이나 잡아냈으니 마검의 무력은 절대의 경지에 들어선 것이 분명했으나 그렇다 해도 이렇게 쉽사리 깨질 거라고는 상상조차 하지 못했다.

최소한 자신이 도착할 때까지는 막아줄 것이라 생각했는데 팔방미로진을 깨뜨린 마검의 돌파는 상상을 넘어 불가사의한 속도를 보여주었다.

기가 막혀 한숨이 나왔으나 윤환은 서쪽 하늘을 물끄러미 바라보다가 천천히 몸을 돌렸다.

이미 늦은 것을 후회하기에는 그의 심장이 너무 차가웠다.

그는 언제나 과거보다 미래를 보는 사람이었으니 과거에 연연하며 후회해 본 적이 없다.

몸을 돌려 벌판으로 걸어 나갔다.

벌판 너머에는 여전히 시야를 가리는 거대한 고목들이 줄지어 늘어서 있었는데 마치 무적의 병사들처럼 대단한 위용을 자랑한 채 당당히 서 있었다.

그의 걸음이 멈춘 것은 고목들이 선 숲으로 들어서기 직전이었다.

천검십팔영과 함께 뒤쪽에 머물던 화백이 허공에서 툭 하고 떨어져 내렸기 때문이었다.

무표정했던 윤환의 얼굴이 의외의 상황으로 인해 슬쩍 변했다.

모든 것이 끝난 마당에 자신의 앞길을 막는 화백의 행동이 눈에 거슬렸기 때문이었다.

하지만 화백은 특유의 냉막한 표정을 유지한 채 그를 향해 입을 열고 있었다.

"대주, 무호계로 점창의 운곡이 들어왔소이다."

"누구?"

"운곡이요. 나는 그가 마검의 사형이라 들었소."

"그자가 왜?"

"…마검을 찾아온 게 아닌가 생각되오."

"크크큭. 재밌군, 재밌어. 혼자라던가?"

"아니오. 모두 합해 일곱이라 하오."

"일곱?"

"말로만 떠돌던 풍운대인 것 같소."

"그자의 위치는?"

"청마대주를 제치고 이쪽으로 오는 중이오. 요안께서는 뒤를 쫓는 중이라 하셨소."

"돌아가 변명할 생각을 하니 눈앞이 깜깜했었는데 이제 그런 걱정을 할 필요는 없겠구나. 이봐, 화백. 오륜과 칠현은 어디 있지?"

"서쪽과 동쪽에서 놈들을 이쪽으로 압박하고 계십니다."

"여기까지 오는 데 얼마나 걸릴 것 같나?"

"일 각이면 충분하오."

"좋아, 준비해. 여기서 끝장을 보자."

"흑명대주와 삼로는 어쩌시겠소?"

"마찬가지야. 놈들에게 신호를 보내는 수단이 있다면 탈출한 놈들까지 이곳으로 다시 끌어들일 수 있을 것이다. 모두 이쪽으로 모이라고 해. 천운이 우리에게 있으니 놈들은 오늘 반드시 죽는다."

운곡은 비령이 시야에서 벗어나자 이상한 생각이 들었으나 곧장 앞을 보며 전진했다.

무슨 생각으로 추적을 포기했는지 모르나 그것보다 더 중요한 것은 사제들을 찾는 것이었다.

지금은 의문을 해소할 만큼 한가로운 상황이 아니었다. 그랬기에 그의 입에서는 연신 날카로운 휘파람 소리가 흘러나왔다.

삐익… 삐이익!

내공이 담긴 휘파람 소리는 이백 장을 격하고 울려 퍼지기 때문에 사제들이 이곳 무호계에 있다면 분명 비상음을 듣고 찾아올 것이었다.

하나 불현듯 급작스럽게 서쪽 숲을 가로막으며 나타난 것은 사제들이 아니라 칠십 명의 흑색 전포를 입은 검객이었다.

적들은 그들이 이쪽으로 온다는 것을 알고 기다린 모양이었는지 좌방을 가로막은 채 검을 꺼내 들고 있었는데 운곡 일행이 나타나자마자 독수리처럼 날아들며 공격을 해왔다.

일사불란한 흑객들의 공격은 삼면 포위 공격이었고 삼인합격을 기본으로 하는 삼형진을 이루고 있었다.

강하다. 그리고 빠르다.

하지만 그렇다고 해서 운곡과 운검이 전면에 서고 오검이 뒤를 받치는 오행진을 뚫지는 못했다.

연환합격의 기본을 적들은 충실히 지키며 쉴 새 없는 공격을 퍼부었다.

공격자들이 운곡과 운검의 검격에 충격을 받고 튕겨 나가면 기다렸다는 듯 다른 검객들이 불나방처럼 뛰어들었다.

상황이 급격하게 변하기 시작한 것은 그동안 조용히 뒤쪽에서 지켜보던 다섯의 용포 검객이 전장에 가담하면서부터였다.

뒤늦게 가담한 그들의 무력은 흑객들과는 비교조차 할 수 없을 정도로 강력해서 운곡과 운검이 반격했음에도 뒤로 물러나게 만들지 못했다.

천검오륜.

화검제가 용호산에서 수련하고 있던 다섯 형제를 만난 것은 이십 년 전이었다고 한다.

그들은 허름한 장원에서 선부의 유언을 지키며 가전검법을 수련하고 있었는데, 화검제는 그 검법을 견식한 후 감탄을 터뜨리며 천검회로 형제들을 초빙했다고 전해진다.

천검오륜이 익힌 것은 유성칠식으로 오십 년 전 산서를 종횡하며 무적의 명성을 날린 천호성의 독문검법이었는데 오륜은 바로 그의 손자들로 알려졌다.

오륜이 나서고 전장이 팽팽한 접전으로 변했다.

오륜이 운곡과 운검을 가로막자 흑객들의 연환진은 더욱 강력하게 오검의 오행진을 압박하기 시작했다.

그렇다고 싸움이 어려워진 것은 아니었다.

운곡과 운검의 검에는 아직 여유가 있었고 오검이 펼친 오행진도 견고하게 버티는 중이었다.

비령이 청마대를 이끌고 남쪽에서 나타난 것은 싸움이 벌어진 후 불과 반각이 지났을 때였다.

여전히 잔인한 미소를 짓고 있던 비령은 청마대를 이끌고 곧장 전진해 왔는데 그 기세가 처음 조우했을 때와는 달리 무척 살벌했다.

"운검, 뒤로 물러나자."

"사형, 이상합니다. 놈들이 일부러 비워놓은 것 같아요."

비워진 동북방을 흘끗 쳐다본 운검이 반론을 제기했지만 운곡의 표정은 변하지 않았다.

"알아, 놈들은 한쪽으로 우릴 몰려는 것 같다. 하지만 지금은 놈들의 의도대로 하는 수밖에 없어. 뚫기에는 무리가 있다."

"어쩌시려고요?"

"동북방으로 물러서다 즉시 반대쪽으로 방향을 틀어라. 그러면 놈들의 의도를 깨뜨릴 수 있을 것이다."

"알겠습니다."

"사질들을 이끌고 먼저 가라. 곧 따라가마."

급하게 말을 마친 운곡의 검에서 검기가 물결처럼 파생되면서 오륜의 검을 일거에 격퇴했다.

지금까지 선보이지 않던 분광의 산(散)자결이었다.

비틀.

오륜의 신형이 한 걸음 물러나는 순간 운곡의 검이 오륜을 노리고 전진했다.

운검과 사질들이 후퇴할 수 있도록 운곡은 단숨에 십삼 검을 펼쳐서 오륜과 합격진을 구성해서 접근해 온 흑객들을 한꺼번에 공격했다.

콰앙… 쾅… 쾅!

연이은 충돌음이 터지고 흑객들의 입에서 비명 소리가 난무했다.

단 일격에 셋이 죽고 다섯이 나가떨어졌다.

굉장한 신위.

운곡은 위기에 처하자 그동안 보여주지 않았던 사일검법의 막강한 위력을 주저 없이 꺼내 들었다.

운검과 사질들이 후퇴할 동안 시간을 벌어주던 운곡이 허공에서 뛰어든 비령의 검을 받은 후 비틀 물러서다가 좌측으로 급작스럽게 몸을 틀었다.

그런 후 운검이 빠져나간 길을 향해 전속력으로 유운신법을 펼쳤다.

사전에 약속한 것처럼 운검은 동북방으로 빠져나가다가 방향을 선회해서 남측으로 움직였기 때문에 그들을 따라 달리는 운곡의 몸은 직각으로 움직이는 것처럼 보였다.

그 뒤를 비령과 오륜을 선두로 한 천검회 검객들이 쫓기 시작했다.

하지만 그들은 서두르지 않았고 마치 우리에 갇힌 사나운 짐승을 서서히 포획하려는 자들처럼 여유 있게 행동했다.

멀리서 사질들을 이끌고 전력으로 움직이던 운검의 몸이 나무 사이로 가라앉는 것이 보였다.

이유는 금방 알 수 있었다.

핏빛처럼 붉은 전포를 입은 일곱 명의 노인과 백 명의 검객이 그들의 앞을 완벽하게 가로막고 있었기 때문이었다.

운검은 뒤를 흘끗 바라본 후 운곡이 따라오는 걸 확인하자 무리하게 돌파하지 않고 노인들을 견제만 하면서 사방을 둘러봤다.

갈수록 태산이라더니 무호계에 펼쳐진 적들의 포위망은 너무 단단하고 질겨서 빠져나갈 틈이 보이지 않았다.

운곡이 다가오자 운검의 입이 무겁게 열렸다.

하지만 어려움에 처했음에도 그의 목소리는 여전히 진중하고 또렷했다.

"사형, 상황이 좋지 않습니다. 어쩌면 좋겠습니까?"

"다른 방법은 보이지 않는다."

“따라오지 않는 걸 보니 우리가 다른 쪽으로 도주하는 걸 막을 생각이군요.”

“그것이 맹수를 잡는 기본이지. 그래도 놈들은 우리를 호랑이 정도로 생각해 주는 것 같구나.”

일곱 명의 노인을 바라보며 운곡이 대답하자 운검의 얼굴에서 어이없다는 웃음이 떠올랐다.

이런 상황에서 농담을 꺼내는 운곡의 여유가 부럽고 존경스러웠다.

“돌파해야겠지요?”

“기다리는 곳에 돌아갈 수는 없으니 돌파하는 수밖에.”

“그렇다면 이번에는 제가 길을 열겠습니다.”

“명심해라. 이기려는 싸움이 아니다. 싸움이 길어지게 되면 놈들이 오게 된다.”

“압니다. 하지만 쉬워 보이지는 않는군요.”

운검의 얼굴은 어느새 웃음을 거두고 굳어진 채 붉은 전포의 노인들을 바라봤다.

그들의 정체는 들고 있는 쌍창을 보는 순간 금방 알아챘다.

천검칠현.

검을 주로 쓰는 천검회에서 창을 쓰는 고수들은 특수부대인 칠수를 비롯해서 몇 되지 않는다.

칠현은 양가장이 키운 창의 귀신들로, 현존하는 양가장의 최고수들이기도 했다.

그들의 창은 기형적으로 생겼으며 신묘하고 강력해서 적의 시신을 갈가리 찢어놓는 것으로 유명했는데, 그럼에도 그들이 마두로 분류되지 않은 것은 지닌 심성이 굳건하고 올바르기 때문이었다.

아마도 양가장의 오래된 가풍이 그들의 심성을 바르게 키운 모양이었다.

칠현의 천검회 내 서열은 오륜보다 위쪽으로 당주들과 동등한 대접을 받을 만큼 대단한 고수들이었다.

중앙에 선 백미의 노인은 운검이 검을 꺼내고 다가서자 불쑥 입을 열어 그의 검을 제지했다.

그는 칠현의 수장인 양만호로 사람을 죽이는 걸 극도로 싫어하는 것으로 알려져 있었다.

"멈춰라. 검을 버리면 네 목숨과 일행의 목숨은 내가 책임지겠다. 그러니 헛되이 목숨을 버리지 말라."

"참으로 오지랖이 넓소. 사람을 죽이는 걸 좋아하지 않는다는 소문은 들었지만 아무리 봐도 지금은 싸워야 할 때로 보이는구려. 어떠시오? 싸우기 싫다면 길을 터주는 것이."

"그럴 수는 없다."

"크크크… 이런 걸 보고 말장난이라고 하지. 쓸데없는 소리 그만하고 막을 테면 막아 보시오. 우리는 뚫을 테니까."

목구멍에서 올라오는 웃음을 던지며 운검이 양만호를 겨냥한 채 날아갔다.

사정을 봐준다는 의미는 상대로 하여금 자유를 얻게 만들어 주는 것이다.

하지만 양만호의 행동은 그렇지 않았기에 운검의 입에서 거친 말이 튀어나왔다.

이율배반적인 행동에 대한 질타임이 분명했다.

처음부터 작정을 했던지 그의 검은 분광을 꺼내 들었는데 검기가 화살처럼 중앙에 선 세 명의 노인들을 향해 날아갔다.

그때를 기점으로 운곡과 오검이 한꺼번에 백에 달하는 적을 향해 돌진했다.

길게 늘어서서 진형을 갖추고 있던 적들의 방어는 삼중으로 펼쳐져 있었다. 공격 범위에서 벗어나 있던 칠현 중 넷이 선두에서 마주 신형을 날려 오며 쌍창을 회전시킨 것은 운곡의 검에서 검기가 뻗어 나왔을 때였다.

마치 기다리고 있었던 것처럼 즉각적인 반격이었다.

능선에서 삼로를 견제하고 있던 운호의 곁으로 운상과 운여가 바람처럼 다가와 섰다.

그들의 얼굴은 굳어진 채 무호계의 우거진 숲을 향해 시선을 던지고 있었다.

"대사형이 맞지?"

"맞아."

"어떻게 알고 오셨을까?"

"소문을 들으셨겠지. 우리가 천검회에게 쫓긴다는 걸 알고 오셨을 거다."

운상의 물음에 운호가 답답한 음성을 토해냈다.

참으로 상황이 어렵게 꼬였다.

날카로운 판단과 과감한 결단력으로 겹겹이 펼쳐진 팔방미로진을 겨우 돌파했는데 대사형인 운곡이 무호계에 갇혀 있는 걸 알게 되자 저절로 한숨이 흘러나왔다.

그때 또다시 휘파람 소리가 길게 들려왔다.

하지만 이번 휘파람 소리는 조금 전에 들려왔던 것과 다른 것이었다.

"운검 사형이다."

"도대체 이게……."

운곡만 온 것이 아니라는 사실에 일행의 안색이 더욱 굳어져 갔다.

비상음은 자신들을 찾는 것과 위험을 알리는 신호가 번갈아 가며 들려오고 있었다.

"운호, 급하다. 사형들의 상황이 어려운 모양이다."

"한 소저는?"

"아무래도 다시 들어가야 될 것 같아서 한서 지단에 가 있으라고 부탁했다."

"잘했구나."

"어쩔 생각이야?"

"뭘 어째. 구하러 가야지. 운상, 너는 좌측을 맡고 운여는 우측이다. 지금부터는 무조건 때려 부수며 사형들을 찾는다. 급한 것 같으니 전속력으로 움직여."

말을 하면서 시선이 부딪치자 운여와 운상의 고개가 동시에 끄덕여졌다.
그들의 눈은 이미 불같은 투지로 불타오르고 있었다.
"가자!"
도주했던 자들이 되돌아오자 황당한 표정을 짓고 있는 천검삼로를 향해 운호는 바람처럼 능선에서 내려오며 칠 검을 때려냈다.
검기의 물결이 파도처럼 일어나 삼로를 휩쓸며 쏟아져 들어가자 기겁을 한 삼로가 분분히 신형을 날려 반격을 시도했다.
고수의 검은 언제 어느 때든 구 할의 힘을 펼칠 수 있다.
하지만 남은 일 할의 힘을 펼치지 못하는 상황이 찾아오는 순간 고수들은 자신의 목숨이 위험해진다는 사실을 느낀다.
지금의 삼로처럼.
갑작스러운 공격으로 삼로는 환사진을 펼치지 못한 채 운호의 공격을 받아내야 했다.
워낙 강한 무공을 지녔기 때문에 강력한 반격을 시도했으나 전력을 기울이지 못한 그들의 검은 운호가 펼친 검기의 물결을 견뎌내지 못하고 튕겨져 나갔다.
그렇다고 해서 그들이 치명적인 타격을 입은 것은 아니었다.
튕겨져 나가 진로를 내준 채 비틀거렸을 뿐 그들은 곧장 수하들의 진형을 헤집고 돌파하는 운호 일행을 향해 추격하기 시작했다.
그들의 입에서 흘러나오는 핏물로 봤을 때 상당한 충격을 입은 것이 분명했지만 그들의 얼굴은 분노로 일그러져 귀신을 보는 것처럼 변해 있었다.

"저 사람, 도대체 왜?"

멀리서 운호를 지켜보던 무령의 얼굴이 하얗게 변했다.

운호 일행이 돌파를 시도하는 순간부터 전속력으로 따랐으나 결국 아무런 도움을 주지 못했다.

상상하지 못할 정도의 빠른 속도로 빠져나가는 운호 일행의 무력은 상상을 훨씬 상회하는 것이었기 때문이었다.

다행스럽기도 했고 놀라기도 했다.

마검의 무력이 백대고수를 잡을 정도로 대단하다는 것은 알았지만 팔방미로진을 무풍지대처럼 헤집으며 단숨에 돌파할 줄은 전혀 예상하지 못한 일이었다.

운호가 일행을 천일평으로 보내고 능선을 가로막는 순간, 그들 역시 좌측 계곡의 끝에 도착했다.

이제 운호가 일행의 안전을 확보한 후 천일평으로 들어서면 그들 역시 무호계를 완전하게 벗어날 생각이었다.

그런데 운호는 이상한 휘파람 소리를 듣더니 다시 무호계를 향해 뛰어들었다.

범의 소굴로 다시 들어가는 그들의 얼굴은 비장하게 느껴질 정도였고 그 속도 역시 눈에 보이지 않을 정도로 빨라 급한 일이 벌어졌다는 것을 알 수 있었다.

운호가 삼로의 저지를 뚫어내고 숲으로 향하자 무령의 시선이 무상에게 향했다.

"오라버니……."

"안 된다고 해도 말을 듣지 않을 것 아니냐. 어차피 가야 할 것이라면 서둘러야 될 것 같구나."

"고마워요."

고마움이 잔뜩 담긴 무령의 시선이 자신을 바라보자 무상의 얼굴에서 어색한 웃음이 피어났다.

이렇게라도 무령을 기쁘게 해줄 수만 있다면 그는 언제나 같은 행동을 반복할 것이다.

무서운 속도로 무호계의 중심으로 되돌아가던 운호는 멀리서 풍겨 나오는 살기에 반응하며 방향을 틀었다.

남서쪽 백 장 전방에서 피어난 거대한 살기는 멀리 떨어진 이곳까지 피부를 자극하고 있었다.

뒤쪽에서 삼로와 흑철단이 미친 듯이 따르고 있었으나 운호는 그들을 없는 사람 취급하며 오직 앞을 향해 신법을 펼쳤다.

백 장을 이동한 것은 눈 몇 번 껌벅일 사이에 불과했다.

유운신법을 전력으로 펼치는 운호 일행의 모습은 나무 사이에서 흐릿하게 잔영을 남긴 채 그림자처럼 움직였다.

포위망을 구축했던 후위는 전면에서 벌어지는 싸움에 온 정신이 집중되어 운호 일행의 급작스러운 공격에 속수무책으로 쓰러졌다.

원형진을 구축했던 천검회의 일각을 무너뜨린 후 중앙으로 접근하자 피투성이로 변한 사형과 사질들의 모습이 눈으로 들어왔다.

처절한 그 모습에 운호의 이가 악물어졌다.

언제나 보고 싶었던 얼굴들이 고통에 젖은 얼굴로 적들의 맹렬한 공격을 막아내고 있었다.

"끼아악!"

공중을 날아 중앙으로 향하는 운호의 입에서 귀신의 울음소리가 흘러나왔다.

아니다.

귀신의 울음소리만이 아니라 그의 검에서는 창처럼 일어선 검기들이 운곡을 공격하고 빠져나오는 오륜의 등판을 향해 동시에 날아갔다.

눈 깜짝할 사이에 날아간 검기가 오륜을 덮칠 때 어느새 나타난 칠현이 운호의 공격을 막았다.

그들의 쌍창은 회전을 하고 있었는데 일곱 개의 방패가 동시에 가동된 것처럼 보일 지경이었다.

콰앙… 쾅… 쾅!

칠현이 펼쳐낸 방어막에 운호의 검기가 충돌하자 폭음이 터졌다.

강렬한 충돌.

일곱의 내력이 하나가 되어 막았으나 운호의 공격에 칠현은 비틀거리며 한꺼번에 세 걸음이나 뒤로 물러섰다.

진정 가공할 위력이었다.

절체절명의 순간에서 칠현의 도움으로 간신히 살아난 오륜의 눈에서 분노가 일었다.

만약 칠현이 돕지 않았다면 기습으로 인해 그들은 커다란 낭패를 봤을 것이다.

그랬기에 그들은 튕겨난 칠현의 자리를 메꾸며 운호를 포위하기 위해 날아들었다.

하지만 그들의 포위보다 운호 일행의 움직임이 훨씬 빨랐다.

어느새 중앙 공터에 도착한 운호와 운상, 운여는 피 흘리는 사형들을 뒤로 물리고 전면을 가로막았다.

운곡과 운검, 그리고 사질들인 오검은 얼마나 악전고투를 펼쳤는지 전신이 모두 상처로 덮여 있었다.

그나마 다행인 것은 치명상을 입지 않았다는 것이었다.

그들을 포위한 적의 숫자는 삼백이 훨씬 넘어 나무 사이가 온통 적으로 덮여 있었다.

더군다나 군데군데에서 막강한 기세를 뿜어내는 고수들로 인해 이곳 공터는 거대한 압박감에 사로잡혀 있었다.

그럼에도 운호와 운상, 운여는 적을 안중에 두지 않고 사형들에게 인사를 건넸다.

그들의 목소리에는 반가움이 잔뜩 담겨 있었다.

"대사형, 둘째 사형. 오랜만에 뵙습니다."

"건강한 모습이라서 다행이구나. 난 너희들이 곤경에 처했을까 봐 걱정했다."

"천검회가 아무리 대단해도 저희들을 잡을 수는 없습니다.

지금도 포위망을 뚫고 천일평까지 갔다 오는 길입니다."

"정말이냐?"

"제가 어찌 대사형께 거짓을 고하겠습니까."

"쯧쯧… 그렇다면 우리가 너희들을 위험에 빠지게 만든 것이로구나."

"별말씀을 다 하십니다."

"어쨌든 만나니 참으로 반갑구나. 저 새끼들이 너희들을 왜 추적하고 있는지 알 수 없지만 일단 여기서 나가자."

"당연히 그래야지요. 놈들의 팔방미로진은 여기 모이느라 이미 깨진 상태니 돌파만 한다면 아무 일도 없을 겁니다. 남서쪽에 천일평이 있습니다. 거기까지만 가면 놈들은 더 이상 따라오지 못할 테니 걱정하지 마십시오."

"알았다. 앞장서라."

"괜찮으신 거죠?"

"피륙이 긁힌 상처에 불과하다. 움직이는 데 지장은 없다."

"알겠습니다. 그럼 시작하겠습니다."

운호가 흑룡검을 앞으로 내밀며 좌우에 나누어선 운상과 운여를 바라보자 그들의 고개가 동시에 움직였다.

그러고는 곧장 칠현이 지키고 있는 남서쪽을 향해 폭발적으로 돌진했다.

운곡이 운상의 뒤를 바쳤고 운검이 운여의 뒤를 따르는 진형이었다.

오검은 간간히 요격해 오는 적들의 공격을 방어하기 위해 중앙 후미에서 오행진을 형성하며 달렸는데 그 속도가 빨랐다.

적의 공격에 사질들을 보호하느라 상처를 입었지만 운곡은 운상의 뒤에서 달리며 운호의 움직임을 면밀히 살폈다.

사제의 위명은 시간이 지날수록 점점 중천에 찬란하게 떠오르는 태양처럼 뜨거워지고 있었다.

백대고수 중 둘을 한꺼번에 해치웠을 뿐만 아니라 탕마행을 하면서 보여주었던 신위와 태강전투를 비롯해서 천검회와 싸운 전과가 세상에 노출되면서 마검의 명성은 하늘을 찔렀다.

과연 운호의 검은 산에 있을 때보다 몰라볼 정도로 강해져 있었다.

자신이 고전했던 칠현과의 충돌에서 운호는 막강한 위력으로 단박에 방어선을 무너뜨리며 또다시 칠현을 뒤로 패대기쳤다.

아무리 봐도 진정 대단한 신위였다.

하지만 그의 얼굴은 밝지 않았다.

칠현의 방어선을 무너뜨렸다 해서 포위망이 돌파된 것은 아니었고 위험이 감소된 것은 더더욱 아니었다.

그것은 적들의 움직임을 확인하면 금방 알 수 있었다.

그들이 전진하려는 남서방을 적들은 이중 삼중으로 틀어막으며 돌파 속도를 늦추었고 후방에서는 격렬하게 오검을 노리며 공격해 오는 중이었다.

이대로라면 자신과 운검은 오검을 호위하기 위해 뒤로 빠져야 했고 결국은 포위망에 갇혀 정면 승부를 벌일 수밖에 없다.

오직 앞만 보며 달리는 사제들의 등을 바라보며 운곡의 눈이 흔들렸다.

잘못된 판단으로 인해 위험에서 벗어난 사제들을 다시 올가미 속으로 몰아넣었다.

자신은 어찌 되든 상관없었으나 사문의 미래인 사제들이 위험에 처하자 가슴이 답답해져 왔다.

무호계에 집중된 천검회의 전력은 감당이 안 될 만큼 대단했다.

이대로라면 삶과 죽음의 경계 속에서 깊고 깊은 눈물을 흘려야 될지도 몰랐다.

어쩌면… 어쩌면 말이다.

9장

그대의 숨소리

예상대로 운호의 돌파 속도는 처음과는 다르게 현저히 느려졌다.

적들의 수뇌부가 앞에서 길을 트는 운호를 집중 견제했기 때문이었는데 삼로를 비롯해서 비령과 윤환, 그리고 뒤늦게 합류한 화검제의 마지막 제자 사영과 천검십팔영까지 모두 전면에서 운호를 가로막고 있었다.

그랬기에 후방에서 오검이 펼친 오행진을 호위하는 운곡과 운검의 압박은 훨씬 약해졌다.

그렇다고 해서 위험이 없다는 뜻은 아니었다.

오륜과 칠현이 후방에 남아 검객들을 지휘하며 맹렬하게 공격해 왔기 때문에 운곡이 이끄는 후방 역시 어려운 싸움을 하고 있었다.

그야말로 악전(惡戰)이며 고투(苦鬪)였다.

단숨에 뚫어버리고 일행을 이끌려던 운호의 의도는 대뜸 윤환이 나서며 가로막는 바람에 이십 장을 전진하면서부터 느려지기 시작했다.

허공을 날아 기습적으로 펼쳐 온 윤환의 검은 시리도록 푸른 반월검기를 줄기줄기 쏟아냈는데, 얼마나 위력적이었던지 전진을 거듭하던 운호의 검을 주춤하게 만들 정도였다.

그럼에도 운호는 일행의 전면에 서서 끊임없이 조금씩 앞으로 나갔다.

그의 전진을 막기 위해 수많은 고수들이 공격을 해왔으나 운호는 그들의 공격을 격퇴시키며 걸음을 멈추지 않았다.

그것은 운상과 운여가 좌우를 막아줬기 때문에 가능한 일이었다.

포위 공격이었다면 천하의 운호라도 걸음이 붙잡혔을 텐데 운상과 운여가 빈 곳을 메우며 보조를 맞추자 속도를 낼 수는 없었으나 전진을 거듭할 수 있었다.

무호계의 특수한 지형도 운호 일행의 탈출을 도와주는 데 한몫했다.

포위한 자들의 숫자는 삼백을 훨씬 상회하는 숫자였으나 제한된 숫자만이 공격에 가담할 수 있었고, 아름드리나무들이 빽빽하게 들어차 있어 천혜의 방어막을 형성해 주었기 때문에 운호를 비롯한 일행들은 겹겹으로 둘러친 방어막을 뚫고 움직여 나갔다.

끊임없는 전진.

시간이 흐르며 운호의 몸은 적의 피와 자신의 피가 범벅이 되어 혈인으로 변해갔다.

앞을 막는 자, 모두 죽인다!

점창산에서 무위자연을 꿈꾸며 살아왔으나 한없이 사랑하는 친구들과 사형들의 목숨을 구할 수만 있다면 살귀가 될 작정이었다.

반시진이 지나자 천일평으로 들어서는 능선이 멀리서 보이기 시작했다.

이대로 갈 수만 있다면 일 각밖에 걸리지 않는 거리였고 저곳만 통과하면 철혈문 한서 지단의 영향권에 들어서기 때문에 일행의 안전을 보장할 수 있다.

하지만 지금부터가 진짜였다.

숲이 끝나는 지점에는 공터가 넓게 펼쳐져 있었는데 천검회의 고수들은 그곳을 겹겹이 가로막고 운호 일행을 기다렸다.

갑자기 느슨해진 공격은 공터에서 그들을 잡기 위해 전력을 뒤로 뺐기 때문인 것 같았다.

운호가 공터로 빠져나오자 미리 차단한 채 기다리고 있던 윤환이 천검십팔영을 뒤에 둔 채 앞으로 나섰다.

그의 묵검은 완벽한 흑색으로 광택조차 없었는데 그럼에도 놀랄 만큼 선명한 검신을 드러내는 중이었다.

"사람들이 마검, 마검 하길래 왜 그러나 했더니 과연 명불허전이다. 하지만 여기까지만 하자. 꽤 움직였더니 힘들기도 하고 배가 고프기도 하다. 이제 그만 목을 내놓아라."

"그놈 참, 말하는 싸가지 하고는… 다른 데서 만났으면 꼬리를 말고 도망갔을 놈이 뒤에 있는 머릿수가 든든한 모양이구나."

느물거리는 윤환의 목소리에 운호가 거칠게 반응했다.

그러자 윤환의 표정에 기괴한 웃음이 떠올랐다.

"크큭. 역시 재밌는 놈이야. 하긴, 다른 데서 만났다면 굳이 네놈하고 싸우지 않았을 것 같긴 하다."

"겁이 나냐?"

"당연한 거 아니겠어. 백대고수를 둘이나 잡은 마검과 싸운다는 건 목숨을 거는 일인데 그럴 필요가 뭐가 있겠냐. 난 오래오래 멋지게 살고 싶다."

"내가 팔다리를 잘라줄 테니, 어디 개처럼 오래 살아보거라."

"아직도 그런 소리를 하는 걸 보니 정신을 덜 차렸군. 포위된 상태에서도 기가 죽지 않은 걸 보니 네 몸속에 아직 넉넉한 피가 남아 있는 모양이다. 그러나 너는 이제 죽는다. 오늘 너를 비롯해서 네 뒤에서 헐떡이는 저놈들까지 모조리 죽여주마!"

운호가 으르렁대자 윤환이 뒤로 물러서며 검을 들어 앞으로 내밀었다.

그가 겨냥한 곳에는 운상과 운여를 비롯해서 점창 제자들이 온몸에 피 칠을 한 채 서 있었다.

서늘하게 피어오르는 검기가 윤환의 검에서 뭉치듯 일어섰다.

그러자 지금까지 포위만 하고 있던 천검회의 수뇌부가 일제히 공격 준비를 시작했다.

숲과는 완전히 다른 진형.

공터의 중앙에 사로잡힌 점창 문인들은 인의 장막으로 둘러싼 천검회의 포위망에 완벽하게 갇힌 상태였다.

고립무원.

마치 거대한 바다에서 표류하는 돛단배처럼 운호 일행의 위기는 막막해 보였다.

운호는 슬쩍 눈을 돌려 운상과 운여를 훑은 후 빠르게 뒤쪽에서 진형을 갖추고 있는 사형들과 오검의 상태를 확인했다.

모두 상처를 입어 전신이 피로 물들어 있었으나 치명적인 부상은 아닌 것 같았다.

그러나 앞이 보이지 않는다.

혼자의 몸이라면 무슨 수를 쓰든 벗어날 수 있겠지만 일행과 함께라면 어렵게 느껴졌다.

앞을 막고 있는 자들은 물론이고 측면과 후면에서 압박해오는 자들까지 모두 대단한 무력을 지닌 자들이었다.

그렇다고 해서 가만히 앉아 목숨을 내줄 생각은 전혀 없었다.

최악의 상황에 몰려 죽음을 맞이한다 해도 끝끝내 적의 목을 물어뜯어 점창의 마검이 얼마나 독종이었는지 세상에 알리고 싶었다.

늘어뜨렸던 흑룡검을 끌어올려 윤환과 천검십팔영을 한꺼번에 전권에 놓았다.

지금까지는 탈출이 목적이었기 때문에 내력의 소모를 극소화하면서 방어 위주로 싸웠으나 지금은 그럴 수 있는 상황이 아니었다.

내가 몸을 사리면 사랑하는 이들이 목숨을 잃을 수 있었다.

내 몸이 부서지는 한이 있더라도 그런 모습은 절대 보고 싶지 않았다.

능선까지의 거리는 이제 오십 장.

무슨 수를 쓰든 오십 장의 거리만 확보할 수 있다면 슬픈 눈물을 피할 수 있다.

공격을 시작한 것은 윤환이 먼저였으나 타격을 입고 물러난 것도 윤환이 먼저였다.

천룡무상신공을 완벽하게 풀어낸 운호의 검은 그야말로 파괴의 화신으로 변해 있었다.

그야말로 눈 깜박할 사이에 벌어진 일.

수십 개의 월형검기를 날려 온 윤환을 향해 운호는 마주 공중으로 솟구치며 회풍의 환(環)자결을 펴부었다.

미처 예상하지 못한 운호의 강력한 반격에 윤환은 내력을 극도로 끌어올려 맞섰으나 결국 버티지 못하고 일 장이나 튕겨 나가 바닥에 쓰러졌다가 벌떡 일어섰다.

그러나 그의 몸은 벌써 일곱 군데의 검상을 입어 벌집으로 변해 있었다.

줄줄 흐르는 피가 그의 백의를 붉게 물들였지만 그는 신형을 바로잡으며 번들거리는 눈으로 옆에 섰던 비령과 사영을 향해 시선을 던졌다.

그들 역시 사형제.

눈으로도 충분히 대화할 수 있으니 무슨 의미로 윤환이 자신들을 바라봤는지 금방 알아챘다.

그랬기에 그들은 다시 자세를 갖추고 앞으로 나서는 윤환의 좌우로 따라붙으며 검을 치켜들었다.

혼자서는 안 된다는 사실은 단 일합의 격돌로 증명되었으니 합격을 해서라도 운호를 잡겠다는 심산이었다.

좌, 우측은 천검십팔영과 삼로가 운상과 운여를 공격 중이었고 후미는 여전히 오륜과 칠현의 파괴적인 공격이 지속되고 있었다.

그러나 전투는 이전보다 훨씬 흉험했고 빠르게 진행되었다.

나무라는 방해물이 제거되었고 이동이 멈춘 포위 상태에서 벌어진 전투는 양측의 검에 일말의 주저함도 남기지 않았다.

다행스러운 것은 좁은 공간으로 인해 삼로를 비롯해서 천검회의 무인들이 장기인 검진을 펼치지 못했다는 것이었다.

고수들의 대결이 본격적으로 시작되자 천검회의 전투부대들은 뒤쪽으로 물러나 포위망을 구축한 채 관망을 했다.

하지만 수뇌부가 후퇴하거나 불리해지면 즉시 공격이 가능하도록 만반의 준비를 갖춘 채였다.

일견 팽팽해 보이지만 힘의 균형은 명백하게 천검회 쪽으로 기울어져 있었다.

화검제의 제자들을 한꺼번에 셋이나 상대하고 있는 운호부터, 천검십팔영과 삼로에게 공격당하는 운상과 운여까지. 누구 하나 유리한 싸움을 벌이지 못했다.

더군다나 오륜과 칠현에게 공격당하는 운곡과 운검은 이전에 입은 상처가 부담되었는지 충돌할 때마다 손해를 보고 있었는데 중간에 오행진을 펼친 오검으로 인해 그나마 간신히 균형을 맞추고 있었다.

입술이 타들어 간다.

친구들과 사형들의 몸은 상처가 심해져 핏물이 솟구쳤고 고통으로 인해 얼굴이 일그러져 갔다.

그들의 고통이 내 것인 양 느껴져 아프고 슬펐다.

도와주고 싶었으나 화검제의 제자들은 교묘한 연수합격을 펼치며 자신의 검을 붙들어놓고 움직이지 못하게 만들었다.

무신의 반열에 들어 있는 화검제의 제자들은 지옥귀왕과 패천일도를 제외한다면 지금까지 만나본 어떤 자들보다 강한 무인들이었다.

분노가 머리끝까지 솟구쳐 얼굴이 붉게 달아올랐다.

이런 상태가 계속된다면 결국 생각하고 싶지 않았던 일이 생길지도 몰랐다.

절대… 절대 그럴 수는 없었다.

더 이상 시간을 끄는 것은 불행의 길을 향해 스스로 걸어 들어가는 것과 마찬가지 짓이었기에 운호는 이를 악물고 좌, 우방에서 동시에 공격해 들어오는 비령과 사영을 향해 그동안 아껴두었던 회풍의 멸자결을 전력을 다해 펼쳤다.

단 일격에 놈들을 무력화시키지 못하면 이 싸움은 무조건 진다.

그런 마음이었고 그런 각오였다.

물론 윤환의 검이 걱정되었으나 어느 정도의 손해를 감수하겠다는 마음으로 펼친 공격이었다.

운호의 검에서 생성된 원형의 검기들이 귀신의 울음소리와 함께 좌, 우측으로 동시에 뻗어 나갔다.

검기들은 큰 원으로 시작되어 작은 원으로 변하며 적들을 노렸는데 각각 세 줄기의 뇌전이 되어 적의 심장을 노렸다.

콰앙… 쾅… 쾅!

엄청난 폭음과 함께 비령과 사영이 동시에 튕겨 나가 꼬꾸라졌고 뒤이어 운호가 비틀거리며 다섯 걸음이나 물러서다가 허리를 굽혔다.

회풍을 펼쳐 적을 공격한 후 전력을 다해 방어 초식인 비화를 날렸으나 윤환의 검은 비화를 뚫고 가슴과 옆구리를 길게 찢어놓았다.

고통으로 온몸이 뒤틀렸으나 운호는 이를 악물고 흑룡검을 앞으로 내밀었다.

회풍에 당한 사영은 쓰러진 채 일어서지 못했고, 비령은 간신히 일어나 무릎을 꿇고 있었으나 입에서 뿜어져 나온 피로 가슴이 붉게 물든 채 연신 기침을 토해내고 있었다.

훅… 훅!

거친 바람을 뿜어내고 내기를 돌려 상처 부위를 어루만진 후 급히 주변 혈들을 막았다.

내력 운영에 문제가 생기겠지만 워낙 상처가 컸기 때문에 혈을 막지 않으면 막대한 출혈을 막을 수 없었다.

응급조치를 마치고 정면을 바라보자 윤환이 입을 벌린 채 마른침을 삼키고 있는 것이 보였다.

단 일격에 자신과 무력이 비슷한 두 명의 사제가 쓰러져 버리자 그는 운호가 치명상을 입었음에도 재차 공격을 하지 못하고 당황한 표정을 짓고 있었다.

당황함으로 보였지만 그 속에 든 것은 두려움이었다.

팽팽하게 맞선 싸움으로 보였으나 사제들과의 치밀한 연수합격에 밀려 놈은 점점 궁지에 몰리는 중이었다.

그런데 이런 결과가 나왔다.

사소취대.

아니다. 이건 작은 것을 주고 큰 것을 얻은 것이 아니라 자신의 죽음을 담보로 한 독한 승부였다.

새삼 마검이 두려워지기 시작했다.

무력뿐만 아니라 과감하게 자신의 목숨을 던질 줄 아는 그의 독심에 슬금슬금 몸이 떨려왔다.

하지만 그에게는 두려움을 용기로 바꿀 수 있는 담대함과 무력이 있었고 상황을 냉철하게 관조할 수 있는 냉정함도 있었다.

그랬기에 잠시 멈칫하던 그는 자신의 묵검을 치켜들고 천천히 운호를 향해 다가왔다.

무인으로 살아오면서 그 누가 죽음을 생각해 보지 않았겠는가.

언젠가 죽어야 할 삶이라면 한 올의 비겁함도 남기지 않는 것이 진정한 무인이다.

더군다나 너는 상처 입은 짐승처럼 숨을 헐떡이고 있구나.

그 목숨, 이제 내가 끊어주겠다.

운호는 거친 숨을 가다듬은 후 다가오는 윤환을 향해 검을 끌어올렸다.

상태가 좋지 않지만 그렇다고 전투 불능 상태까지 몰린 것은 아니었다.

놈에게는 자신의 몸에 새겨진 가슴과 옆구리의 상처가 치명상으로 보였을지 모른다.

하지만 그것은 전장의 치열함을 겪어보지 않는 자의 착각에 불과했다.

동갈벌전투를 비롯해서 황수전투, 태강전투뿐만 아니라 패천일도와의 싸움에서 이보다 더 한 부상을 입었었다.

그때마다 운호는 불사조처럼 싸웠고 끝끝내 멀쩡한 모습으로 다시 일어섰다.

두려움을 벗겨내고 다가오는 윤환이 가상했으나 자신의 상태를 오판하고 정면 승부를 거는 것이라면 이번 격돌로 확실히 죽여 버릴 생각이었다.

그러나 그의 생각은 청마대를 단숨에 격파하며 날아온 사람들로 인해 지워져 버렸다.

갑자기 나타난 쌍악은 후방에서 완벽한 포위망을 구축하고 있던 전투부대의 일각을 부수며 운호 일행에게 빠져나오라는 신호를 연신 보내고 있었다.

죽음을 앞에 둔 상태에서 예상치 못하게 생긴 기회가 운호의 눈을 부릅뜨게 만들었다.

뒤쪽에서 방어에 치중하던 운상과 운여도 그 모습을 본 모양인지 검세가 순식간에 바뀌었다.

"운상, 운여. 내가 돌파하겠다. 가자!"

앞에서 윤환이 가로막았으나 운호는 무지막지한 속도로 달리며 오 검을 퍼부었다.

죽일 생각이 아니라 돌파를 위함이었으니 막강한 위력을 지닌 섬전(閃電)을 펼쳤다.

단순한 내력의 충돌이라면 분광이나 회풍보다 섬전이 더 위력적이었다.

콰앙!

윤환이 막아섰다가 버티지 못하고 옆으로 튕겨 나갔다.

그때를 이용해서 무당의 쌍악이 벌려놓은 틈으로 운호가 진입했다.

그런 후 몸을 뒤집으며 운상과 운여를 공격하는 삼로와 십팔영을 향해 회풍을 날렸다.

운호가 펼친 무적의 검초, 회풍의 윤(輪)자결이 막강한 검기와 함께 적들의 머리 위로 유성우처럼 쏟아졌다.

삼로와 십팔영이 갑작스러운 공격을 방어하기 위해 몸을 뒤집을 때 운상과 운여 역시 몸을 뒤집어 뒤따라오는 사형들을 향해 다시 날아갔다.

운호가 자신들의 상대였던 삼로와 십팔영을 견제할 동안 운상과 운여는 사형들과 오검이 몸을 뺄 수 있도록 오륜과 칠현을 막아섰던 것이다.

방어선을 풀고 전력으로 이동하면서 운곡과 운검, 그리고 오검은 그 짧은 순간 만신창이로 변해 있었다.

단 한 번의 탈출 기회를 놓치지 않기 위해 치명적인 공격을 감내하며 이동했기 때문이었다.

격렬한 충돌의 여파가 벌판을 휩쓸며 지나갔다.

천지사방이 운호와 운상, 운여가 전력으로 펼친 회풍으로 인해 회오리로 변했다.

그 사이 운곡과 운검이 오검을 데리고 능선을 넘었지만 운상과 운여는 그 충돌로 치명상을 입고 말았다.

가뜩이나 심한 부상을 입은 상태에서 사형들을 구하느라 방어를 도외시한 공격을 했기 때문에 그들은 막대한 타격을 입고 튕겨져 나갔다.

격돌의 여파로 운상과 운여가 실 끊어진 연처럼 뒤로 날아가자 쌍악이 그들의 신형을 받아들고 능선 쪽으로 신법을 펼쳤다.

그들은 운호의 상태가 괜찮았기 때문에 후퇴할 수 있을 거라 판단했던지 바람처럼 능선을 넘었다.

모두 빠져나간 자리를 운호는 삼로와 십팔영을 동시에 상대하며 굳건하게 후퇴로에서 적들의 추적을 차단했다.

잠시도 움직임을 멈추지 않았다.

멈추는 순간 또다시 포위망에 갇힌다는 것을 너무나 잘 알기 때문이었다.

그리고 또 하나의 이유는 친구들을 추적하려는 적을 요격하기 위함이었다.

운호는 뒤로 움직이며 자신을 통과해서 능선 쪽으로 다가서려는 자에게 무자비한 살검을 펼쳐 내고 있었다.

먼저 나오는 자, 반드시 죽는다.

죽고 싶다면 나서라. 내 기필코 죽여주겠다.

운호의 눈이 그렇게 말하고 있었다.

온몸을 피로 물들인 운호는 혈귀가 되어 적들의 움직임을 차단하며 천천히 능선 쪽으로 후퇴했다.

그 누구도 운호보다 먼저 능선에 도착하지 못했다.

일격필살.

나오는 족족 죽여 버리는 운호의 살검에 천검회의 고수들은 함부로 나서지 못하고 운호의 뒤를 따랐다.

삼로가 공격을 했었고 십팔영이 뒤를 따랐으나 그들은 상처를 입은 채 뒤로 물러날 수밖에 없었다.

오륜과 칠현의 공격도 있었으나 그들도 마찬가지였다.

격돌할 때마다 운호의 몸에도 깊은 상처가 새겨졌지만 그는 오로지 적들이 친구들을 추적하지 못하도록 완벽하게 길을 틀어막았다.

한 사람의 절대고수는 한 방파를 무너뜨릴 수 있다고 했는데, 운호는 홀로 무호계에서 그 말을 입증하고 있었다.

능선을 장악한 운호는 흘끔 시선을 뒤로 돌려 친구들과 사형들의 위치를 확인했다.

그들은 천일평으로 들어섰지만 워낙 커다란 부상을 입었기 때문인지 이동속도가 매우 느렸다.

그랬기에 운호는 이를 악물고 검을 치켜들었다.

여기서 방어하지 못하면 사랑하는 사람들의 안전을 보장할 수 없으니 내 몸이 만신창이가 되는 한이 있더라도 끝까지 버틴다.

강간을 깬 운호의 내력은 끊임없이 돌고 돌아 막강한 위력을 지속시켜 주었다.

초절정에 근접한 자들의 연환공격에도 그의 검은 완강하게 버티며 오히려 그들의 몸에 상처를 새겨놓고 있었다.

강간이 깨지기 전이었다면 벌써 검하의 고혼이 되었겠지만 지금은 아니었다.

정신은 새파랗게 살아 있었고 적의 공격도 느린 화면처럼 눈으로 들어왔다.

혼자서 천검회 고수들의 공격을 막아낸다는 것은 불가능에 가까운 일이었으나 능선이란 특수 조건을 배경 삼아 버티는 운호를 그들은 쉽게 제압하지 못했다.

운호의 신위가 엄청났을 뿐만 아니라 그들의 합격이 효율적이지 못한 것이 원인이었다.

더군다나 특수한 지형으로 인해 쟁쟁한 명성을 떨치게 만든 독문검진을 사용하지 못했기에 그들은 운호를 극복하지 못하고 제자리걸음을 하고 있었다.

온몸이 피로 젖었고 검을 든 오른팔을 제외한다면 전신이 상처로 뒤덮였다.

내력은 버텨주고 있었으나 몸이 흔들렸다.

천검회의 인물들은 야차 같은 운호의 검에 질렸는지 잠시 공격을 멈추고 숨을 골랐다.

죽음이 두려워서가 아니라 운호라는 한 인간에 대한 경외감이 자신들도 모르게 생겨났기 때문이었다.

그 누가 있어 천검회의 삼 할 전력을 홀로 막아낼 수 있단 말인가.

정녕 상상조차 하지 못할 일이 이곳 무호계에서 벌어지고 있었다.

윤환은 공격을 위해 앞으로 나서는 삼로를 바라보며 깊은 한숨을 내리쉬었다.

삼로의 옷은 마치 걸레처럼 변해 있었는데 저마다 서너 군데씩 상처를 입어 움직임이 불편해 보였다.

그럼에도 그들은 격퇴되어 돌아온 칠현 대신 다시 능선으로 향했다.

사제들인 비령과 사영은 급히 후송을 시킬 수밖에 없었다.

워낙 엄중한 부상을 당했기 때문에 즉시 치료하지 않으면 목숨이 위험해질 정도였다.

하긴 목숨이 위험해질 정도의 부상을 당한 것은 사제들뿐만이 아니었다.

수뇌부 중에서도 일곱이나 전투 불능 상태로 만들었으니 마검의 무력은 가히 압도적이라고 봐야 했다.

특이한 지형 때문에 포위 공격을 할 수 없었고 놈을 그냥 지나쳐 다른 자들을 공격하려 해도 악귀같이 덤벼들어 진로를 차단했기 때문에 이 많은 인원이 능선을 넘지 못하고 헛되이 시간을 낭비하고 있었다.

운호는 먼 옛날 백만 대군을 홀로 무찔렀던 전신처럼 막강한 신위를 내보였다.

깊게 한숨을 내리쉰 윤환이 불편한 왼팔을 슬며시 내려뜨렸다.

반 치 가까이 잘린 왼팔은 아직도 슬금슬금 피가 새어 나오는 중이었다.

하긴 왼팔만이 아니다. 가만히 눈을 내려 쳐다보니 전신이 상처로 벌집처럼 변해 있었다.

삼로가 공간을 뛰어넘어 운호를 공격할 때 뒤이어 오륜이 신법을 펼쳐 좌측으로 날아갔다.

오륜은 한 명이 전투 불능의 상태가 되어 네 명만이 합격에 동참했다.

하지만 그들의 상태 역시 별로 좋아 보이지 않았다.

벌써 일 각 동안 벌어진 전투에서 전부 몇 군데씩 부상을 입었기 때문이다.

놈이 언제까지 버틸지 모르나 싸움은 끝을 향해 가고 있었다.

운호의 상태는 이제 서 있기조차 힘들어 보였다.

지금까지는 기회를 보며 전력을 기울이지 않았으나 이제 마무리를 해야 할 때였다.

이때를 기다리며 지금까지 힘을 모았다.

삼로와 칠현, 오륜 등 함부로 대할 수 없는 자들이 와 있었으나 누가 뭐라 해도 이곳에 온 천검회의 수장은 자신이었다.

마검만 때려잡을 수 있다면 지금까지의 희생은 아무것도 아니다.

그랬기에 마검을 때려잡는 건 반드시 자신이어야 했다.

운호는 삼방을 장악하고 날아온 삼로의 공격을 맞받아치지 않고 급하게 유운신법을 펼쳐 좌측을 넘으려는 오륜을 향해 날아갔다.

백색 투명한 검기가 산란하며 오륜을 덮쳤다.

삼로가 급히 방향을 틀어 재차 운호를 공격해 왔을 때는 이미 분광이 오륜과 충돌한 후 되돌아 왔다.

팡… 파팍… 쾅!

오륜은 운호의 공격을 예상하고 있었던 모양이었다.

기습에 가까운 공격이었음에도 기다렸다는 듯 반격을 해왔기 때문이었다.

그럼에도 여전히 반격은 효율적이지 못했다.

그들은 상대를 포위한 상태에서 벌이는 연수합격에는 막강한 위력을 나타냈으나 각개전투가 벌어지자 계속 피해를 봤다.

지금도 마찬가지였다.

운호는 휘청하며 세 발자국 물러났을 뿐이었지만 오륜은 둘이나 피를 토하며 튕겨져 나갔다.

전면에서 운호의 공격을 받아낸 자들이었다.

그러나 오륜과의 충돌 여파는 후속 공격을 감행한 삼로에게는 절호의 기회를 가져다주었다.

고수들은 찰나의 시간만 주어져도 수십 번의 검을 날릴 수 있다.

삼로는 운호가 비틀거리며 물러나는 순간을 이용해서 삼방으로 뛰어올라 그동안 시전하지 못했던 환사진을 펼쳤다.

돌풍이 먼저 일어났고 세 사람의 내력이 담긴 검기가 하나가 되어 운호에게 쏘아져 나갔다.

그들의 눈이 붉어지며 번들거렸다.

이 공격으로 마검을 잡을 수 있다는 확신이 그들의 눈에 가득 담겨져 있었다.

믿을 수 없는 일이 벌어진 것은 순간에 불과했고 그들 눈에 들어 있던 확신은 곧 불신으로 변했다.

비틀거리며 물러나던 운호의 검에서 백색 구체가 생성되더니 그들이 펼친 검기를 향해 마주 쏟아져 나왔기 때문이었다.

콰아… 앙!

삼로는 폭발력을 견디지 못하고 일 장이나 튕겨 나간 후 널브러져 일어서지 못했다.

그들의 전신은 수많은 검 자국이 새겨져 있었는데 그중 중로의 왼팔은 잘려져 나간 채 땅바닥에서 퍼덕거리고 있었다.

하지만 튕겨져 나가 나동그라진 것은 그들만이 아니었다.

운호 역시 일 장을 튕겨 나가 바닥에 쓰러진 후 검을 의지해서 일어섰는데 입에서 피가 주르륵 흘러나오고 있었다.

그럼에도 천검회 무인들은 함부로 그에게 다가서지 못했다.

심지어 끝장을 보기 위해 기회를 보던 윤환마저 입을 벌린 채 주춤하며 멈춰 섰다.

마지막일 거라 생각한 게 벌써 몇 번째란 말인가.

수많은 부상으로 비틀거리며 버틴 이 각 동안 운호의 목숨은 바람 앞의 등불처럼 위태로웠다.

하지만 그는 불사신이 되어 공격해 온 적을 향해 귀신처럼 비명을 질렀다.

그때마다 목숨을 잃고 나가떨어진 건 운호가 아니라 공격하던 천검회 무인들이었다.

붉게 물든 땅.

눈을 감지 못하고 쓰러져 간 사내들.

무호계의 가을은 나무에서 떨어져 날아온 낙엽과 사내들의 피가 범벅이 되어 스산하고 슬픈 광경을 펼쳐 내고 있었다.

한 편의 지옥도.

검을 의지한 채 무릎을 꿇고 있던 운호는 자리에서 일어나지 않고 다가오는 윤환과 십팔영을 노려봤다.

이번이 마지막이다.

더 이상의 힘도 남아 있지 않았고, 내상으로 인해 내력이 이어졌다 끊어지기를 반복하고 있었다.

그 옛날, 자신의 고사리손을 붙잡고 산을 오르던 스승님이 생각났다.

스승님은 돌아가시기 전 그의 손을 붙잡고 뜨거운 심장과 냉철한 이성으로 불꽃처럼 살라 하시며 점창의 별이 되기를 원하셨다.

당신이 원하신 삶을 살고자 이를 악물고 번민의 세월을 보냈다.

죽음보다 더한 고통도 이겨냈고 숱한 외로움과 슬픔도 이겨냈다.

그러나… 그러나…

사랑하는 사람들의 죽음을 막기 위해서는 냉철한 이성을 버릴 수밖에 없었다.

점창의 별이 되어 천하를 질주하고 사문을 영광스럽게 만들어달라는 사부님의 명은 이제 지키지 못할 것 같다.

사부님이 원하신 삶은 아니었을 테지만 후회되지는 않았다.

다만 아쉬운 것은 사랑하는 친구들의 모습을 더 이상 볼 수 없다는 것이었다.

그들과 나누었던 즐거운 추억이 주마등처럼 뇌리를 스쳐 지나가며 그를 슬프게 만들었다.

다시 한 번 그들을 볼 수 있으면 좋겠지만 이제 그러지 못한다는 것을 잘 안다.

다가오는 적들을 향해 이를 악물고 자리에서 일어났다.

심장이 끊어질 것처럼 아파왔으나 운호는 희미한 미소를 지으며 검을 들었다.

사랑했던 그녀의 눈물이 떠올랐고, 사랑하고 싶었던 그녀의 웃음도 생각났다.

이제… 이제 모두 안녕.

내력을 끌어올리자 피가 역류하며 분수처럼 쏟아져 나왔지만 고여 있던 피를 뱉어내자 묵직했던 가슴이 편안해졌다.

숨을 고르고 한 올의 내력까지 짜내서 검에 주입한 후 다가오는 적들을 무심한 눈으로 바라봤다.

그들의 눈은 붉게 젖어 있었다.

나의 죽음을 원하는 그들의 눈은 마치 핏빛처럼 붉었다.

후후…

웃음이 나왔다.

나의 죽음을 저토록 원하는 것은 나에 대한 저들의 증오가 그만큼 깊기 때문일 것이다.

피 묻은 입술을 닦기 위해 왼손을 끌어올리려 했으나 남의 팔처럼 잘 움직여지지 않았다.

그러나 끝끝내 팔을 들어 입술에 묻은 피를 닦았다.

마지막 승부.

이제 이 한 번의 충돌을 끝으로 이 세상과 이별을 고한다.

후회는 없었지만 아쉬움은 남았다.

젊은 나이에 이슬처럼 사라져 가는 자신의 청춘이 서러워 스르륵 눈가가 젖어왔으나 이를 깨물고 전의를 다졌다.

와라… 마검은 결코 그냥 죽지 않을 것이다.

날카롭고 뾰족한 비명 소리와 함께 한설아가 날아온 것은 운호가 적들을 향해 힘들게 검을 치켜들 때였다.

그녀는 운호를 잡아채서 뒤로 끌어냈는데 곧이어 쌍악이 공중에서 떨어져 내리며 그들을 호위하듯 막아섰다.

다가서는 윤환과 십팔영을 향해 검을 곧추세운 쌍악의 기세는 그 기운이 너무 현묘해서 마치 허상을 보는 것 같았다.

갑작스러운 변화에 다가서던 윤환이 걸음을 멈추었다.

뒤에는 십팔영이 따랐고 우측 후방에는 칠현이 자리를 잡은 상태였다.

이것들이…

가로막은 자들이 누군지 잘 안다.

마검과 함께 척살 대상에 오른 무당의 쌍악이다.

마검 일행을 잡는 데 집중하느라 잠시 잊었던 인물들이지만 그렇다고 척살 대상에서 제외된 것은 아니었다.

천라지망에 갇혔던 쌍악이 천검회의 수중에서 벗어난 것은 마검 일행 때문이었지, 그들의 무력이 잡지 못할 만큼 대단해서가 아니었다.

다시 말해 운이 좋은 자들이란 뜻이다.

그런 놈들이 죽을 자리로 다시 돌아와 자신의 앞길을 가로막자 의문이 먼저 생겨났다.

도대체 이놈들은 뭐 하자는 걸까?

마검과 이놈들은 아무런 연관이 없는데 무엇 때문에 목숨을 걸면서까지 돌아왔단 말인가?

더군다나 단 둘이지만 막아선 놈들의 얼굴에는 어딘지 모르게 여유까지 흐르고 있었다.

그 모습에 잠시 잊었던 분노가 솟구치듯 일어났다.

가뜩이나 마검으로 인해 전력의 상당 부분을 잃은 상태에서 나타나 앞을 가로막은 쌍악은 찢어 죽여도 시원치 않을 것 같았다.

그랬기에 그는 묵검을 치켜들고 앞으로 걸어 나갔다.

온몸이 쑤시고 아프다.

그러나 새로운 상대가 앞을 가로막자 불같은 호승심이 불타올랐다.

가소로운 것들.

마검으로 인해 상당한 피해를 입었으나 쌍악을 잡기에는 아직 충분한 전력이 남아 있었다.

시간으로 봤을 때 도주한 놈들은 잡지 못할 것 같았지만 마검과 쌍악을 잡는다면 총사와 스승인 화검제를 만나도 부끄럽지는 않을 것 같았다.

슬쩍 뒤를 돌아보자 십팔영이 그의 의도를 알아채고 양쪽으로 갈라지며 그를 호위하듯 감쌌고 오륜과 칠현이 자신들의 전투부대의 앞에 서서 개전을 기다렸다.

싸움을 오래 끌고 싶지 않았다.

워낙 많은 시간을 마검 때문에 소비했으니 단박에 처단하고 돌아가 쉬고 싶었다.

그러나 그의 생각은 눈앞으로 새로운 인물들이 나타나면서 순식간에 사라지고 말았다.

능선으로 귀신같이 내려앉은 신형들.

칠십여 명에 달하는 그들은 하나같이 붉은 전포를 입고 있었는데 양쪽 허리춤에 참마도가 매달려 있었다.

뽑지 않았어도 뽑은 것과 다름없는 기세.

한번 보면 죽을 때까지 잊어버릴 수 없을 것만 같은 이유는 그들의 몸에서 활화산처럼 뿜어져 나오는 패기 때문이었다.

극패의 도법인 광풍도를 익힌 사내들.

능선을 장악하고 나타난 사내들은 철혈문이 자랑하는 무적의 철혈칠십이도였다.

하늘에서 뚝 떨어진 그들의 전면에는 사자 수염의 노인이 자리를 했는데 그가 바로 막강 전투부대 철혈칠십이도의 수장

혈무도 왕충이었다.

윤환은 다가서던 걸음을 멈추고 이를 드러냈다.

순식간에 회전하는 머리.

적과 아군의 전력을 비교해서 유불리를 판단하는 것은 전장에서 수장이 취해야 할 기본자세다.

판단은 금방 내려졌고 결정도 그에 못지않게 빨랐다.

비록 철혈칠십이도가 대단한 위력을 지닌 도귀들이라고 하지만 저들만 온 것이라면 이곳에 모인 천검회 전력으로 충분히 꺾을 수 있다는 게 그의 판단이었다.

하지만 그의 판단을 완전히 무너뜨린 건 뒤이어 능선으로 올라선 삼십 대 후반의 중년 무인으로 인해서였다.

그의 뒤에는 백 명의 백의 도객이 자리를 잡고 늘어섰는데 마치 흰 띠가 멋지게 열을 맞춰 선 것 같은 형상이었다.

나타난 중년 사내의 키는 육 척에 달했고 왼쪽 허리에 대혈도를 찼으며 귀와 목 쪽으로 커다란 흉터가 자리 잡고 있었다.

중년 사내가 앞으로 나서자 윤환의 얼굴이 잔뜩 일그러졌다.

대혈도만 가지고도 정체를 짐작할 수 있는데 흉터까지 확인하자 나타난 중년인의 정체는 금방 노출되었다.

철혈문의 주인인 호패왕의 대제자이자 귀주오룡의 일인으로 천강도법을 극성으로 익혔다는 운월 강문이 바로 그였다.

윤환의 얼굴과는 다르게 다가온 그의 표정은 차가울 정도로 냉정하게 가라앉아 있었다.

"네가 청백이냐?"

"천검회에서 한옥이 달린 청건을 쓰는 사람은 오직 나밖에 없다. 그러니 내가 청백이자 염라로 불리는 윤환이지 않겠느냐."

"너에 대한 소문은 지겹게 들었다. 사람 목숨을 끊는 걸 미친놈처럼 한다고 해서 염라라 불린다며?"

"크크… 들어본 모양이구나."

혀를 내밀어 입술을 축인 윤환의 목소리가 갈라져 나왔다.

철혈칠십이도만 왔다면 충분히 해볼 만했지만 강문이 이끄는 비령단이 나타나자 손에 땀이 배기 시작했다.

비령단은 철혈문의 주력 전투 집단 중 하나였다.

한 치의 위축도 없는 대답에 강문의 얼굴에서 쓴웃음이 피어올랐다.

역시 화검제의 제자다.

싸움이 벌어지면 진다는 것을 뻔히 알면서도 당당하게 버티는 윤환의 자세는 같은 무인으로서 충분히 인정할 만한 것이었다.

마검에게 얼마나 당했던지 대부분의 천검회 수뇌부는 모두 중경상을 입고 있었다.

그러나 그는 그런 속내를 드러내지 않고 계속해서 말을 이어 나갔다.

어차피 여기서 모두 죽일 생각이었으니 마지막으로 호패왕이 알고 싶어 하는 내용들을 물어보고 싶었다.

물론 시원한 대답이 나올 가능성은 적었지만 혹시 또 모를 일이었다.

죽음을 앞에 둔 자들은 자신도 모르게 알려주지 않아야 할 사실도 말하는 경우가 왕왕 있기 때문이다.

"청백, 이 가을이 참 곱다. 어떤 계절보다 아름답고 맑지 않느냐. 그런데도 불구하고 천검회는 아름다운 대지를 피로 물들이는구나. 도대체 이유가 뭐냐. 푸르른 하늘을 두고 피를 흘리려는 이유를 말하라."

"이유라… 그걸 나에게 묻다니 재밌군. 너의 심기가 단순하지 않다는 건 세상이 다 아는 사실인데 그럼에도 나에게 그걸 묻는다는 건 날 죽일 수 있다는 자신이 있는 모양이구나. 하지만 쉽지는 않을 것이다."

"꼭 그런 것 때문만은 아니다. 너무 궁금해서 물어봤을 뿐이지. 그동안 잠잠하던 세월을 깨고 풍파를 일으키는 천검회의 의도가 너무 궁금했다. 더군다나 천검회답지 않게 사파외도의 무리들을 동원해서 우리를 공격한 것은… 한심하고도 어리석은 짓이었다."

"하긴, 그건 나도 마음에 들지 않았어. 하지만 말이야, 우리 총사는 머리가 대단히 복잡한 위인이라서 뭐 때문에 그런 짓을 했는지 알려주지 않더라."

"그렇다면 너는 왜 풍파를 일으키는지 모른다는 소리구나?"

"쯧쯧… 그걸 격장지계라고 하는 것인가? 그만해라. 보기 안타까우니."

"정 모른다면 할 수 없지."

예상처럼 윤환의 태도가 나오자 강문이 더 이상 입을 열지 않고 멈췄던 걸음을 다시 시작했다.

강문이 움직이자 그의 뒤쪽에서 네 명의 사내가 그림자처럼 따라 나왔다.

강문이 의형제를 맺었다는 절정의 고수 귀주오룡이 분명했다.

그들이 움직이자 비령단이 칼을 뽑아 들었고 칠십이룡이 전진해 왔다.

일제히 일어선 기세. 바로 공격의 투지다.

그러자 천검회 측도 전투 진형을 형성하며 양쪽으로 늘어섰다.

능선을 경계로 늘어선 그들 사이에 생겨난 팽팽한 긴장은 금방이라도 터질 것처럼 부풀어 올랐다.

윤환의 입이 열린 것은 강문이 공격을 위해 대혈도를 끌어당겼을 때였다.

"강문, 네 말대로 이 가을이 참 예쁘다. 하나, 무인의 가슴속에 들어 있는 뜨거운 웅지보다 어찌 더 아름답겠느냐. 왜 풍파를 일으키는지 묻는 너의 질문이 나는 더 이상하다. 무인이 검을 드는 것을 보고 왜 그런 짓을 하느냐고 묻는다면 무어라 답할까. 천검회는 검으로 천하를 본다. 우리는 그것을 숙명으로 생각하고 살아왔으니 검을 들어 천하를 질주하는 것이 당연한 것 아니냐."

다가온 것은 강문이 먼저였으나 묵검을 들고 허공을 날아 먼저 공격을 시작한 것은 윤환이었다.

천검회와 철혈문의 전면전을 알린 무호계전투는 이렇게 시작되고 있었다.

한설아는 운호를 뒤로 끌어당겨 삼 장이나 물러난 후 줄곧 그의 눈만 바라봤다.

이렇게 늦지 않았으니 얼마나 다행인지 몰랐다.

운호가 위험에 처했다는 사실은 그녀를 급하게 만들었다.

천일평에 들어선 후 운여와 운상이 돌아가자 그녀는 한서 지단까지 전력으로 달렸다.

마검의 위명은 중천을 찔렀고 운여와 운상의 무력도 대단했으나 무호계에 몰린 천검회의 전력과 싸운다면 무조건 죽는다고 봐야 했다.

피하는 싸움이라면 모를까 사형제를 구출하기 위한 싸움이라면 그럴 가능성은 구 할이 넘었다.

그랬기에 그녀는 한서 지단에 도착하자마자 무조건 그들의 수장인 혈무도 왕충을 찾았다.

천검회가 철혈문을 공격할 때 운호 일행이 도와줬다는 사실이 있었고 천검회가 자신들의 영역까지 들어와 천라지망을 쳤다는 걸 안다면 그냥 있지 않을 것이란 판단이었다.

다행스럽게 그 판단은 맞았고 왕충은 한서 지단의 병력 대부분을 이끈 채 출전을 했다.

왕충이 천검회의 전력이 만만치 않음을 알고도 망설임을 보이지 않은 것은 소패왕의 대제자인 강문이 한서 지단에 와 있었기 때문이었다.

전격적인 출전이 이루어졌고 한설아는 그들을 이끈 채 능선으로 향하는 도중 점창 제자들을 들쳐 업은 채 천일평을 달려오는 무당의 쌍악을 만났다.

금방 따라올 것이라는 그들의 말과는 달리 우뚝 솟은 능선까지 뻗어 있는 천일평에는 운호의 그림자조차 보이지 않았다.

몸이 부들부들 떨리고 걱정으로 인해 입술이 말라갔다.

그 모습에 쌍악도 자신들의 판단에 이상을 느꼈던지 운상과 운여를 바닥에 내려놨다.

운상과 운여는 정신을 잃고 있었는데 얼마나 많은 상처를 입었던지 꼭 시체처럼 보일 지경이었다.

그들도 걱정되었으나 한설아는 입술을 깨물고 미친 듯 능선으로 향했다.

얼마나 달렸을까.

탈출할 때 걸렸던 시간은 그렇게 빨리 지나가더니 막상 님을 찾기 위해 돌아가는 시간은 영원처럼 길어 그녀의 속을 까맣게 태웠다.

마침내 능선에 도착했을 때, 혈인으로 변한 운호가 힘들게 일어서는 것이 보였다. 가슴이 아파 자신도 모르게 비명이 흘러나왔다.

어떤 상황인지 알고 싶지 않았고 오직 그녀의 눈에는 운호만 보일 뿐이었다.

무조건 달려가 끌어안고 뒤쪽으로 물러났다.

만약 적들이 공격을 해온다면 온몸으로라도 그 대신 검을 맞을 생각이었다.

그토록 강건했던 운호는 자신의 품에 힘없이 안겨 있었다.

운호는 자신을 안고 있는 것이 그녀라는 것을 알자 힘겹게 웃음을 떠올렸다.

"왔군요. 다시는 못 볼 줄 알았는데."

10장

막사검

한설아는 두 문파의 싸움이 시작되는 걸 확인한 후 운호를 들쳐 업고 전력으로 천일평을 향해 돌아갔다.

운상과 운여를 업은 것은 그녀의 뒤를 따라 후퇴하던 쌍악이었다.

그들이 운곡 일행을 만난 것은 천일평의 중간 부분이었다.

운곡을 비롯해서 운검과 오검은 다친 몸을 힘들게 움직여 다시 천일평을 거슬러 오는 중이었다.

그들은 사제들이 후퇴해 올 때까지 기다리다가 한참이 지나도 오지 않자 왔던 길을 되짚어 오고 있었다.

사제들이 무사한 걸 확인한 그들은 그 자리에 그대로 주저앉고 말았다.

하염없던 걱정이 한순간에 풀려 버리자 운곡을 비롯한 일행의 몸이 금방 휘청거리다가 풀썩 주저앉았다.

그들 역시 사제들만큼은 아니지만 중상을 입었기 때문에 제대로 서 있을 힘이 없었다.

그러나 힘들고 괴로웠음에도 그들은 금방 다시 일어섰다.

여기서 적을 다시 만나게 된다면 헤어날 방도가 없다는 걸 너무나 잘 알기에 힘들어도 최대한 빨리 천일평을 벗어나야 했다.

그들은 한 몸이 되어 서로 부축하고 의지하며 옹안으로 들어가 의방을 찾았다.

두 문파의 전투 결과에 따라 옹안도 위험해질 수 있었지만 운호를 비롯해서 운상과 운여의 상태가 워낙 안 좋았기 때문에 다른 선택을 할 수 없었다.

무호계의 전투 결과는 삼 일 후 찾아온 철혈문 한서 지단의 용무대주란 사람에게 들을 수 있었다.

옹안은 철혈문이 장악한 도시였으니 한서 지단의 정보망이 천지사방에 깔려 있는 곳이었기에 그가 들어와 자리에 앉았어도 운호 일행은 크게 놀라지 않았다.

그는 팔과 다리 등 여러 군데에 붕대를 감고 있었는데 싸움 도중에 많은 상처를 입은 것 같았다.

그의 말에 따르면 무호계로 진출한 천검회 병력을 전멸시켰지만 철혈문 측도 상당한 피해를 입었다고 했다.

문제는 천검회가 본격적으로 철혈문을 치기 위해 전 병력을 접경지로 이동시켰다는 것이었다.

무호계 전투 결과가 천검회를 격동시킨 건 분명했지만 이토록 빠르게 움직인 건 사전에 충분한 준비가 있었다는 걸 알려주는 것이었다.

용무대주는 왕충의 고마움을 전하기만 했을 뿐 두 문파에 관한 이야기는 가급적 피하려 했다.

자신도 모르게 문의 비밀을 노출시킬까 봐 상당히 저어하는 눈치였다.

그들이 머물며 치료하는 옹안은 따지고 보면 전쟁을 벌이려는 두 문파의 최전방 접경지는 아니었다.

천검회의 본단이 있는 도균은 북서쪽으로 이백 리나 떨어져 있었고 철혈문의 본단이 있는 설망은 북동쪽으로 삼백 리 길이다.

쉽게 말한다면 전쟁이 벌어지는 직선로에서 옹안은 대략 오백 리나 벗어나 있다는 뜻이다.

그렇다면 옹안은 이제 안전지대로 변한다.

천검회가 이를 악물고 끝장을 보겠다는 심산으로 주력 고수들을 파견할 수도 있으나 전쟁이 벌어지고 있는 지금은 거의 불가능에 가까운 일이다.

아무리 천검회의 전력이 막강하다 해도 철혈문을 눈앞에 두고 운호 일행을 척살할 만한 전력을 별도로 뺀다는 것은 말도 안 되기 때문이다.

부상 정도를 확실하게 모르는 이상 운호 일행을 어찌하기 위해서는 상당수의 전력을 보내야 하는데 그것은 철혈문과의 전쟁을 포기하겠다는 것과 다름없는 짓이었다.

그랬기에 혹시나 하는 생각으로 옹안에서 떠나는 것까지 고려했던 운호 일행은 발을 뻗고 치료에 전념하기 시작했다.

거대 문파들의 전쟁은 하루 이틀 만에 끝나는 것이 아니기 때문에 그들에게는 치료할 수 있는 시간적 여유가 충분했다.

천검회와 철혈문의 개전은 금방 이루어지지 않았다.

상대적으로 전력이 약하다고 판단한 철혈문의 문주 호패왕 막수문이 삼십팔세의 하나이자 자신의 의동생이 이끄는 광서의 패도문을 끌어들였기 때문이었다.

패도문은 도귀들의 집단으로 광서를 완전 장악하고 있었는데, 문주인 천파도 육만호는 호패왕과 이십 년 전 피를 나눠 마시며 형제의 맹약을 맺은 사이였다.

전격적으로 패도문 병력이 귀주로 진입해 들어오자 금방이라도 공격할 것처럼 보이던 천검회가 움직임을 멈추고 전선을 고착시켰다.

아무리 천검회가 신주십강의 하나라고 해도 삼십팔세를 둘이나 감당하기에는 무리가 따른다.

더군다나 운호 일행에게 상당수의 전력을 잃었기 때문에 그들은 섣불리 움직이지 않았다.

하지만 그들의 움직임과는 달리 호패왕은 기선을 제압하려는 듯 선공을 펼치기 시작했다.

전력에서 우위를 가졌으니 망설일 이유가 없다는 판단이

었다.

귀주를 반으로 가른 접경지대에서 전투가 벌어지기 시작했다.

요충지를 장악해서 적의 숨통을 압박하려는 시도가 매일같이 벌어졌고 밤낮을 가리지 않은 탈환전이 지속되었다.

초전의 유리함은 당연히 철혈문과 패도문 연합이 차지했다.

새로이 전장에 가세한 패도문의 도귀들은 귀주 남부를 압박하며 치고 들어왔는데 그 기세가 너무 강력해서 천검회의 남부 병력은 버티지 못하고 연신 후퇴를 거듭했다.

서북쪽 접경지대도 마찬가지였다.

철혈문은 전력을 집중해서 천검회의 다섯 개 지부를 격파하며 거점을 용환까지 이동시켰다.

용환에서 천검회 본단이 있는 도균까지는 불과 백여 리에 불과했으니 숨통을 조였다고 봐도 무방할 정도로 훌륭한 전과였다.

전선의 흐름이 바뀐 것은 호남의 천문이 전투에 가세하면서부터였다.

그들은 무슨 이유 때문인지 천검회를 응원하며 철혈문의 배후인 강구(江口)를 순식간에 점령하고 말았다.

철혈문의 입장에서는 미치고 펄쩍 뛸 노릇이었다.

패도문이 남부를 장악해서 밀고 들어오는 중이었기 때문에 조금만 시간이 더 있었다면 신주십강 중의 하나인 천검회를 때려잡을 수 있었는데 후방에서 기습을 당하자 날벼락을 맞은 기분이었다.

병력을 돌릴 수밖에 없었다.

모든 병력을 긁어모아 진격했기 때문에 본단인 설망은 무주공산이나 다름없었다.

전력의 상당 부분을 되돌리지 않으면 천문에 의해 본단을 뺏길 수도 있었다.

후퇴를 결정하고 서둘러 돌아가려던 호패왕의 걸음을 막아준 것은 삼십팔세에 속하는 호남의 파한문이었다.

천문과 파한문은 근래에 들어 호남의 중심인 소동(邵東)을 두고 영역 싸움을 하고 있었다.

천문이 천검회를 응원하자 파한문이 전격적으로 그들을 공격하며 서쪽으로의 진로를 가로막은 것은 이가 없으면 잇몸이 시리다는 논리를 그대로 따른 것이었다.

귀주에서 시작된 전투는 이제 영역을 넓혀 호남까지 번졌고 곧이어 강서로까지 확대되었다.

강서의 수라맹이 공개적으로 전쟁 참여를 공포하며 천검회 측에 서자 분쟁을 벌이고 있던 제천문이 철혈문을 응원하며 전쟁에 가담했던 것이다.

들불처럼 번져 버린 전쟁의 기운이 강남의 반을 장악하며 미친 듯이 퍼져 나갔다.

사람들은 이 전쟁을 두고 혈검쟁패라 부르기 시작했다.

삼 년에 걸쳐 산하에 수많은 피를 흘린 혈검쟁패는 이렇게 시작되고 있었다.

방에 들어 있는 사람은 둘.

천검회의 총사인 화문탁과 정보를 총괄하는 중안의 수장 주령이었다.

그들은 술상을 앞에 두고 마주 앉아 있었는데 술만 마셨는지 안주는 그대로 있었다.

먼저 입을 연 것은 화문탁이었다.

"전선은?"

"총사님께서 계획하신 대로 놈들을 한쪽으로 몰고 있습니다. 조금 있으면 전선은 귀주가 아니라 호남 쪽이 될 겁니다."

"놈들은 눈치채지 못했겠지?"

"교묘하게 움직였고 거듭해서 조심했기 때문에 우리의 의도라고는 생각하지 못할 것입니다. 전쟁에서 전략적 요충지는 언제든지 변하는 법 아니겠습니까."

"클클클… 그렇지, 그런 법이지."

화문탁이 유쾌하게 웃자 그를 따라 주령의 얼굴에서 슬그머니 미소가 떠올랐다.

그는 자신들의 계획에 따라 움직이는 현재의 상황이 매우 만족스러운 것 같았다.

"철혈문 측은 아직도 자신들이 유리하다고 판단하는 모양입니다. 머리가 비었으니 목숨이 떨어져도 할 말 없는 자들입니다."

"오랜 기간을 준비해 온 우리를 그들이 어찌 감당할 수 있겠느냐. 그나저나 강북은 어찌 되가는가?"

"역시 청성의 저력은 대단했습니다. 당문이 그렇게 철저히 준비했는데도 오히려 밀리고 있으니 말입니다. 조만간 풍검문과 황보세가가 참전하면 아미파와 공동파도 끌려오게 됩니다. 그쪽 역시 전쟁의 확산을 막을 수 없을 것입니다."

"천하의 반이 전쟁에 휩쓸렸으니 이제 반만 남았군. 그렇지?"

"총사, 천하의 동쪽이 움직이지 않으면 대계를 펼치기가 힘듭니다. 현재 전쟁에 가담한 삼십팔세는 아홉 개에 불과합니다. 강북에서 네 개가 더 가담한다 해도 채 반도 되지 않습니다."

"아니, 그렇지 않아. 곧 그곳에도 피가 흐르게 될 것이다. 욕심은 욕심을 부르고 힘을 가진 자는 욕심으로 인해 검을 들게 마련이지. 그러니 그 욕심에 불을 지펴주면 결국 피 흘리는 전쟁이 시작될 것이다."

"어찌하실 생각입니까?"

"막사검을 안휘에 풀어놓을 것이다."

"그게 무슨… 설마?"

"막사검을 풀어놓으면 그쪽에 있는 우리 세력들이 움직일 수 있는 공간을 마련할 수 있다. 그렇게 시간이 흘러 삼 년만 지나면 중원의 세력들은 만신창이로 변하게 될 거다. 그때가 되면 천(天)의 깃발을 대지에 휘날릴 수 있게 된다. 우리의 선조들이 간절히 원했던 중원일통의 꿈이 이루어진단 말이다."

"그래도 막사검을 풀어놓게 되면 너무 많은 사람이 죽을 수도 있습니다. 세력 간의 쟁투가 아니라 무인이라면 모두 미친 자가 될 터이니 그 피는 어찌하실 생각입니까?"

"만마당을 만들어 사파의 무리들과 마두들을 저세상으로 보낸 것은 무림을 진정한 무인들의 세계로 전환시킨 후 천의 이름으로 통일시키기 위함이었다. 막사검을 하남에 떨어뜨리면 나머지 사갈 같은 자들이 모두 모일 것이다. 하남에 흐른 피는 그들의 몸에서 나올 테니 너무 걱정하지 마라."

"어째서 그렇습니까?"

"소문은 소문을 낳는 법이니 막사검을 지녔다고 알려진 자는 얼마 버티지 못하고 죽음을 맞이할 수밖에 없다. 나는 소문으로 나머지 사파의 무리들과 마두들을 제거할 생각이다."

"아……."

화문탁의 설명에 주령의 입에서 감탄이 새어 나왔다.

깨끗한 세상을 꿈꾸는 천(天)의 이상을 실현시키는 데 더할 나위 없는 계책이었기 때문이었다.

주령의 감탄에도 화문탁은 별다른 반응을 보이지 않고 술상에 놓인 술잔을 들어 입으로 가져갔다.

그런 후 주령을 바라보며 천천히 입을 열었다.

"사파의 무리들과 마두들이 모두 처리되면 그때부터 진짜 싸움이 시작된다. 욕심은 사특한 무리들만 가진 것이 아니기 때문이다. 전쟁의 기운이 천하를 덮은 이상 이제 그 누구도 발을 빼지 못할 것이다."

운호 일행의 부상은 이전과 다르게 내상까지 겹쳐졌기 때문에 몸을 털고 자리에서 일어난 것은 두 달이 지난 후였다.

운상과 운여의 상태가 워낙 안 좋았고 오검의 상세도 회복이 더뎠기 때문이었다.

이번에도 천룡무상신공은 무서운 효능을 발휘해서 채 보름도 되지 않아 운호를 일어나게 만들었다.

강남에서 벌어지는 전쟁 상황을 수시로 알려주던 쌍악이 옹안을 떠난 것은 운호가 자리를 완전히 털고 일어났을 때였다.

떠나는 무령의 눈은 더없이 아련했다.

자신이 여자임을 모를 거란 생각에 무령은 끝끝내 운호에게 아무런 말도 하지 않고 떠났다.

운호 역시 떠나는 그녀에게 그저 잘 가라는 말만 했을 뿐이다.

해야 할 말과 하고 싶은 말들이 입가에 맴돌았지만 운호는 끝내 더 이상의 말을 꺼내지 않았다.

어떨 때는 입 밖으로 꺼내지 않는 것이 서로의 마음을 덜 아프게 하는 법이다.

쌍악이 떠나고 난 후부터 운호는 신응을 가동시켜 정보를 수집했다.

점창 본산과의 연락을 통해 풍운대의 상황을 보고했고 지금 벌어지는 무림 정보를 실시간으로 받았다.

처음과 다르게 전쟁의 판은 무서울 정도로 커지고 있었다.

강남도 그랬지만 시간이 흐를수록 강북의 전황도 미친 듯이 커져 갔다.

황보세가가 당문의 편에 섰고, 풍검문이 주력들을 대거 파견함에 따라 아미파와 공동파가 전쟁에 참전했다.

이제 강북의 전쟁도 사천을 벗어나 감숙과 섬서로 넘어가고 있었다.

그러나 가장 충격적인 일은 일행들이 거의 완치되어 자리에서 일어서던 어느 겨울, 안휘에서 터지고 말았다.

막사검의 출현.

전쟁의 소용돌이 외곽에서 긴장된 눈으로 상황을 관조하던 세력들과 모래알 같은 기인이사들의 눈이 한꺼번에 안휘로 쏠렸다.

'막사검을 얻는 자, 천하를 얻는다'란 전설은 유구한 역사가 되어 도도히 전해져 왔기에 천하인들은 막사검을 얻기 위해 안휘로 몰려들기 시작했다.

점창 본산에서 풍운대의 귀환령이 떨어진 것은 막사검이 안휘에 나타났다는 소문이 전 무림에 진동하고 있을 때였다.

신응은 첫눈이 하얗게 내리던 날 불쑥 의방에 나타나 서신만 전해주고 떠났는데 삼 일 만의 방문이었다.

서신을 읽은 운곡의 얼굴이 더없이 굳어졌기 때문에 옆에 앉아 있던 운검이 답답함을 참지 못하고 입을 열었다.

"사형, 무슨 내용이 적혀 있습니까?"

"이 시간부로 탕마행을 중지하고 돌아오라는 명령이다."

"우리만 말입니까?"

"아니다. 운몽, 운천, 운극도 마찬가지다. 단, 운호와 운여, 운상은 안휘로 가라는 지시다."

"별일이군요. 그럼 운호는 탕마행을 계속하라는 뜻인가요?"

"그것도 있고 다른 이유도 있다."

"우릴 복귀시키는 이유는 뭡니까?"

"천하가 혼란의 소용돌이에 빠져들고 있다. 장문인께서는 우리가 거기에 휘말리는 걸 걱정하시는 모양이다."

"그건 사제들도 마찬가지일 텐데요?"

"갑자기 막사검이 안휘에 나타났기 때문이다. 한 소저의 말에 따르면 막사검은 천(天)이라는 비밀 세력이 가져갔다. 천은 천검회와 연관이 되어 있고, 그로 인해 운호뿐만 아니라 우리까지 죽을 고비를 넘겨야 했다. 그런데 막사검이 갑자기 안휘에 나타났으니 어찌 이상하지 않겠느냐. 장문인께서는 운호가 그 연유를 파악하길 바라신다."

"음모가 있다고 생각하시는군요?"

"그렇다. 우연찮게 알게 된 비밀이 천하의 안위와 연결되어 있는 것 같구나. 엄청난 위험이 따르겠지만 장문인께서는 그마저 모른 척할 수는 없다고 생각하신 게 분명하다. 만약 장문인의 걱정대로 지금 벌어지고 있는 세력 간의 전쟁과 막사검의 출현이 누군가의 음모에 의한 것이라면 정말 큰일이지 않겠느냐."

"믿기 어려운 일입니다."

"어찌 되었든 우리는 준비가 끝나면 즉시 본산으로 복귀한다. 그리고 운호!"

운검이 고개를 흔들며 믿지 못하겠다는 표정을 짓자 운곡이 말을 끊으며 운호를 불렀다.

그의 얼굴에는 어느새 걱정이 담겨 있었다.

운호는 옆에 앉아서 사형들의 대화를 듣다가 갑자기 운곡이 자신을 부르자 급히 대답을 했다.

그는 아직도 운곡을 어렵게 대하고 있었다.

"들었겠지만 너희들은 우리가 떠나는 대로 안휘로 가거라."

"한 가지만 물어도 되겠습니까?"

"무엇이냐."

"대사형을 비롯해서 여기 있는 모두가 천검회가 겨눈 검날에 수많은 상처를 입었습니다. 자칫 잘못했으면 모두 목숨을 잃을 뻔했습니다. 그런데도 안휘로 갑니까?"

"복수를 말하는 것이냐?"

"저는 어릴 때부터 점창은 받은 건 반드시 돌려준다고 배웠습니다. 저는 점창의 기백을 한시도 잊은 적이 없습니다."

"그렇지. 점창은 반드시 그리한다."

"그런데 왜 안휘로 가라 하십니까?"

"놈들은 전쟁 중이다. 그런 놈들에게 복수하겠다고 한다면 점창 역시 전쟁에 가담해야 된다. 네가 무슨 말을 하고 싶어

하는지 잘 안다. 명분이 있으니 충분히 천검회를 압박할 수도 있으나 지금은 아니다. 아마 장문인께서도 그리 생각하셨을 게다. 네 말대로 점창은 받은 것은 절대 잊지 않는다. 그것이 피 값이라면 더욱 그렇다. 전쟁이 끝나고 천검회가 살아남는다면 햇살이 따뜻한 어느 봄날 그들이 우리한테 한 짓을 반드시 돌려줄 것이다. 그러니 너는 내 말을 믿고 안휘로 가거라."

"그리하겠습니다."

"가서 사태의 추이를 잘 지켜보아라. 누군가의 음모라면 안휘는 수많은 무인들의 피로 물들게 될 것이다. 그러니 조심 또 조심해서 막사검의 행방을 추적하라."

운곡의 지시는 굳건한 음성과 함께 지엄하게 흘러나왔다.

그랬기에 운호는 머리를 숙인 채 명령을 듣다가 운곡의 말이 끝나자 슬그머니 입을 열었다.

"대사형, 만약에 막사검을 발견하면 어찌하오리까?"

"…음."

예상치 못했던 운호의 질문에 운곡은 대답 대신 무거운 신음을 흘렸다.

그런 일이 벌어지는 건 생각해 보지 않았지만 막상 운호의 질문처럼 그런 일이 벌어지면 참으로 난감했기 때문이었다.

막사검은 모든 무림인들이 노리는 천고의 보물이었다.

그 자체로도 무인이라면 꿈에라도 갖고 싶은 보검이었는데 전설은 막사검에 천하를 얻을 수 있는 비밀이 담겨져 있다고 전한다.

수많은 사람들이 그 비밀을 두고 갑론을박했지만 언제나 결론에 도달한 것은 상고시대부터 전해 내려오는 천고의 비학이 막사검의 어딘가에 숨겨져 있다는 것이었다.

물론 그 역시 믿기 어려운 일이다.

그럼에도 그런 결론을 내리게 된 것은 다른 이유들에 비해서 그나마 현실적이기 때문이었다.

그런 보물을 취득한다는 것은 목숨이 위험해진다는 것을 의미하는 것이었다.

아무리 강한 무력을 지닌 무인이라도 천하의 기라성 같은 무인들이 벌 떼처럼 덤벼든다면 당할 재간이 없으니 말이다.

그렇다고 눈앞으로 다가온 보검을 팽개치고 다른 사람이 가져가도록 하는 것도 말도 안 되는 짓이다.

그랬기에 운곡은 대답을 하지 못한 채 한참을 망설이다가 겨우 입을 열었다.

"참으로 어려운 일이다. 하나, 막사검 같은 보검은 스스로 주인을 찾아다닌다는 말을 들었다. 그런 일은 없겠지만 만약에 막사검이 너를 찾아온다면 상황에 맞춰서 신중히 판단하거라."

"알겠사옵니다."

운곡과 운검, 그리고 오검은 왔던 때처럼 그렇게 바람처럼 떠났다.

사제들이 위험에 빠졌다는 사실 하나로 그 먼 길을 하나의 망설임도 없이 달려와 전신에 상처를 입은 채 죽을 고비를 넘겼다.

두 달이 넘도록 같이 있었으나 중상은 입은 운상과 운여는 사형들과 제대로 된 대화조차 하지 못했다.

다행히 운호만은 치료가 일찍 끝났기 때문에 운곡과 운검의 여정에 대해서 이야기를 들었고 자신이 겪었던 일들도 상세히 전해줄 수 있었지만 사형들의 상처가 중해서 많은 시간을 같이할 수는 없었다.

북적이던 의방에 사형들과 오검이 떠나자 갑자기 허전함과 서운함이 밀려와 운호와 일행들은 잠시 동안 아무 말도 하지 못했다.

그들의 모습이 보이지 않을 때까지 움직이지 못했다.

언제 다시 만나게 될지 기약조차 하지 못하니 떠나는 사형들의 뒷모습이 그립고 그리웠다.

사형들이 먼저 출발했을 뿐 그들 역시 출발을 미루고 있었던 것은 아니었다.

사문의 지엄한 명령이 있으니 촌각이라도 서둘러 떠나야 했다.

그러나 그들에게는 해결할 과제가 남아 있었다.

바로 한설아였다.

무호계에서 사경을 헤매던 운호를 들쳐 업고 옹안으로 들어온 한설아는 갖은 정성을 다해 일행을 간호했다.

두 달이라는 긴 시간 동안 그녀는 많은 고민을 하면서도 의방을 떠나지 않았다.

사문인 청성이 당문과 목숨을 건 전쟁을 하고 있으니 복귀하는 것이 당연했으나 그녀는 결국 떠나지 못하고 운호의 곁을 지켰다.

처음에는 운호가 자리에서 일어나면 떠날 생각이었다.

옹안은 전쟁에서 한 발짝 물러난 곳에 위치하고 있었으니 그녀가 없어도 운호만 일어나면 점창 무인들은 위험 없이 치료할 수 있었다.

그런 마음으로 운호가 회복되기를 기다렸다.

운호의 회복 속도가 믿기지 않을 정도로 빠르다는 걸 미리 알고 있었기 때문에 그리 많은 시간이 걸리지는 않을 거라 판단했다.

그녀의 예상대로 운호는 보름 만에 자리를 털고 일어났다.

하지만 그녀는 떠나지 못했다.

자리를 털고 일어난 운호의 따스한 눈길과 손길이 그녀가 떠나는 것을 막았기 때문이었다.

운호는 몸이 회복되어 일어난 후 사형들을 간호하는 시간 외에는 그녀와 같이 있으려 노력했다.

죽음의 문턱까지 간 후에야 사랑하는 사람이 얼마나 소중한지 알게 된 운호는 일부러 피하려 했던 지난날과는 달리 그녀를 향한 사랑의 감정을 숨기지 않았다.

당운영과 있었던 일들을 상세하게 말했고, 시간이 흐르면 잊을 수 있을 거란 약속을 했다.

그것은 어쩌면 당신만을 사랑하겠다는 운호만의 표현이었

는지 모른다.

그랬기에 한설아는 출발을 미루며 하루 이틀 계속해서 머뭇거렸다.

사랑하는 사람을 남기고 떠난다는 것은 슬픈 일이었으며 하고 싶지 않은 일이기도 했다.

하지만 돌아가야 된다는 것도 안다.

그녀가 태어난 곳이었고 부모가 계신 청성이 전란에 휩싸였으니 어찌 돌아가지 않겠는가.

막사검을 찾아 당문 공격의 명분을 봉쇄하겠다던 것도 천검회가 끼어든 이상 가능성이 희박해졌다.

단순히 뒤를 캤다는 이유만으로 죽을 고비를 넘겼으니 막사검을 찾기 위해 전쟁을 벌이는 천검회를 찾아가는 건 목숨을 버리는 짓이나 다름없는 것이었다.

내일이면 떠난다는 결심을 굳히고 하루 종일 운호 곁에 붙어 앉아 그의 얼굴을 가슴에 새겼다.

시간이 흐른다 해도 그의 얼굴을 잊어버리지 않도록 하기 위해서다.

운호의 눈이 오늘따라 아련해서 스르륵 눈물이 나왔다.

아마도… 아마, 이 사람도 자신이 내일이면 떠난다는 것을 눈치챈 것 같았다.

그날 저녁, 뜬 눈으로 밤을 새우며 이별에 대한 아픔을 홀로 가슴에 새겼다.

그녀가 울면 그도 아플 것이다.

그러니 울음 대신 웃음으로 그를 향해 바라볼 생각이었다.

밤은 짧았고 아침의 햇살이 밝아왔다.

약속한 시간들은 어찌 그리 빠르게 지나가는지 그녀의 마음을 애태우게 만들었다.

하지만 아침상을 마주한 운호는 그녀의 마음과는 다르게 들뜬 목소리로 입을 열었다.

"소저, 막사검이 어디 있는지 알아냈소."

"그게 무슨 말이에요?"

"막사검이 안휘에 나타났다는 소문이 천하에 자자하오. 이제 막사검을 찾을 수 있을 것 같소."

그 한마디에 한설아는 떠나겠다는 결심을 미뤘다.

전쟁의 암운이 드리워진 상황에서도 사문에서 그녀를 운호 일행과 떠나게 만든 명분은 막사검을 찾아오라는 것이었다.

그랬으니 운호의 말은 아주 단순하고 명쾌하게 그녀가 떠나지 않아도 된다는 걸 알려주는 것이었다.

명분을 잃어버렸던 그녀에게 다시 명분이 생긴 이상 그녀는 운호와 함께할 수 있었다.

그러나 그녀는 결국 아무런 말도 하지 못했다.

사랑하는 사람과 함께할 수 있게 해준 명분이 생긴 것은 분명 기꺼운 일이었으나 그렇다고 해서 마음에 담긴 걱정과 근심마저 떨어진 건 아니었다.

더군다나 막사검의 행방이 천하에 자자하게 소문이 난 이상 검을 찾게 될 확률은 희박하다고 봐야 했다.

그저 명분에 불과할 뿐 사문으로 돌아가지 않으려는 핑계라는 생각이 그녀의 가슴을 옥죄었다.

그렇게 두 달이란 시간을 보내고 한 번의 이별이 이루어졌다.

사형들을 떠나보낸 운호의 눈은 붉게 젖어 있었다.

그런 운호를 보며 그녀의 눈도 젖어갔다.

그녀가 떠나면 그는 붉게 젖은 눈에서 눈물을 떨어뜨릴지 몰랐다.

보름이 넘도록 그녀는 불면의 밤을 보내며 고민에 고민을 거듭했다.

그리고 떠나야 한다는 아프고 괴로운 결정을 내렸다.

그와 같이 있고 싶었으나 가지 않으면 그녀는 평생을 고통 속에 살아가야 될지 몰랐다.

"오라버니, 나… 이제 갈게요."

"소저, 정말 가는 거요?"

"사문이 전란에 빠져 지금 이 순간에도 많은 사형제가 죽어가고 있어요. 그러니 돌아가야 해요."

"위험하오."

"알아요. 그래도 가야 되는 거 아시잖아요."

"이제… 겨우, 그대를 가슴에 받아들였는데 이리 떠난단 말이오."

운호의 가슴이 들썩였다.

떠나지 못하게 막을 명분을 찾고자 맹렬히 노력했으나 결국 어떠한 말도 꺼내지 못했다.

사랑하기 때문에 떠나지 못하게 한다는 건 이유가 되지 않는다.

자신 역시 점창이 청성과 같은 처지에 빠졌다면 반드시 돌아갔을 테니 말이다.

운상과 운여는 한설아가 떠나겠다는 결정을 내렸을 때부터 자리를 피한 상태였다.

두 사람이 이별할 시간을 주기 위함이었다.

그들 역시 그녀가 떠나면 같이해 왔던 시간들이 서운함으로 남겠지만 두 사람의 이별을 방해할 만큼 미련하지는 않았다.

그녀는 계속 생각하고 결심했던 것처럼 눈물 대신 운호를 향해 웃음을 보였다.

하지만 그 웃음은 세상 그 어떤 눈물보다 슬퍼 보이는 것이었다.

그 웃음을 대하며 운호는 끝내 참지 못하고 그녀의 가녀린 몸을 가슴으로 끌어당겼다.

떠나보내고 싶지 않지만 보내야 한다.

가슴이 미치도록 아파왔다.

같이 있는 동안 더 잘해주지 못한 것이 이제야 너무 후회되었다.

"언젠가 나보고 설아라고 불러달라 했지. 내가 낯 간지러운 걸 잘 못해서 지금까지 못했어. 너무 늦었지만 이제부터 설아라고 부를게. 설아, 살아만 있어줘. 내가 사문의 명이 끝나는 대로 꼭 찾아갈게. 알았지?"

『풍운사일』 6권에 계속…

The Record of
Dragon's Return
재중 귀환록
푸른 하늘 장편 소설
FUSION FANTASTIC STORY